# 请为我喝彩

孟小书——著

孟繁华　张清华／主编

情感共同体
80后作家大系

山东文艺出版社

山东文艺出版社

图书在版编目（CIP）数据

请为我喝彩 / 孟小书著. —济南：山东文艺出版社，
2023.6
（情感共同体·80后作家大系 / 孟繁华，张清华主编）
ISBN 978-7-5329-6874-9

Ⅰ. ①请… Ⅱ. ①孟… Ⅲ. ①中篇小说—小说集—
中国—当代 Ⅳ. ①I247.5

中国国家版本馆CIP数据核字（2023）第062594号

## 请为我喝彩

QING WEI WO HECAI

孟小书　著

| | | |
|---|---|---|
| **主管单位** | 山东出版传媒股份有限公司 | |
| **出版发行** | 山东文艺出版社 | |
| **社　　址** | 山东省济南市英雄山路189号 | |
| **邮　　编** | 250002 | |
| **网　　址** | www.sdwypress.com | |

| | |
|---|---|
| **读者服务** | 0531-82098776（总编室） |
| | 0531-82098775（市场营销部） |
| **电子邮箱** | sdwy@sdpress.com.cn |

| | |
|---|---|
| **印　　刷** | 肥城源盛印刷有限公司 |
| **开　　本** | 710 毫米×1000 毫米　1/16 |
| **印　　张** | 14.5 |
| **字　　数** | 186 千 |
| **版　　次** | 2023 年 6 月第 1 版 |
| **印　　次** | 2023 年 6 月第 1 次印刷 |
| **书　　号** | ISBN 978 - 7 - 5329 - 6874 - 9 |
| **定　　价** | 65.00元 |

# 总序
# 80后：一个情感共同体

孟繁华    张清华

　　"情感共同体"，是新近兴起的历史学流派——情感史研究的概念。这个历史学研究流派被称为史学研究的新方向，它在考量客观事实的同时，还关注到人的道德、行为、信仰与情感等因素。美国学者苏珊·麦特和彼得·斯特恩斯指出，对情感的研究改变了历史书写的话语——不再专注于理性角色的构造，而情感研究已有的成果已经让史家看到，不但情感塑造了历史，而且情感本身也有历史。当然，研究历史与情感的关系和研究文学与情感的关系，是完全不同的两回事。借助历史研究的"情感共同体"概念，意在说明，这个共同体是一个真实的存在，而并非空穴来风。

　　将80后作家群体看作一个"情感共同体"，当然也只是一个比喻，一如我们此前将70后看作"身份共同体"一样。任何比喻都是有欠缺的，但可以将比喻对象更形象地呈现出来。另一方面，即便是80后本身，他们也从不同的方面将作家看作一个"共同体"。80后有代表性的批评家杨庆祥，写了《80后，怎么办》一书，引起很大反响，特别是在80后群体中，反响更强烈。张悦然说："十年前80后主要是一种反叛形象，主要写的是叛逆青春，那时候的80后肯定不需要《80后，怎么办》这本书。但是到了现在，变化非常大。我的问题在于，这代人是不是变得太快了一点，好像青春结束得太早了一点，一下子就进入了一种很委顿的中年的状态里面。正是在这样快速的消失当中，我们这一代人需要停下来审视自己。"由此可见，杨庆祥的困惑切中了一代人的思想脉络。他书中提出的问题，比如"失败的实感""历史虚无主义""抵抗的假面""沉默的'复数'""从小资产阶级梦中惊醒""我们这一代没有真正的青春""我依然属于弱势群体""能够受到一些公平的待遇就可以了"等，因有极大的"共情性"，而受到了同代人的关注。这是80后内部对"情感共同体"认同的一个佐证。但无论如何，杨庆祥还比较客观。他终究还认为"我们是比50后、60后和70后更幸福的一代人"。这当然是另外一个话题。

在现代社会里，每个人都是当然的单个主体，但每一代人也必定有某种共性，虽然这共性也是被建构和解释出来的。80后的共性是什么？也许很难说清楚，杨庆祥的阐释或许也不能说服所有人。要想为他们找一个最大的"公约数"，确乎很难。但是，从某种意义上来说，这一代人有着相似的文化与社会境遇，却是事实。这种境遇在我们看来，或许就是一种历史的"错位感"与"迟到感"。他们成长的阶段，刚好是中国社会迅猛变革与走向市场化的年代，他们的童年与青春时代，经历了中国社会价值观的剧烈转换；而等到他们长成的时候，中国的社会已历经世纪之交，进入了一个阶层逐渐固化、机遇相对减少的时期。相对优越的成长环境、比较早地受到关注，与成年后的某种失落之间的落差，带给了这一代人特有的困惑与迷茫。

从这个意义上，与其说他们是一个"情感共同体"，不如说是"经验共同体"，只是这样说不够清晰和强烈而已。要想说得有效，而不只是"求正确"的话，那么"情感共同体"是一个必要和不得已的强调。但是须知，在情感体验与情感表达之间，也同样存在着巨大的差异，人的个性差异在文学表达中，尤其有决定性的作用，更何况，人所表达的情感，也未必是他内心感受到的真情实感。所以，从根本上说，即便是同代人，他们的创作也未必在同一个声音频道里。因此，恰是这些相同和差异，一起构成了这代人的整体特征。我们必须承认，现在我们讨论的 80 后作家，与刚刚出道时的 80 后作家已经非常不同。对那时的 80 后作家，社会和文学界都有不一样的看法，比如有的人认为，他们过早地被市场裹挟和被书商包装了，他们没有经历上几代作家所经历的那些制度性的历练，所以在他们之中也就"看不到跟经典写作接轨的作者"。同时还有一种看法，就是他们除了书写个人成长经验之外，很难进行真正的"创作"，对社会问题和社会公共事务还不具备处理的能力。

然而时过境迁，经过十多年的锤炼和努力，以及社会不同方面的合力培育，现在的 80 后已经蔚为大观，且早已实现了"纯文学"意义上的承前启后，逐渐成熟并走向了文学创作和批评的一线。为了培养文学批评队伍，中国现代文学馆已先后邀请了十余届客座研究员，这些人中的相当一部分是 80 后，十余届中已有数十人，其规模已足以令人生畏。更有第三届客座研究员，还将他们自己命名为"十二铜人"，显然隐含了自我认同的情感关系。鲁迅文学院多次举办"青年作家高级研修班"，参加者也多为 80 后。更有专门以培养"文学新锐"为己任的文学刊物或栏目，比如专门举荐文学新锐的《西湖》杂志，以及《人民文学》的"新浪潮"，《十月》的"小说新干线"，《北京文学》的"新人自荐"，《作家》的"处女作"，《天涯》的"新人工作间"，《民族文学》的"本刊新人"，《中国作家》的"新实力"等等，都培养了一大批 80 后作家。正如 80 后青年批评家行超所说，最近的这二十年，既是中国社会经济、文化思潮、价值取向发生巨大转变的二十年，也是 80 后一代从青春期的少男少女成长为家庭支柱和社会中坚力量的二十年。80 后一代在生理和精神上的全面成长，必然导致如今的 80 后文学与此前呈现出若干显见的变化，世纪之交那种与市场需求、商业逻辑等相纠缠的青春文学，已逐渐在他们笔下消失，取而代之的，是在内容、主题、艺术手法等多方面都变得更加成熟、更加复杂的多样性的写作。到今天，在纯文学刊物、出版市场、网络文学等各个文学场域，80后作家都占有重要的位置。而这代人写作历程中所经历的变化，恰恰构成了中国文学在新世纪发展流变的一个面向。

从诗歌领域来看，80后的一代，似乎已经没有当年70后登场时那种明显的策略意识。他们既不急于标张自我文化身份的独异性，也不刻意强调与前代的继承性，在诗风上是相当"稳健"的一代。从社会身份看，他们也主要有两类，一类是"学院派"的，一类是"非学院派"的——隐藏于社会各界与三教九流，但共同点是，文化素养都相对较高。其中"非学院派"的一类在写作上更接地气，像丁成、阿斐、唐不遇，还有女诗人中的郑小琼、李成恩，他们都是现实感非常强的诗人，当然表达个性都各自有鲜明特点；而茱萸、胡桑、严彬、王东东则都属学者型的诗人，有很强的学院背景和诗学素养，他们的写作可以说都非常自信，有从容不迫的气度，既充满知性，同时又不掉书袋，殊为难得。这两类诗人，并没有像"第三代"那样分为"民间写作"和"知识分子写作"，他们几乎已经消弭了这些对立和差异。即使是像郑小琼这种出身底层、从"打工诗人"群体中成长起来的写作者，也体现出良好的素养，也写过许多具有先锋气质的，以及"纯粹植物"意义上的诗歌。

总体上，80后一代的文学评论家、小说家、诗人、散文家，已经全面覆盖当代中国文学的各个场域。为了推动这个文学群体的健康发展，鼓励青年作家创作，我们在编辑"身份共同体·70后作家大系"之后，应出版社之约，不得不继续勉力集合"情感共同体·80后作家大系"，深感使命难违，与有荣焉。但实在说，又恐因为年龄阻隔、代沟之障，对他们的理解和阐释其力难逮，说出外行话来，令方家和晚辈嗤笑。所以，多不如少，与其在这里喋喋不休，不如让读者自去判断。

致敬山东文艺出版社的朋友们，他们高瞻远瞩的文学眼光和情怀令我们感佩不已；也致意 80 后的青年才俊，他们的积极响应也令我们倍感欣慰。让我们一起努力，继续为中国当代文学的发展添砖加瓦。

是为序。

# 目　录

请为我喝彩

## 我叫孙闯闯

北京三月的某个午后，天阴森森的，号称今天有雪，没有霾。但事实恰好相反。这又有什么关系呢？谁会在乎今天有雪或有霾？会议结束后，《摩登音乐》的姚小瑶在办公室里攥着手机徘徊。她在脑子里，构思着五套向孙闯闯老师催稿的说辞，片刻后，终于给他打了电话。

"喂？"

听上去，孙老师心情还不错。

"喂，孙老师您好。请问您什么时候能交稿？"说罢，姚小瑶脑袋一下炸开了。刚才组织好的五套说辞，一个字也没说出来。

"哪位呀？"

"对不起孙老师，我是《摩登音乐》的小姚儿。我的意思是……"

"哦，知道了，明天给你稿子。"

"太谢谢您的配合了……"

没等姚小瑶说完，孙闯闯就把电话挂断了。

"什么玩意啊，会写几个字就不知道自己姓什么了！"

"小姚儿！"办公室主任隔着墙叫她。

"在！"姚小瑶丧着脸去了主任办公室。

"给孙闯闯打电话了吗？"主任问。

"打过了。"

"怎么说的？"

"说是明天交稿。"

"好。晚上再打电话催一下。"

"主任……他这人……"

"我知道，毕竟在圈子里混那么多年了，难免会有点自我膨胀。"

"这也太膨胀了。"

"现在满世界都在要他的乐评，多亏咱们老总跟他关系好。懂了吧？"

姚小瑶在走出办公室的这几步里，又构思出了晚上与孙闯闯通话的几套说辞。午饭时间，她在街上觅食，看着人来人往，开始幻想孙闯闯的面容——胖、丑、矮，蒜头鼻上架着一副眼镜。她越来越好奇，拿出手机来在网上搜他的照片。谁想到，孙闯闯长得居然还挺像个人，符合姚小瑶百分之五十的择偶标准。她走进一家饭馆，坐下，点了碗面，在脑子里演练着晚上的对话，最后决定："跟丫死磕！"

傍晚，孙闯闯把家里的背景音乐调大些。他面对着文档呆坐了整个下午，他又望了望窗外的晚霞，忽然间，无比伤感，觉得似乎自己等不到大红大紫的那天，就已江郎才尽了。他站起身来，关上文档。上午那位《摩登音乐》编辑的电话，被他忘在了脑后。他打开电视，拿出一张没有封面的 CD，开始播放。电视荧幕上"大闹天宫"几个大字浮出。业余演员的拙劣演技和个别处的穿帮，让整部影片看起来更真实，也更有棱角。这是他最享受的时光。《大闹天宫》是早期炎雅伦导的一个短片，孙闯闯和几个当时也同样在圈里混得不错的朋友都参演了。短片里没有孙悟空也没有玉皇大帝，是讲一个歌手如何被唱片公司捧红，又如何被抛弃，最后又如何东山再起的励志故事。孙闯闯能在主人公的身上找到炎雅伦的影子，也能找到自己的影子。在重温一遍影片后，烦躁和焦虑逐渐消散。他又坐回了书桌前，打开文档。这会儿电话又来了，还是上午那位编辑姑娘。

"喂，孙老师您好。"

"哪位啊？"

"我上午给您打过电话，《摩登音乐》的小姚儿。"

"哦，稿子是吧？一会儿给你。"

孙闯闯关了电脑，起身去了卫生间。他的灵感像龟裂的老树皮。待他沐浴更衣后，照着镜子，怒视着自己："这孙子今天居然三十七了。"他突然做了一个重大决定，算是给自己未来的若干年人生做一个计划——再也不写乐评了。他哆嗦着从洗手间里出来，想给费主席打电话，叫他来家里喝酒。毕竟是生日，一个人过还是有些凄凉。费主席本名叫费乐乐，四川孩子，比孙闯闯小两岁。之所以叫他孩子，是因为他是一名玩具设计师和插画师，号称自己有一颗永葆童趣、不会衰老的心。孙闯闯的三次婚礼，都是他当伴郎。民间有个说法，当伴郎不得超过三次，否则孤老终生。费主席至今没有女朋友，可能也是因为这个。每当他抱怨时，孙闯闯就道："刚三次，你还有机会。为了你的幸福，我下次绝不让你再当伴郎。"

费主席就回道："你还有下回？"

"也就这么一说，我决定了，下半辈子只耍流氓。"

孙闯闯只有他这么一个朋友，他视费主席为唯一的挚友。他甚至想过这辈子凑合着跟他过也行。但费主席不这么认为，他四处是朋友，北京到处都是他的熟张儿。他身边有一票做玩具的朋友，他们志同道合，臭味相投，都有一颗稚嫩的心和一个空空如也的钱包。费主席的名字是孙闯闯起的，也只有孙闯闯这么叫他。费主席爱看书，从前也是孙闯闯的粉丝。可就这一点，费主席否认，那完全是孙闯闯的一厢情愿。

费主席的电话那端吵吵闹闹，一猜就是在聚会。

"干吗呢？"孙闯闯道。

"吃饭呢。"

"来我这儿一趟。"

"哟，今晚不行啊，我喝酒了，骑不了车。"

"找个代驾过来，我给你付钱。"

"人家没有代驾摩托的，再说万一给我摔了怎么办？"

"那你打车过来，我给你报销。"

"那也不行，我在五道营呢，摩托不能停这儿。"

"我今天生日，爱来不来。"孙闯闯挂了电话，把手机往床上扔去。

过会儿，费主席带着酒气到了孙闯闯家里。

"你去冰箱里拿两罐啤酒过来。"孙闯闯坐在地上翻DVD，挑片子。

"不用，今天我请。"费主席背了一个巨大的印着卡通图案的环保帆布袋，放在了茶几上，逐一向外摆着啤酒鸭脖子鸭掌鸭舌头。

"怎么过来的？"

"骑过来的。"

"酒驾……不要命了？"

"命当然要，但摩托也得要。今天看什么？"

"看一部前些天刚淘回来的吧，商业爱情片，怎么样？"

"不是你的风格啊。"费主席用牙把包装袋撕开。

"人民艺术家要雅俗共赏，偶尔也得接接地气。"

两人横坐在沙发上，都把自己调整到了舒服的姿势，各握一听啤酒。

"对不起啊，今天忘了你生日了，生日快乐。"

费主席够着孙闯闯的啤酒，往上凑着，和他碰了一下。

"没事，其实叫你来就是想让你陪我看看电影。"

电影开始了，字幕上滚动着主演、导演、监制等等的名字。

两人有一搭无一搭，电影成了他们聊天的背景乐。

孙闯闯道："你说，这种电影有人喜欢看吗？"

"那肯定的。"

孙闯闯又说："我想写一部关于炎雅伦的电影，你说靠谱吗？"

"她都死了那么多年了……"费主席小心翼翼的，没敢再多说什么。

"七年。"两人沉默许久，电影中的对白与音乐此起彼伏，但谁都无心看下去。

"我还是想把她的故事写下来，我觉得她是一个传奇，值得我去写。我想把它以电影的形式记录下来。你觉得这事可行吗？"

"电影圈可不好混。我认识一个制片人，不过他是制作动画的，我可以帮你问问他该怎么操作这事。"

"不好混？说得跟你门儿清似的。"

费主席没再说话……

"算了，我自己想办法，回头写完了剧本你帮我看看。"

孙闯闯的大脑开始飞速运转，搜索着人脉。终于，在联系人名单的角落里发现了一位许久不联系的电影编剧，他曾是孙闯闯的粉丝，两年前在一次摇滚乐的演出上遇见的。但这些，孙闯闯已经忘了。

第二天，由于宿醉，头痛欲裂。孙闯闯勉强站起身来，迅速洗漱完毕，换上了一身干净的衣服，出门了。今天，他要参加一支摇滚乐队的新专辑首发仪式。仪式上，粉丝们霸占了场地内的所有空间，其中孙闯闯的粉丝占据了一半。孙闯闯在一名保安的带领下，穿过粉丝群，来到了休息区。

该乐队主唱在介绍完专辑后，说："今天还请到了我们的好朋友，也是整张专辑的作词人孙闯闯，孙老师。没有他，就没有我们这张专辑。他给予了我们很大的帮助。"

台下一片欢呼，孙闯闯闪亮登场。在他登台的瞬间，昨夜的啤酒和鸭脖子在胃里翻江倒海。他吞了下口水，拿起话筒，迟迟说不出话来。

许久，他说了一句"谢谢！"便下台了。

不知从哪个方向，冒出了一句："装什么孙子。"

孙闯闯权当没听见，绕过休息区，从后门打了个车，回家睡觉了。台上的乐队及经纪人颇为尴尬。他认为，这样不入流的乐队不值得自己多说什么。今天去，算是给足了面子。

## 孙闯闯要跨界

其实，自昨晚与费主席聊完，心中一直揣着那件事——拍电影。他又琢磨了一番，猛然道："说干就干。"他终于拨通了那位编剧朋友的电话，但听语气，对方也已将孙闯闯忘记了。电话中，编剧朋友为了避免尴尬，还是热情地与孙闯闯寒暄着，并故做惊喜状。这使孙闯闯那高傲的姿态又无意间流露了出来。

两人在电话里一问一答，孙闯闯问一句，编剧朋友答一句，绝不多说。孙闯闯没觉得对方的冷淡，反而急躁了："你现在有没有时间，咱们见面聊。"

"现在可不行，我人不在北京。"编剧朋友一口回绝。

"那你什么时候回来？"孙闯闯追问。

"可能一时半会回不去，我在跟组写剧本。"编剧朋友的理由让孙闯闯挑不出毛病。

"不然这样，我再给你介绍一个人，他是金辉影业的老总，叫他何总就行。他一直在找好的剧本，你去找他聊聊。"

编剧朋友向孙闯闯念着电话号码，挂了电话，他长舒口气："真是难缠。"

"何总"，听着像个大人物。他在网上查了查此人的资料，金辉影业可以查到，确实参与了不少的影视剧项目，有几部剧还是一线明星主演的。可何总这人，却查不到半点资料。尽管这样，孙闯闯仍然觉得何总的来头不小。他觉得面对像何总这样常与一线明星打交道的人，自己立刻矮了一头。他踌躇片刻，按照号码，给何总打了过去。在等电话的这几分钟里，他紧张了，出汗了。"嘟"声持续一分钟后，无人接听，他反倒松口气。他头脑发木，心想：如果何总刚才接了电话，我要跟他说什么？剧本也没写，大纲也没有，拿什么和他聊？孙闯闯心跳加快，脑子里闪出了无数个剧本中的人物对白，并且感到十指发胀。他立刻打开了电脑，在文档里飞快地打字，无比酣畅。数小时过后，已是夜里，他突然又想起了那位何总，电话再次拨了过去。

"喂，哪位？"

"您好，我是孙闯闯。"

"孙闯闯？打错了。"何总挂了电话。

孙闯闯愤怒了："敢挂我电话？"可又一想，人家毕竟是影视圈的，对音乐圈的人应该不熟悉。

电话又拨了过去。

"不是告诉你打错了吗！"

"何总，我是××的朋友，孙闯闯。"这次他的态度客气了些。

"哦，想起来了。××和我说了。"何总热情许多。两人寒暄一阵后，孙闯闯终于急切地将话题引入正轨，道："我听说您在找好的剧本。"

何总说："没错，现在本子倒是很多，但就是没有好的，让人眼前一亮的。"

孙闯闯说："您说的好的本子，是指什么类型的？"

何总说："也没什么具体的类型，就是好的故事，有新意的。"

孙闯闯想，这不是废话吗？

何总又道："他说你自己在写一个本子，是什么题材的？"

孙闯闯说："是关于一个明星悲喜人生的故事。"

何总说："听着还不错，剧本完成了吗？"

孙闯闯说："还没有，只完成了大纲。"

何总说："这样吧，你明天有时间的话，可以先到我公司里来，咱们见面聊。"

一个星期后，孙闯闯将大纲整理妥当，自认为这是一部上乘之作，一定不会令何总失望的。他开始幻想起影片上映结束时，定会掌声雷动。闭关写作让他头重脚轻。当迈出家门，踏进阳光里时，他一阵恍惚，感觉车辆行人像是缥缈的幻影。他低着头，看向远处，许久打不到车。他一步步向前走，每一步都是沉重的。先前的自信，在明媚的阳光中神秘地挥发了，消失得无影无踪。见到何总应该说什么？他知道炎雅伦是谁吗？可他转念又一想，我是孙闯闯，我可是孙闯闯呀。

金辉影业隐藏在创意文化产业园区里。孙闯闯曾经来过一次，是作为斑马乐队新专辑发布会的特邀嘉宾。但具体是哪一年，他已经想不起来了。他只是隐约记得，那天很热闹，发布会上来了很多歌迷和孙闯闯的粉丝，并且那天穿的衣服好像也是这一身。他顺着园区里的内部道路终于摸索到了金辉影业。他推开玻璃大门，空调的冷气令他瞬间冰爽。里面是一个大开间，所有的门都是透明玻璃的，这是一个毫无隐私的空间。三五个员工对着电脑，个个都萎靡不振。公司墙上贴着诸多电影海报，没有一个是他熟悉的。

孙闯闯见无人理睬他，主动问了句："请问，何总在吗？"

"哦，在里面呢。"终于，一个戴眼镜的小姑娘说话了。

何总果然在办公室，他正靠在沙发椅上，打一个看似比较重要的电话。声音透过这扇沉重的玻璃门，时不时会飘出"几千万""张艺谋""华谊兄弟""档期"等词汇。这些词汇忽然令孙闯闯对何总肃然起敬。他小心翼翼地敲了下玻璃门，何总示意他稍等。孙闯闯紧张了，不知自己该去哪儿等，站在门口，就像是在偷听人家打电话；可回到那个大开间的办公室，又不知该坐哪儿。曾经习惯了被人接待的他，顿时不知所措了。庆幸的是，何总的电话很快打完，热情地将他招待进了办公室。

"快请坐。"何总也站起来，准备与孙闯闯握手。

"我年轻的时候也是摇滚青年，还组过乐队。你的名字我听过，著名乐评人和作词人。"

听何总这样一说，孙闯闯心里就有了底，既然是摇滚青年，那就一定知道炎雅伦。

何总又说："怎么突然想搞电影了？"

"兴趣……兴趣。"孙闯闯没有直接说出自己要拍这部戏的真正原因。

"那你说说你有什么想法，看看有没有机会合作。"

"您知道炎雅伦吗？"

"知道，一个歌星。是不是前几年死了？"

孙闯闯的心紧了一下，觉得何总对炎雅伦极为不尊重，但还是将那份不满咽了回去。另一方面，他又觉得何总的言语间，透露了他对炎雅伦是不熟悉的。

"没错。我想写一部关于她本人的电影。"

何总双手交叉在额下，似乎在等待接下来的一番精彩演说。

孙闯闯鼻尖冒汗。在来这里之前，他心里装满了对这部电影以及对炎雅伦的期待。他自信满满，以至于没有任何准备。此刻，当他面对何总这副精明、期许的眼神时，有了一种似曾相识的恐慌。他突然感到自己无从开始，从哪里开始都是错的。关于炎雅伦的电影，他想要说的太多太多。何总给他充裕的时间整理思路。办公室里寂静了，过了若干分钟，孙闯闯终于开了口。

"炎雅伦是一个传奇，她值得我们去纪念她。"

他的开头不错，何总点点头，表示了对这个开场白的肯定。何总继续看着孙闯闯，继续等待接下来的演说。

"大纲我写完了，不然您先看看？"

"能先大概给我讲讲吗？"

孙闯闯从头讲起……

"你先等等。"何总听得不耐烦了，"你能用一句话概括你的大纲吗？"

又是一阵沉默。何总把孙闯闯难住了，许久没有开口。何总终于又说："我想，你还没有捋清楚思路，对吗？这样吧，这个事情不着急，你先回去把剧本大纲再改改，捋清楚思路，咱们再来谈。你说呢？"何总站起身，逼迫着孙闯闯也起了身，意思是要送客了。何总又客套了几句，把孙闯闯送出了门。

走出金辉影业，外面的阳光把柏油路面照得明晃晃的。孙闯闯看不清远处的景物，眯缝着眼睛摸索着前行。他摸不清何总的意思，只知道自己的下一项工作是先捋清楚思路。这是他第一次接触"电影人"，他不懂"电影人"的套路。何总算是"电影人"吗？他再一次回想刚才与何总的对话，心中燃起了一股怒火：大纲岂是能用一句话概括的！大纲都不看，也太不尊重人了。孙闯闯到家后，一屁股坐进沙发里。他闭上双眼，心脏像是停止了跳动，久久地闷了一口气在胸口。他不知道以这样的姿势保持了多久，直到天色渐渐暗下来，他的双腿发麻，腰椎酸痛，才缓慢地从沙发中立起。他活动着紧而发涩的关节，骨骼发出了几下清脆的声音。他打开灯，房间亮堂了，心也亮堂了。日子还得继续过下去，大纲也还要继续改下去。更何况，人家又没完全否定。他把自己劝到书桌前，面对已完成的大纲，无从下手，该从哪里改起呢？

## 与炎雅伦有关的日子

2006 年，炎雅伦首张专辑问世。在专辑上市之前，经纪团队首先将专辑寄给了孙闯闯。作为国内首屈一指的媒体记者、乐评人、作词人的孙闯闯，第一时间拿到了专辑。炎雅伦的名字孙闯闯听说过，当年是台湾著名的音乐制作人、幕后人。当他拿到专辑时，心中一阵激动。炎雅伦第一时间把专辑寄给我，证明什么？证明他们对我是尊重的，并且认可我在大陆的江湖地位。

与此同时，他还收到了一笔数目不小的稿费，是他给炎雅伦写乐评的稿费。他知道，无论专辑如何，都要赞美它。孙闯闯将 CD 插入播放器中，开始翻看最近的音乐杂志，炎雅伦的歌声变成了背景乐。他被自己曾经写过的一篇乐评吸引住了。他反复感叹自己的文笔和对音乐的感受力，完全陷入了自我陶醉中。当他看完这篇乐评时，炎雅伦已经唱完了两首。他继续翻阅，忽然看见了炎雅伦的一组时装照片。忘记了是哪一年，孙闯闯刚进入媒体圈的时候，曾去过台湾一次，与炎雅伦做过一次面对面的访谈。那时，能与炎雅伦面对面访谈的大陆记者不多，能让她记住的记者也不多，可她记住了孙闯闯。炎雅伦的姿态很高，通常与她访谈对话的记者都会收敛些。但孙闯闯的问题却犀利、尖锐，直逼炎雅伦的要害。那次访谈结束，报社主编将孙闯闯痛批一顿，但鉴于他刚入行，经验少，就没做过多惩罚。谁知，事后炎雅伦亲自往报社打去了电话，说以后凡是关于她的采访都要让孙闯闯去。孙闯闯一下子在报社受到了重用。或者说，一个娱记是否能受到重用，都要看人家明星的喜好。

如今，杂志上的炎雅伦瘦了很多，眼神也柔和了。照片旁边附上了一段首张专辑的创作谈，作为歌坛新人，她变得谦逊、和善了些。他忽然放下手中的音乐杂志，开始聆听。她还是那个她，即便作为歌坛新人，嗓音中也有属于她自己的桀骜不驯。孙闯闯喜欢这张专辑，是发自内心的喜欢。他迅速坐在电脑前，用最快的速度写完了乐评，发给了主编。

炎雅伦上了《音乐风尚》的头条，半个版面都是她的照片与孙闯闯写的乐评。她的专辑正式上市，新闻也出现在了大小媒体上。经过一星期的发酵时间，她的专辑迅速一扫而空，并且在华语音乐榜上位居第一。评弹与摇滚乐的撞击，中西合璧，并加入了自己的演绎特色，在那个时代，她的音乐是独具一格的。她不是传统意义上的美女，大眼睛单眼皮，国字脸粗眉毛，高个子。由于眼睛大，眉毛粗，高兴的时候也看着像不高兴。总体来说，她的外形与音乐都自成一派，不能简单地用美、丑、好听、难听这些简单粗暴的词语来评判。她是另类的，前所未有的（至少在中国），横空出世的，大张旗鼓地出现。瞬间，她的乐迷为她而疯狂。据说，后来她开演唱会的时候，晕死过去好几个。

后来炎雅伦来北京，成了北漂。当他们成为密友后，炎雅伦说，她觉得自己在某些层面上，和孙闯闯是一种人，都是那种自以为是、无比自恋、愚蠢和孤独的人。那时候孙闯闯还年轻，不知道她为什么会这么总结，他说，我觉得你对我可能有所误解，我不是这样的人，我也从没感到过孤独。再后来，炎雅伦消沉了很久，她的走红可以说是昙花一现，人生中只出了那一张专辑，可她的妆容和那股自命不凡和桀骜不驯的态度却久久地影响着那个时代的年轻人。炎雅伦死了，死在了自己家的厕所里，吸毒过量。死得很平静也低调，没有任何报道。炎雅伦有一首很红的歌叫作《我不要孤独地死去》，靠这首歌，她买了一套两室一厅的房子，身边也围着许多朋友。她死在了自己家中，除了尸体，只剩下了孤独。孙闯闯收到消息，是在她死后的一个月。她的死对孙闯闯打击很大。她曾经对孙闯闯的总结与评价，一直徘徊在孙闯闯心里。炎雅伦说得很对。

炎雅伦在北京那些年一直在尝试编曲，所创作出的曲风，大家闻所未闻，但她仍然坚持铤而走险。她在苏州评弹里不仅要混入摇滚，还要混入爵士及雷鬼元素。她不仅编曲，还要作词，决定亲自演唱，执着与信念是不容任何人质疑的。炎雅伦在巅峰时攒了些钱，可以任性几年，但在经纪公司和制作人看来，她的所作所为就是一种自负与不负责任的表现。经纪公司一再告诫她，只给一年时间，如果一年后失败了，就要与公司解约。

她喜欢北京，也喜欢北京的这帮朋友。他们曾是她的粉丝，后来慢慢才成朋友的。这些朋友做的音乐在主流媒体看来都是"地下"的，所谓"地下"就是小众的。小众音乐也没什么不好，毕竟真正的艺术都是给少部分人欣赏的。但再伟大的艺术家也得吃饭，做一个愤世嫉俗的艺术家是有前提的，前提就是衣食无忧。这导致其中一部分音乐人想要转型，转成"地上"的。但如何才能跑去"地上"，就要靠孙闯闯的乐评了。

在这期间，孙闯闯走到哪儿都被人捧着，但凡自己搞点音乐创作的年轻人都会慕名而来。有些人千里迢迢来了都不见得能见上他一面，北京城那么大，没有认识的人介绍，是找不到他的。但在这些为他慕名而来的人里面，除了热爱他音乐的，也有猎奇和想跟他交朋友的。有一次，孙闯闯应邀参加一个唱歌的选秀比赛，在海选中，有一个男孩在唱歌之前说："孙老师，我前天到北京，露宿街头两个晚上，昨天夜里还下雨，就为了见您一面。"男孩眼睛直勾勾地盯着孙闯闯，完全忽视其他两位评审老师。论年头，那两位要比孙闯闯更资深，且比他年长。孙闯闯真心地被感动了，但还是有点不好意思，挠了挠头，说："谢谢你……"别的话也不好多说。最后，那个男孩还是被淘汰了。隔天，孙闯闯在一个演出上，又遇见了这个男孩。男孩主动和他搭讪："孙老师，我是昨天……"孙闯闯说："我记得你，你其实唱得挺好的。"男孩说："孙老师，我三天没吃饭了，能借我一百块钱吗？"没想到，孙闯闯很大方地借给了他，但他知道这钱肯定是要不回来了。

这事一直流传了很久，大家经常用这事拿孙闯闯来打镲。很多人一没钱，就会想到孙闯闯。他富裕的时候很慷慨，穷的时候也从不会管人家借钱。总之，那段时间他身边总是围着一群人，日子过得很热闹，热闹到他已经逐渐淡忘了炎雅伦，炎雅伦也逐渐淡出了人们的视野。后来，孙闯闯在与费主席的一次聊天中说，其实，我一直都知道，是炎雅伦成就了今天的我。她死了，我很孤独。

## 孙闯闯准备东山再起

新一版大纲完成了，孙闯闯又迅速地发了一封电子邮件给何总。两天后，何总有了回复。何总在邮件里没有发表自己对大纲的看法，但提出了第二次见面要求。

孙闯闯自信满满地再次进了金辉影业。既然要求再次会面，那肯定是对新版大纲有了兴趣。

何总很激动地说："大纲我们公司的策划都已经看过了，觉得很好。"何总露出了一个惋惜的神情，"炎雅伦……这么有才华，真是可惜。"何总又说："剧本你需要多久可以完成？"孙闯闯心里犯起了嘀咕，大纲通过了，那接下来自然而然就是写剧本阶段。事情进展得如此之快，他总觉得有点不对劲，但又不知道是哪里出了问题。难不成是"快"出了问题？

他说："我也不清楚，可能需要一个月。"

"一个月，好。我等着！对了，我们签署一份保密协议吧？"

"保密协议？"

"对，就是你这个剧本不要再透露给别人了。"

孙闯闯没想到，事情会进展得如此顺利。他立刻给费主席打电话，把他约到了家里。孙闯闯买了箱啤酒和瓜子，准备庆祝一番。两人像往常一样，孙闯闯挑一张电影DVD，有一搭无一搭地看电影。他把脚跷得高高的，不停地抖动。

"看给你高兴的，说给你多少稿费了吗？"费主席问。

"谈钱多俗。"

"得，我俗。合同怎么签的？"

"我说你能不能别总聊什么钱呀合同的？"

"合着你跟他什么都没签，就要给人家写剧本了？"

"签了一个保密协议。人家何总还是很值得信任的。他没你想的那么坏。"

"那你这大纲写完了，是不是得让我看看？"费主席道。

"跟你说了，签了保密协议。"

"搞得跟真的似的，保密协议又不是防我的。"

两人话不投机，费主席把喝剩下的啤酒放到了茶几上，号称"有事"，摔门走了。他骑着摩托穿梭在寒风里，被一团永不散去的雾霾围绕着。这气味潜伏在白日的喧嚣中，到了夜晚便悄然爆发，并带着一股狠劲儿覆盖全城。费主席在这股迷幻般的雾气中飞奔。借着刚刚的酒劲，他很想冲回去给孙闯闯一拳。他觉得他变了，希望一拳下去，能够让他清醒点。他继续前行，眼前的灯光变得飘忽不定，光晕越发模糊。费主席终于把自己摔成了骨折。遵医嘱，须卧床一个月。

一个月后，剧本也完成了。自从两人那晚的不欢而散后，就再也没联系了。孙闯闯一心扎在剧本中，与炎雅伦并肩前行。而那晚的事，他早已抛在脑后，更不知费主席骨折的事。费主席的身边总是围聚着一帮设计玩具和画漫画的朋友。但即便如此，他的心里还是在挂念着孙闯闯。

孙闯闯最终还是告诉了他剧本完成的事，约他一起喝酒。费主席一口回绝，态度极为冷淡。孙闯闯突然想起了那一晚的事，埋怨他心眼小。费主席终于绷不住了："你写完了，碍着我什么事？你就是这么自以为是，觉得整个世界都是为你准备的，所有人都得围着你转。你是不是觉得自己特别牛？"

　　孙闯闯举着电话，目瞪口呆。过了会儿，他缓过神来："你是不是吃错药了？"

　　"你才吃错药了。"说罢费主席便把电话挂断了。孙闯闯将手机摔到沙发上，用力过猛，手机又弹到了地上。

　　"这孙子疯了吧，还是嫉妒我？"

　　待他冷静下来，又回想着方才费主席的态度，他怀疑，有可能是费主席最近遇着过不去的坎儿了，而自己最近又一帆风顺，疏于对他的关心。他决定过几天去一趟费主席家里，真诚地慰问。孙闯闯将完整的电子版剧本发给了何总，他长舒口气，心里空荡荡的。他决定再打给费主席，不知那孙子气消了没有。可连续打了几通，对方一直关机……

　　孙闯闯终于等来了何总的电话，说要面谈。面谈，意味着何总有很多话是不方便在电话里说的，或是他对剧本还有别的想法，需要再次修改。那面谈，意味着事要成了？也许吧，他不敢轻易断定。第二天，何总态度依旧。后来，在很多年后，每当孙闯闯想起何总的时候，眼前总是会出现《电锯惊魂》里面那个戴着笑脸面具的木偶，让他不寒而栗。何总见到孙闯闯，并没有直接聊剧本，而是绕过剧本和他谈论起了音乐，谈起了炎雅伦。何总对炎雅伦感兴趣了，孙闯闯很高兴，和他说起了与炎雅伦相处的那些日子，还说了一些就连费主席也不知道的秘密。一个小时过去了，还是没有聊到剧本，孙闯闯着急了，终于按捺不住问了句："何总，您觉得剧本怎么样？"何总顿了顿："剧本我们都看过了，觉得拍成电影还是有问题的……"孙闯闯脑袋嗡了一下，耳朵突然闭上了。

　　从这以后，孙闯闯生了一场病，得了急性阑尾炎。孙闯闯住进了医院，手术结束，借着麻醉剂睡了一天一夜。他睡得很沉，梦见了费主席，梦见了炎雅伦，他们又回到了过去，回到了他曾辉煌过的少年时期。在梦里，他与炎雅伦和费主席依依惜别，像是自己要去远方，再也见不到他们了一样。醒来的时候，他泣不成声，把坐在他身边的费主席吓坏了。孙闯闯用那只插了针头的手握住了费主席的胳膊，哭得一发不可收拾。

费主席说："就是个小手术，不要搞得这么悲壮。"孙闯闯似乎竭尽了全力，从干燥的嗓子里发出了几个音："我觉得我完了。"费主席不再说什么，就这样坐在他身边，无能为力地看着他。

费主席知道他指的是什么，剧本的事估计泡汤了。他从没见过孙闯闯如此痛苦甚至绝望。费主席安静地坐在他身边思索着：这一切，对于你来说未尝不是一件好事。你终于在三十七岁的时候，认清了这个世界的真实面目。

在住院期间，费主席、冯煜和小芒（小芒是费主席的徒弟，跟着他学过几年的素描，同时也是孙闯闯的粉丝）轮流对他进行照顾。孙闯闯萎靡不振，整日瘫在床上。在出院的前一天，冯煜突然对孙闯闯说："孙老师，我有个朋友也是做影视的，也是个制片人，不然你找他聊聊？但……"

"但什么？"

"但就是不知道是否靠谱。其实，您遭遇的这事也没什么的，可以说根本就不叫个事。"冯煜一开始说得小心翼翼，但见孙闯闯的态度是谦逊的，就试探性地将说辞加大了力度。

冯煜又说："这剧本通不过是再正常不过的事了。说实话，炎雅伦后期就不再做音乐了，她的那些所谓的创新根本就不被世人接受，毫无市场。经纪公司都要跟她解约了。她曾经确实有一批铁粉，但那才区区几个人？你要写一部关于她的传记拍成电影，受众太有限了。别说影视公司老板了，就连我也觉得赔钱。"

孙闯闯无力反驳，只是目光呆滞地盯着床脚，过了阵说："所以，我是白写了吗？"

"也不能这么说。你去找这个人聊聊。她叫张静兰，是一个制片人。

她做商业电影，也做纪录片。她做的两个纪录片都拿到过国际奖项。看看她有什么想法。"

"但你不是说没有市场吗？"

"纪录片和电影不一样，可以参加个欧洲某国的电影节，拿个奖。得奖后，你的身价就不同了。"

"算了，爱谁谁吧。"

孙闯闯出院了，医生千叮咛万嘱咐，以后千万不能喝酒。费主席替他答应了。

为了表示感谢，孙闯闯决定请他们三人吃饭。如今的孙闯闯"没落"了，谁都能跟他一起吃饭，谁都可以跟他开玩笑，褪去那层光环，他就是个不太随和的中年人。饭馆在孙闯闯家旁边的胡同里，是一家小而干净的馆子。孙闯闯和费主席都喜欢这儿。晚饭时，孙闯闯故做兴奋状，频频举杯，说必须庆祝自己大难不死。费主席劝不住，冯煜和小芒更是不敢轻举妄动，一不留神，又喝多了。

回到家，冯煜接到了孙闯闯的信息：把那位制片人朋友的电话发给我。

冯煜给出的电话号码并不是该制片人的，而是她的助理的。有了上一次与何总的沟通经验，这次就自如、从容了许多。助理与孙闯闯约好了时间，是下星期一的下午。距离赴约时间，还有四天。他决定再将剧本进行一次修改，并且做一份演讲稿。这次要做好充分的准备，毕竟机会是留给有准备的人的。而自己要做的就是抓住每一次机会，说不定哪次就成功了。

这天，阳光明媚，长时间的雾霾被一夜春风吹散了。孙闯闯抱着电脑，迈着矫健而又稳重的步伐到了该制片人的公司。前台姑娘给他用一次性纸杯接了水，放到茶几上，道："张总在开电话会议，您稍等一下。"

"可她跟我约的就是现在，怎么又开会了？"

"实在抱歉，临时有个急事。应该快了。您坐下休息会儿。"

孙闯闯见小姑娘挺客气，没再为难她。他走到接待室的落地窗前，外面的风景很美，从这里可以俯瞰整个奥林匹克森林公园，以及大半个亚运村和小半个北京城。他思索着该如何向张静兰阐释他剧本中所要表达的寓意，如何讲述那交错的剧情，如何描绘剧本亮点。只要剧本会进行顺利，电影就可以拍出，观众们一定不会失望的。他面对小半个北京城，望着堵得水泄不通的四环路，忽然觉得自己是幸运的那一个。他感谢上天赐予自己的才华，感谢父母又给了一副不太会让别人嫌弃的面容。他激动了，兴奋了，觉得眼前的道路一片光明。

二十分钟过去了，仍是静悄悄的。孙闯闯推门而出，吓了前台小姑娘一跳。

"你能催催她吗？都这么长时间了。"

"您看，张总完事了肯定就来找您了。"

孙闯闯往张总办公室看了一眼，门依然紧闭着。"您再等一会儿，张总完事了，第一时间通知您。实在抱歉啊。"孙闯闯想走，可这步子就是迈不开。原地踟蹰片刻后，又回到了接待室，坐下了。好事多磨，不要因为这几分钟而错过一次机会。他背靠着落地玻璃窗，阳光烘烤着后背，暖洋洋的。透过接待室的落地窗，可以俯瞰整个亚运村，鸟巢窝在一汪绿色中，像是刚被生出来的恐龙蛋。想到恐龙，忽然想到了他的前妻。他前妻是恐龙博物馆的管理员，每逢周末，博物馆都会被小朋友们所占据。她曾说，等他们有了孩子，也带来这里看恐龙。她最得意的事就是可以背出上百种恐龙名称。她的世界里只有恐龙和孙闯闯。她现在一定在忙着擦拭恐龙骨架模型和展窗的玻璃。想到这里，孙闯闯的鼻头忽然酸了。

一个小时又过去了，孙闯闯心头突然喷出了一团怒火，正要冲出接待室时，和前台小姑娘撞了一个正脸。

"张总刚开完会，您可以进去了。"

孙闯闯咬着下嘴唇，硬是让自己冷静下来。

会议室的玻璃墙上，贴满了演员、导演的照片。这些是他们下一部戏的主创候选人。孙闯闯被归到了导演一列。在会上，张静兰坐在了王总的位置上。今天王总出差，会议自然就让张静兰主持。张静兰是一个让人看不出年纪的女人。他忘了是谁说过，看不出年纪的女人最可怕。会议桌上除了张静兰，还有五个公司同事和一位中年男人。在孙闯闯眼里，他们都是一些长得很好看的年轻人。

张静兰说："小雯儿，今天你做会议记录。"她又说："给大家介绍一下，这是著名的填词人、乐评人孙闯闯，在音乐圈很厉害的。"

张静兰又指了下那位中年男人："这位是邓科，著名制片人。我想你应该听说过他吧？《盗宝奇缘》《星际穿越2》，还有好多票房过二十亿的片子，都是他负责制片。"孙闯闯心里琢磨着，难道冯煜给我介绍的人就是他？可张静兰说的这些片子都是好莱坞的，难道这孙子是好莱坞的制片人？

邓科与张静兰客套两句后，与孙闯闯互递了一个充满敬意的微笑。

"我听《摩登音乐》的苏总提起过你。"

孙闯闯有些惊喜。

"您也认识苏总？"

"当然了，我们认识十几年了，他还是独立音乐人的时候，我们就认识了。你怎么想起写剧本了？填词和写乐评不是挺赚钱的吗？"

"是前些年，程晓刚想让我帮他填电影主题曲的歌词，我们聊得挺高兴的，给他的电影也提了点建议，他就忽悠我跟着他一起写剧本。就这样开始写了。"孙闯闯不知道自己为什么会这样说。他确实给程导的电影主题曲填过词，但一起写剧本的事绝对是虚构出来的。然而，这虚构出来的事，就那么自然而然地脱口而出了，且言之凿凿，跟真的一样。孙闯闯没有故意欺骗张静兰的意思，当他讲完这些时，就连自己也惊呆了。

"程晓刚？我们太熟了。"张静兰一下子感兴趣了，开始讲述她和晓刚导演相识的过程。孙闯闯屁股在椅子上挪了挪，下意识地看了一眼手机。张静兰滔滔不绝，毫无要将话题收尾的架势。五位年轻人，认真听讲。邓科看上去倒也听得津津有味。

"张总……"孙闯闯突然打断了张静兰，其中两位年轻人相互交换了下眼神。

"您看，我们是不是可以聊下剧本了？"

张静兰似乎要讲到与晓刚导演的高潮部分，但突然被打断，面显尴尬。她将了一下头发，将一边的头发别在了耳后，露出了一只夸张而闪亮的耳环。

"那好，你开始吧。"

孙闯闯舔了下嘴唇，半天说不出话来。那只在心中准备膨胀得要爆炸的气球，瞬间蔫扁了一半。会议室里的冷空气仿佛凝结住了时间，所有人都在等待孙闯闯的"开始"。然而，此刻的他，忽然觉得他的剧本，以及剧本中交错反复的剧情，以及他心中的表达，在这个珠光宝气、八面玲珑的张静兰面前，完全不值一提，甚至感到自己是如此卑微。可是此刻的他又能怎么办？

从孙闯闯开口讲述剧本，张静兰开始低头摆弄手机的这一刻起，他就已经败了。他花了大概十分钟，前言不搭后语地讲完了。从始至终，张静兰安静地低头摆弄手机，没有打断他。直到再次沉默，张静兰才猛然抬起头，道："你这个剧本太老套了，之前老汪也写过一个类似的。老汪你认识吗？我们很熟的，也是一个有名的编剧，《大上海》就是他写的。"

孙闯闯没有为自己辩护。

"我知道你的写作功底不错。你认识晓刚导演，他也赏识你，那就证明你还是有才华的。我们公司现在需要一个写手，你要是愿意的话，可以来我们这里上班。"张静兰倒是很客气，面面俱到，也很真诚地邀请他。

孙闯闯站了起来，将电脑扣上，抱起："张总，您的好意，心领了。"话音刚落，便大步迈出了会议室。

会议室里那五个长得很好看的年轻人，各自低头。小雯儿依旧在打字。

"行了，别再记了。把今天的会议记录删了吧。"张静兰说，"这个人脾气太大，又不是什么知名导演编剧，耍什么大牌。"

邓科说："这个人不太适合团队合作。"

张静兰将自己挪到了会议桌旁边的沙发上，摆弄着茶几上那套工夫茶茶具。

"但这个人似乎还有点才华，我以前听说过他。"

"才华？他拍过什么？不就是写写歌词吗？"

"倒也没拍过什么特别有名的电影，就是得过几个港台的音乐奖项。他大学没毕业就去《音乐风尚》工作了，那边的主编特别看好他。算是有点才吧。"

"这些跟电影有什么关系？"

"您听着呀，他跟炎雅伦的关系特别好，炎雅伦在当年可是叱咤风云的。"

"那跟电影也没关系呀。他这跳来跳去的，就说明他不是一个能长期合作的人。这人一看就是性格有问题。邓科，你不会是炎雅伦的粉丝吧？"

"算是尊敬吧，崇拜谈不上。"但实际上，邓科那时确实是炎雅伦的粉丝，同时也是孙闯闯的粉丝。那些千里迢迢，为了追星而来北京的人群里，就有邓科。

"那你就是那小子的粉丝！"

"怎么可能！我还没那么低级趣味。"

"小雯儿，过来一下。"张静兰对邓科的陈述已经失去了兴趣，确切地说，她是对孙闯闯这个人失去了兴趣。张静兰又说："把这个人的照片摘下来吧，再联系联系剩下的四个人。"小雯儿踮着脚，把孙闯闯连带个人简介的照片摘了下来，团成一个纸球，扔进垃圾桶里。

从张静兰的公司出来，孙闯闯接到了《摩登音乐》的来电，是小姚儿。

"孙老师，您写的歌词我们苏总很满意。但唯一有个小小要求，您看看能不能再稍作改动。具体的改动要求已经发到您邮箱里了。"

"我觉得我写得没问题，一个字儿都不改！"孙闯闯气愤地挂了电话。

他走进了一条胡同里的公共厕所，粪便大肆喷射在蹲坑周围。人们毫不掩饰地将肠胃里的排泄物暴露在外，再精神抖擞地迈出这一肮脏之地。这股臊味使孙闯闯的尿急感加剧，膀胱的酸胀让他一下子也喷射到了别人的粪便之上。孙闯闯屏了一口真气，一边提裤子，一边跑出了厕所，狼狈得就好像刚被强奸了一样。

从厕所里出来后，他徘徊在大街上，无处可去。他忽然觉得自己，贱。为什么要撒谎？而且是那么低级、廉价的谎。他恨张静兰，更恨自己。顺着路走，就走到了费主席家里。他不知费主席是否在家，但也无所谓，爱在不在，反正无处可去。他推开费主席家的门，果然在家。费主席戴着副硕大的透明眼镜和口罩，身体被另一个巨大的塑料身体遮挡住，那是他新设计出来的"大玩具"。他在为它喷彩漆。

孙闯闯到了费主席家里，直奔冰箱。

"我说你进来能不能吱一声，以为进贼了。"费主席叼着烟，口齿不清。

"你家里怎么连冰可乐都没有？混成你这样，也够惨了。"

"是挺惨，不然你给我介绍个妞儿得了。"

孙闯闯没搭理他，假装参观费主席收集的玩具。

"说吧，又出什么事了？"

"也没什么事，就是今天又去见了一个什么总儿。"

"冯煜给你介绍的那位？"

"嗯。"

"他给你介绍的人能靠谱吗？别搭理他们。"

"她叫张静兰，除了跟我盘道，就没聊别的。"

"她多大岁数？"费主席问。

"这种人不好猜，模样看着跟我差不多，但气质像四十多的，气场像五十多的。"

"这么邪乎。你们都聊什么了？"

"本来我是要跟她聊我的剧本的，可她满嘴跑火车，好像整个娱乐圈都是她的朋友，七大姑八大姨的都认全了。到聊剧本的时候，她出去了，派了一帮小孩儿跟我聊。"孙闯闯又撒了另一个谎。

"这不挺好的，能把剧本聊上就行。我对你绝对有信心。那后来呢，聊得怎么样？"

"没什么后来。他们连……"孙闯闯把后面的话咽回去了。他的脸开始扭曲，生气中好像还夹带着一丝委屈。

"连……什么？"

"不知道，他们既没肯定，也没否定。最后我一气之下走了，老子还不跟他们玩了。"

"这倒是也正常。他们就是这样，在知道你的来头之前，绝不会轻易得罪任何一个人。即便人家把你底细摸清了，人家即使看不上你，也绝不会当面讽刺数落，与你发生正面冲突。你和人家拍桌子叫板，他们就把你当猴儿看，等你耍够了，没准还得好心地劝上你两句。可你想过事后吗？说句不好听的，你就是被惯的，脾气大，还……"费主席突然住了嘴。这一段话，让孙闯闯很不爽，他有什么资格来教育我？可思来想去，他说的好似又有几分道理，找不出可以反击的缺口。这感觉就像那天在医院，和冯煜聊天一样。他不懂两件事：其一，为什么现在谁都可以对自己说教，然而自己又无力反驳？其二，为什么一聊到跟电影沾边的事，自己就爱撒谎呢？

"还什么呀？"半晌后，孙闯闯说。

"没什么，反正以后你得注意点。"

"我还有事，先走了。"孙闯闯站起来，走出了费主席的家。

其实费主席还想说他幼稚，但这个词不能说，即便事实如此也不能说。

费主席听了孙闯闯刚刚经历的，为他心疼。他说的张静兰，费主席太熟悉了，他们曾经有过密切的合作。但费主席不想将这些告诉他。

## 我叫费乐乐

费主席原名叫费乐乐，出生在四川大凉山。在他之前，家里已经有了三个孩子。费乐乐纯属是个意外。可能是因为从他一出生到现在就不太会乐，家里怕他是个傻子，总盼着他能笑一下，就取名为费乐乐。小时候，父母都很忙，四个孩子照顾不过来。在费乐乐出生时，老大费英雄已经十岁，可以照顾弟弟妹妹了。费乐乐主要是费英雄照顾的。但费英雄并不喜欢这个弟弟，连父母也不喜欢他。他们怀疑他是自闭症，他不喜欢和小朋友玩，也不喜欢说话，只喜欢拿着粉笔到处画。家里除了天花板，哪哪儿都有他的画迹。为此，费英雄总是打他。可父母在暗地里告诉费英雄，别拦着他，你这弟弟怕是有自闭症，好不容易有个爱好，就不要再阻拦了，回头再出个什么意外，咱这辈子都得沾一身腥。费乐乐从没有感受过家庭的温暖，父母和几个兄弟姐妹虽然不打他，也不骂他，但那是因为都不敢招惹他，怕他自杀，死了。只有一次，他发了高烧，母亲抱着他睡了一晚。那一个晚上，费乐乐才感受到一丝丝母亲的温度。他对母亲美好的回忆，也停留在了那一个晚上。直到近些年，他有时候做梦依然能梦到那个夜晚。在他十岁的时候，父母告诉费英雄，等弟弟高中毕业，上了大学就让他走吧，以后不要再回来了。

费乐乐真的考到了北京，还考上了美术学院。2006 年时的费乐乐刚从美院毕业，那时候的他戴着一副厚片眼镜，从侧面看，镜片会折射出无数个圈圈来。在那副镜片的后面，是一双总也睁不开的眼睛。看人的眼神也是游离不定，走路有点跛脚，满口乡音，说不上来是哪里的话。反正对于孙闯闯来说，外地口音听着都一样。孙闯闯也很嫌弃他，倒不是因为他的口音，而是他一副永远睡不醒，且萎靡不振的样子。后来，费乐乐的跛脚好了，但具体是什么时候好的，大家谁都记不清，连他自己也不知道。费乐乐的双腿其实很健康，是他自己故意跛脚的，他觉得这看上去很可怜，像个弱者，可以引起别人的同情。

当时的费乐乐不知道，他的毕业约等同于失业。他从被学校"轰"出来、被宿舍"踢"出来的那一瞬间才意识到，自己无处可去了。他卷着铺盖卷儿和画夹，痴痴地望着美院校门口，推了下眼镜，终于瞪大了眼睛说："完了。"但即便如此，他也没想着要回家，眼睛还是看着朦朦胧胧的前方，从没想过要回头。他丝毫没有恐惧感，一无所有的他对一切都是麻木的、迟钝的。他坐在校门口，直到深夜。费乐乐终于开始思索自己下一步该去哪里。夜里两点，他毫无困意，站起来活动下锁死的关节，在大街上溜达着。走到了一间网吧，他停下来。网吧门口挂着一只半闪不亮的企鹅，企鹅在被这条暗黄色路灯照耀的夜路上，显得很不起眼。费乐乐进去了，里面一片嘈杂，烟雾弥漫，方便面和烟味混在一起。他仿佛又回到了大学宿舍，又回到了那个温暖的子宫里。他去前台交了包夜的钱，选中一个角落的位置，逛荡在美院论坛上。他有点喜欢这个地方了。角落里的小沙发，让他感到无限的安全感，他想留在这里。

天亮了，他睡着了，包夜的时间也到了。他被店伙计拍醒，恍恍惚惚睁开眼睛："我想来这儿打工，我干什么都行，我没地方去了。"

"我们这儿又不是收容所，赶紧走人。"

"我干什么都行，工钱少不给钱都没关系。"

费乐乐虽是迟钝的、天真的，但也是随意的。自从那晚他听见母亲对费英雄说考上大学就让他走吧以后，他对生活就没什么指望了。除了画画，什么都不喜欢，在哪儿画不都一样吗？

就这样，他留在了网吧里，负责晚班。包住不包吃。白天在十个人的宿舍里睡觉，睡醒了就画画，再传到美院论坛里。在论坛里，他算是个"大神"，有很多粉丝。他在论坛里，也卖了一些画，赚点外快。他的开销不多，赚的钱除了吃饭，就是买点美术用具，其余的钱全存在了卡里，他也不知道这些钱留着有什么用。

费乐乐在网吧耗了一年，说是耗着，其实是画了一年。画完了就登在网上，有人喜欢就将其买走。他所有的画只有最低价，没有最高价，给多少就看买主自己觉得这画值多少钱了。费乐乐觉得这样很有意思，他想知道自己的画到底在别人心里值多少。他自己特别喜欢的两幅不卖。那两幅一直藏在画夹的内衬里，从未展示过，谁也不知道画的是什么。

就连他自己也从没想到，在这一年里，他的银行卡里已经有一笔非常可观的钱。这钱有多少呢？在南四环租一间屋子，以他的消费水平，可以够他闲待着五六年的。

终于有一天，论坛上，有一个号称是他粉丝的人想见见他。一开始费乐乐拒绝了他，后来，他禁不住粉丝的各种骚扰，终于在这间网吧门口会面了。这个人就是冯煜。

约的是晚上六点，七点费乐乐要上班。冯煜五点半就到了，坐在网吧门口的台阶上，靠着墙，头顶上就是那只闪烁微光的企鹅。他紧张，怕见了费乐乐不知道该怎么说。他知道费乐乐这人有点怪，从画上就能看出来，他的内心住着两只厮杀的猛兽，疯狂和病态中夹杂着忧伤和孤独。

六点钟，费乐乐走出了网吧，像是一个发霉的人，像是从地下管道里爬出来的人。冯煜咽下口水，有点蒙，但还是向他伸出手，介绍自己。

"我叫冯煜，比您小两届的学弟。"

"你好。"费乐乐舔了下干燥的嘴唇。

"我今年毕业了，准备成立一个自己的工作室，想邀请您来。"费乐乐眼神游离不定，始终没有看冯煜一眼，总是绕着他转悠。

"不然，咱们换一个地方聊聊？"

"就在这儿吧，我七点要上班了。"

"您在这儿上班？"

"嗯。"

复杂情绪使冯煜的脸变得扭曲。他想哭，想抱着费乐乐哭，并下定决心，无论用什么办法，都要让他离开这儿。

"费老师，您听我说。开工作室这事，您一定得听我的。我们工作室需要您……"

冯煜对费乐乐没有功利之心，是纯粹的欣赏与怜惜。他觉得像费乐乐这样的人可称之为大师，大师不应该被淹没，更不应该在这种地方。冯煜从如何变成费乐乐的粉丝开始讲起，又讲了费乐乐在圈子里的江湖地位。天色渐渐暗下来，两人从网吧聊到了路边摊。费乐乐被冯煜打开了人生中的另一道门。冯煜畅想着未来，他的未来包括了很多，其中就有费乐乐。路灯照亮了整条街，费乐乐觉得眼前一片金灿灿的，仿佛自己已经置身于冯煜的未来之中，仿佛那个有着理想、才华，整天和一群气味相投的朋友聊天画画的那个人，就是现在的他。他忽然明白，原来人生还有另一种可能性。

冯煜知道费乐乐动心了，没再往下说。他看了一眼表："哎呀，都这么晚了。费老师，您是不是要回去上班了？"

"不去了。你的工作室什么时候开？"

冯煜心里乐开了花，觉得费乐乐身上也散发着一团金灿灿的光芒。

"费老师，我和几个同学得商量下资金的事情。"

"需要多少钱？"

冯煜琢磨着，还没等他开口，费乐乐就说："我这儿有五万，够吗？"

冯煜惊呆了，这远远超出了他的预估。其实两万就够，包括交房租和置办家具和绘画工具。

这天夜里，费乐乐向网吧老板坦白了自己的想法，老板很支持他。虽然他不是一个勤快的人，对于老板来说也不是一个称职的员工，但他很老实，从不迟到早退，对于黑白颠倒这事，也没什么怨言。由于工作室还要简单装修，他又在网吧里住了两个星期。在网吧里待了一年的时间，老板对他还是有感情的。走的时候，老板对他说，以后要是有什么困难，随时欢迎他回来，并且祝他在艺术的道路上取得成功。之后他便离开了。

费乐乐离开网吧，住进了工作室。起初敞亮开阔的生活环境让他不适应，他害怕晚上，害怕黑夜。他觉得一到晚上，他笔下的那些妖魔鬼怪就活了。他突然无比想念网吧的宿舍，闭塞狭小的空间给予他无限的安全感，就像是躺在母亲的怀抱中。在工作室的第一个夜晚，他居然哭了。

不久，费乐乐就接到了人生中的第一个大单。是给一个香港影视公司驻京的发行公司设计电影宣传海报。联系他的人就是张静兰。张静兰那时候还是一名电影发行人员，需要设计一款电影海报。为了省钱，该发行公司就从美院找到了刚毕业的费主席。费主席日夜加班，一个星期后交出了海报，但张静兰百般挑剔、为难。那时的费主席尚且年少轻狂，骨子里算是个艺术家，艺术家都有自己的脾气，起初不愿妥协，但被折磨了一个月后，终于放弃了，不再和张静兰较劲，也不和自己较劲了，爱谁谁。但张静兰还是不依不饶，最后，费主席说，我不要你的钱了，你饶了我吧，这活儿我不干了。再后来，费主席所设计出的第一款海报问世了（当然了，钱还是没给）。从电影上映前到下映，总共两个月的时间，费主席无论走到哪儿，都能看见自己设计出的那第一款电影海报。他咬牙切齿，决定要打击报复。

他在工作室里发了疯似的转悠，愤怒的情绪充满了整个大脑，他甚至想要暗杀张静兰。杀死张静兰的画面一遍遍重复着。后来，冯煜知道了此事，安慰费乐乐说："这事你不能生气，他们之所以对你要求这么苛刻，其实就是不想给钱，但结果他们还是用了，这说明什么呢？"

费乐乐说："说明他们该死！"

冯煜说："错了，你要端正自己的态度。"

费乐乐愤怒地看着冯煜，很想给他两拳。

冯煜说："这说明，他们对你的才华还是认可的。这就是好事。你等着，他们下次有活儿还会找你的。"

"还敢找我？我弄死他们！"

"你这人怎么这么轴？下次找你，你就得让他们先给你钱，跟他们摆架子，懂吗？"

"先给钱？"

"对，不给钱，你就不给他们干。这话要先说在前面，这就是传说中的话语权。"

费乐乐眼神疑惑了，也柔和了。

果不其然，正如冯煜所言，张静兰果真又找到了费乐乐。费乐乐按冯煜的路数，成功掌握了话语权，顺利地拿到了一笔设计费。费乐乐的名气与身价瞬间又提升了一个档次，这多亏张静兰的赏识。他忽然觉得张静兰是他的恩人，也觉得张静兰这人特仗义。但这些事，费乐乐谁都不想告诉，尤其不想告诉孙闯闯，怕他会看不起自己。

费乐乐遇到孙闯闯是在他提高了身价以后的事，冯煜带他见的。孙闯闯像一道明晃晃的光，照进了费乐乐的世界。那时候孙闯闯刚结婚，和新媳妇儿一起搬到了二手的新房里。客厅的墙纸被前主人撕去，露出丑陋的墙皮。为了省钱，孙闯闯叫来了一帮朋友给他刮大白，其中就有冯煜，冯煜带着费主席也来了。经过两天的努力，大白算是凹凸不平地刷完了。新媳妇儿瘪嘴不满，刚结婚，为了省钱，把客厅搞成了这个样子。后来费乐乐说，你不嫌弃的话，我帮你在墙上画点装饰吧。费乐乐声音小，口音又重，孙闯闯又不认识他，道："你说什么？"

冯煜连忙解释："哦，这事怪我，都来了两天了，也没给你介绍。这位是费乐乐，特别有才的插画师，也是电影海报设计师。《天才魔术团》那部电影知道吧？海报就是他设计的。我给你看看他的作品啊。"

孙闯闯并不知道那部电影，但他看到费主席自己画的插画作品时，眉飞色舞："真不错，这事就交给你了。"

一个星期后，孙闯闯与媳妇儿再进客厅，惊呆了。客厅的一面墙连着房顶都被费乐乐的画占据了。是一个头发开满了曼陀罗的女人，女人半裸，伸出来的四只手捧着自己的心脏。孙闯闯喜欢极了，立刻要与费乐乐当朋友。但孙闯闯一定不知道，他媳妇儿觉得那画真恶心。

后来，费乐乐进入了孙闯闯的圈子里，孙闯闯去哪儿都带着他。费乐乐喜欢这些时髦、有朝气、漂亮的年轻朋友。再后来，孙闯闯给他介绍了很多音乐圈的朋友，包括炎雅伦。在那段时间里，市面上很多的专辑封面都是费乐乐设计的。时间久了，费乐乐已经成为大师级别的设计师，很多玩具厂商和漫画制作公司找上门来，他和冯煜又进入了另一个圈子——地下漫画圈。从那以后，费乐乐逐渐将身上那股霉味和浓重的口音褪去了，费乐乐也被孙闯闯改名成了费主席。

多年后的今天，费乐乐已经成了费主席，张静兰也由一个电影发行人员，成了一个电影公司八面玲珑的"总儿"。费主席感叹着，这个世界可真小，转来转去，她又让孙闯闯给碰见了。真有意思。

## 孙闯闯又栽了

邓科很快就和孙闯闯成了朋友，这不是孙闯闯想要的结果。但邓科身上有一种让人难以拒绝的魔力。谁都能成为他的朋友，谁也都不是他的朋友。很多年后，每当孙闯闯看到邓科的名字出现在片头或是片尾的时候，总会打个冷战。按理说，他应该恨邓科，可回想起来的全部是与他在一起时那些美好的回忆。孙闯闯也总是在想，到底是从什么时候，从哪一件具体的事开始，他们成为朋友的？换句话说，自己是具体因为什么把邓科当成朋友的？他想不起来了。这个世界上，孙闯闯只服邓科一个人。

"在哪儿？"邓科问。

"在家。"

"晚上来浮云会一趟。"

"没空。"

"是正事。"

"……"

"艾娱乐影视公司的老板要找编剧，我就推荐了你。"

"行。几点？在哪儿？"

"稍后告诉你。"

挂了电话，孙闯闯立刻从被窝里跳出来，挑了一身体面的衣服，出门了。浮云会，他在心里盘算着，听着像是夜总会。

果然，当出租车停稳后，他犹豫了两秒。金碧辉煌的浮云会像是一座充满魔法的宫殿，在夜晚显得如此虚幻。他给邓科发去信息：是浮云会吗？我在门口，你在哪儿？

孙闯闯下车，便站在路边等待邓科的回信。十分钟过去了，邓科杳无音信。208 房间，他盯着这个数字好一会儿，硬着头皮进去了。服务生的周到让他无所适从，他透过 208 房间的门缝，看到了邓科与几个中年男子碰杯，两个中年妇女在唱歌，并无小姐。

孙闯闯推开包房的门，邓科赶紧迎了上去。

"咱们不是聊剧本吗？怎么聊到夜总会来了？"孙闯闯说。

"聊剧本还挑地方？跟哪儿谈不一样。"

两位唱歌的妇女闭嘴了，瞬时静了些。

"这位就是著名的孙闯闯。"邓科向几位中年男子介绍。

孙闯闯面显尴尬，向几位中年男子点头示意。可那几位表情木讷，对他的到来丝毫提不起兴趣。待孙闯闯坐稳后，服务员为他倒上了酒。邓科贴着旁边男人的耳朵，喊着介绍孙闯闯。那男人瘦脸，油头，脸颊上有颗硕大凸起的痣，像是趴了一只苍蝇，小手指上留着长长的指甲，看上去五十岁上下。出于礼貌，孙闯闯端着酒杯对着瘦脸男人一饮而尽。瘦脸继续和身边几人谈着业务。孙闯闯仔细听了听，瘦脸就是邓科说的影视公司老板，而他身边那几位似乎是做地产的。如今地产业不景气，瘦脸一直劝说他们进军影视业，以及分析影视行业的大好形势。几人聊得热火朝天，两位妇女一首接一首地唱二十世纪八十年代的港台流行曲。孙闯闯捅了一下邓科，叫他出去一趟。两人一前一后，去了洗手间。

"你今晚叫我来干吗？耍我是不是！跟这帮土老帽有什么可聊的？"孙闯闯扭头便走。

邓科拉住他的胳膊说："当然有的聊，你可别看不起他们。这帮人不懂剧本，就是有钱。你先别急，谈事都是看时机。"

邓科见孙闯闯情绪稳定了，又说："是这样，我手里有一些国外的剧本，到时候我找人翻译好了给你，你再稍加创作。我等你的剧本出来后，再找屋里那几位土老板投资……"

"邓科，你还是人吗？这事你都干得出来？"

"告诉你个秘密，我是制片，不是人。你脑袋别那么死性，这可是好事。钱多，活少，最后署名还是你的。多好，说不定你就一举成名了，这以后机会还不多了去了，别说写剧本了，你就是自己当导演都行。多少人都想揽这活儿呢，可他们没资源啊。哥们有好事，都想着你呢。"

孙闯闯不说话了，安静地回到了包房里。他被邓科的话打动了。但直到后半夜，邓科仍是没有和那几位土老板谈到剧本。这件事过了以后，就再没动静了，邓科也联系不上了。

转眼到了冬天，《摩登音乐》的小姚儿给孙闯闯寄来了专辑，在填词人那一项后面，孙闯闯的后面又加了一个人。孙闯闯气急败坏地给小姚儿打了电话。

"为什么我的名字后面又加了一个人？"

"我们老大觉得您写的词还是有些问题，例如那些敏感的词汇，歌里面是用不了的。之前也跟您沟通过这个问题，您不愿意改，就让别人改了一下，所以……"

"好，知道了。"

孙闯闯平静地又看了看专辑，平静地将 CD 塞进了架子里。

最近，费主席一直忙于个人展览的筹备，与冯煜和小芒几个人忙得不可开交，但还是抽空与孙闯闯见了一面。孙闯闯很颓废，像个野人，在与费主席聊天时语无伦次，或是安静地嗑瓜子。最后他忽然说："我以前觉得处处可能都是一个机会，不要轻易放弃每一个。但我错了，不是所有的都是机会。那些我原来想要拼命抓住的，都不是。机会是给像张静兰和邓科那些人准备的，不是我这样的。说句实在话，我觉得你有一天，可能会成为像他们那样的人。但这不是什么坏事。"

孙闯闯躺在沙发上。

　　费主席没承认也没否认，他又想起了当年与张静兰，以及许多像张静兰那样的人合作过的事。过了一阵，他又说："你那个剧本我能看看吗？"

　　"看吧，随便看，想怎么看就怎么看。"

　　夜深了，孙闯闯在沙发上轻轻打鼾。费主席看得入迷，从客厅的沙发上看到了孙闯闯的书桌上。他一页页地翻，用笔圈圈点点，像个精神上出了问题的人，在深夜中自言自语。下雨了，风中夹杂着雨水，从纱窗溅到了窗台，又从窗台蹦到了剧本上。他终于看到了最后一页，又看了看睡相丑陋的孙闯闯。他双手压在脑后，一只脚垂放在地上，另一只脚横在沙发垫子上。忘了从哪本心理学的书上看到过，喜欢将双手垫在头下睡觉的人，都是单纯且阳光的。费主席忽然心生怜悯，也让他想起了小时候，无意中听到母亲悄悄对哥哥说的话，想起了曾经那些窝在肮脏狭小的床铺上，就像一只臭虫，在网吧黑白颠倒的日子。往事使他后脖子发凉。他发誓自己再也不要过那样的日子了。回忆点滴成河，将他淹没。命是什么，现在的费主席也大概知其一二了。雨停了，阳光从云层中射出了一道光。他望着逐渐透亮的天空，做出了一个重大决定。他拍醒孙闯闯："别睡了！"

　　孙闯闯睡觉轻，立刻便醒了："你怎么还没走？"

　　"剧本看完了，牛！"

　　"这还用你说？"

　　"我有一想法，想听吗？"

　　"不想听，我再睡会儿。"

　　"咱自己把剧本拍出来吧。"

　　孙闯闯翻了个身，果真又睡了过去。

## 孙闯闯要单干

　　孙闯闯骑着摩托车，车把上挂着七份盒饭，到了费主席家里。今天是孙闯闯当导演的第一天，准备宴请全体剧组。

　　费主席的家在南二环，老小区，六层，没电梯。孙闯闯把摩托车停放妥当，拎着七份盒饭爬上了楼。楼道里弥漫着股烂香蕉和鱼腥味儿，他觉得很亲切，想起了小时候。

　　孙闯闯爬到四层半就爬不动了。他把七份盒饭撂在地上，双手撑膝，大口喘气，眼睛向上抬了抬，还有一层半，但他无力再向前迈动一步，他觉得自己永远也到不了费主席家了。五层有人下到了四层半，倒垃圾。是个大约五十岁的中年人。

　　"你去哪儿呀？"

　　孙闯闯还是说不上话来，向上指了指。

　　"现在你们年轻人真是欠练。"

　　孙闯闯还在用力喘气，但他很高兴，自己被一个五十岁左右的人称为"年轻人"，无论自己是否年轻，但至少看上去还算是个年轻人。他忽然浑身又充满了力气，两步一个台阶，一口气冲到了费主席家门口。他把两只手上的盒饭，并到一只手上，推门进去了。费主席的家永远不锁门，原因有两个。第一是他记性差，永远忘记带钥匙。他曾经叫过五次开锁的人，为此，至少花过小三千块钱。第二，因为家里也没什么值得一偷的，除了玩具就是书、CD和四五盆高大而茂密的木本植物。

　　费主席此刻正和小芒、冯煜窝在沙发里讨论费主席的新作和嗑瓜子。以沙发的凹陷程度，从远处看，他们就像坐在地上。小芒是孙闯闯电影里的女一，冯煜是男一，费主席是摄影兼走过场的。还有斑马乐队的三个人，也会担任部分角色。他们见孙闯闯进来，都很高兴，起立迎接。费主席迅速接过他手中的盒饭，小芒和冯煜立刻将茶几上的玩具、杂志、瓜子皮、烟灰缸收到了一边。他们对费主席的家很熟悉，知道这些杂物该如何安置。这一举动，莫名地让孙闯闯感到了一丝妒忌。

"这都什么年代了，叫个外卖就好了，何必自己拎过来呢？"费主席道。

"这家馆子不送外卖，还没有菜单，老板做什么你就吃什么。但每道菜都会惊艳到你们。真的，你们尝尝就知道了。"孙闯闯一边说着，一边将塑料盒子打开。

饭菜摆好，几人围坐下来。

"斑马乐队那三个人呢？"费主席问。

"他们今晚有演出，排练去了。"

几个人沉默了，这个开机仪式并没有大家想的那么隆重，甚至有点凄凉。

"不管他们了，反正今天也没他们的戏。吃完咱们就开干。"费主席又张罗着碰杯缓解尴尬的气氛。

但无论怎样，尴尬的气氛就是挥之不去。孙闯闯那曾经呼风唤雨的能力没有了，那些围着他团团转的音乐人也不见了。没想到，最后靠谱的居然是冯煜和小芒。孙闯闯感谢他们，但感谢并不代表着欣赏。

饭后，孙闯闯从塑料袋里又掏出了一袋炒瓜子，两斤的量。冯煜和小芒忽然觉得他变得随和、亲民、接地气。两斤的瓜子，一下子把他们的距离拉近了。

费主席讨厌瓜子，他总觉得嗑瓜子是小啮齿类动物干的，并且这一举动特没艺术家范儿。他拿着剧本，又将自己的台词背了一遍。

"待会儿，第一场戏的时候，你就坐在沙发上，和小芒聊天。你俩聊的时候自然一点，就当正常聊天，也不用非得按照剧本上的背。别紧张，打个磕巴什么的，都无所谓。"孙闯闯说。费主席把大灯和遮光板调整了位置。

　　小芒还是紧张，她只要面对镜头就紧张，包括照相。她走到了窗外，外面白茫茫的一片。

　　"下雪了。"小芒说。

　　"眼花了吧？"冯煜说。

　　"真的下雪了，真的下了！"费主席激动地叫了起来。

　　孙闯闯看向窗外，雪花如指甲盖般大小，纷纷扬扬地落在树叶上、房顶上和孙闯闯的摩托车上。四个人趴在窗户上，欣赏这全市人民盼了一年的雪，终于在这天——他们开机的日子，落下了。

　　这是好兆头吗？孙闯闯思索着。

　　几个人痴痴地望着窗外的雪，晃神了。孙闯闯很久没有看过雪了。去年的北京也仅下了一场，但他错过了。他仔细思索着，到底是因为什么事情错过了？他的记性不好，过去发生的事情总是被周围的人提起，才能想起来。但这次，他想起来了，是陪着斑马乐队走穴去了。北京下雪的那天，他们正在成都。成都的冬天很冷，室内没暖气。当晚演出现场，一个可以容纳二百人的场地，却挤了快三百人，挤不进来的就在酒吧门口站着听。到后来，老板索性不售票了。孙闯闯能跟着斑马乐队去走穴演出，有一半原因是自己应邀（硬要）去的。他说自己可以掏全程的机票和住宿费，原因是他想离开北京一阵子，散散心。

　　斑马乐队在成都的乐迷最多，那是整个巡演中最重要的一场，所以他们演得格外卖力气。他们想让孙闯闯在演出的中段做一番演说。主要原因是他们可以在后台休息片刻，顺带着再让孙闯闯吹捧一下他们的新专辑。孙闯闯很激动，他很重视在台上的这半小时。演出的前一个晚上，他在简陋的旅馆里认真地写下了演讲稿。他已经许多年没站在台上，在众粉丝面前讲话，也许久没被如此多的人注视了。他有太多的话想说，但又无从说起。孙闯闯不抽烟，去年戒掉了，他攥着一支铅笔，只好静静地望着嘈杂的窗外。

演出当天，孙闯闯用心将自己打扮了一番。现场，偶有认识他的人对他指指点点，也有粉丝要求合影。但他顾不上沾沾自喜，胃里阵阵痉挛使他表情僵硬，反应迟钝。这让人误以为，他还是多年前那个红遍江南、桀骜不驯的孙闯闯。可孙闯闯深知，如今的他已被大家遗忘，是一个挣扎在泥沼里的人。当斑马乐队准备介绍孙闯闯时，他在台下立刻灌了一瓶冰镇啤酒，好让自己冷静。他终于上场了，成都的粉丝还是报以热烈的掌声。孙闯闯拿着话筒，面对着一张张期待的面孔，竟一个字也说不上来。心中的大石头堵在了嘴巴里，也许是因为那瓶啤酒，他左摇右晃，小动作令人眼花缭乱。台下有一个男声嚷着："说话啊！"孙闯闯把麦克风放在了嘴边："嗯……今晚很荣幸……"后面他又说了些什么，就连他自己也忘记了。后来演出结束，他回到旅馆房间，失声痛哭。

后来斑马乐队没有责怪他，称他们永远都是孙闯闯的哥们儿，只要有需要，他们随叫随到。可今天，他们三人并没有出现，也许以后也不会出现了。

想到这里，孙闯闯突然缓过神来了。冯煜、小芒和费主席已经准备就绪，收拾好了残羹剩饭，并已各就各位，等待孙导的"开机"。

孙闯闯依旧望着窗外，突然开口："咱们今天拍个外景吧。"

"外景？"费主席蒙了，冯煜和小芒也蒙了。

"好不容易下一场雪，不能就这么浪费了。"孙闯闯说。

"可是咱们没有雪景的戏呀。"冯煜说。

"把剧本给我看看。"孙闯闯说。

小芒赶紧递上了剧本，孙闯闯翻看着。

"就把第三十二场的外景改为雪景，挺好，还有助于煽动气氛。"孙闯闯说。

"那不是最后一场了吗？"费主席说。

"是啊，咱还得快点，不然雪估计一会儿就化了。"孙闯闯说着就穿上了外套。

其余三人只好也跟着穿上外套，出门。

从楼上粗略地放眼望去，整个城市似乎是洁白的一片，但实际上，无论是那条具体的街道还是树坑都无比肮脏。雪花洋洋洒洒地从天而降，落在地面上，消失在泥泞中。

费主席也拿出手机，调到拍摄模式，有限的手机画面中，确实脏兮兮的一片。费主席努力寻找有雪的地方，但无济于事。

"你确定今天要拍外景吗？"费主席道。

孙闯闯犹豫了，但依然坚持说："拍！"

"费主席，你就一直往前走，走到前面那根电线杆子前，停下。自己酝酿酝酿，停下的时候你得泪流满面啊。"

"这哪酝酿得出来，一下蹦到最后一场，完全进入不了角色。"

"别废话了，趁着现在雪大，赶紧拍。"

费主席面有难色。

孙闯闯将手机设置到专业拍摄模式，镜头对准了费主席的背影。雪花一片片落在费主席的头上和肩膀上，左手边是泥泞的小路，右手边是一排违章建筑的小商铺。画面中的费主席，略显凄凉。他径直向前走着。

"走慢点！"孙闯闯喊了一声。

费主席回到原地，重走一遍。他一边走，一边酝酿着。他走到电线杆旁，驻足不前。孙闯闯用手机对着他，惊呆了。费主席已泪流满面，他的身体一抽一抽的，无法控制。冯煜和小芒也傻了，不知道是不是该去安慰他。

开机的第一天，就把最后一场戏拍完了，但这并不影响后面的进度。所有人上楼，继续第一场戏。回去的路上，费主席和孙闯闯默默地并肩前行。

费主席情绪已然平复，他说："怎么样？刚才表现不错吧？"

"吓我一跳。你这是想起什么了？哭得也太惨了。"

"惨吗？我怎么觉得恰到好处呢，就凭最后这一个镜头，咱们可以去参加威尼斯国际电影节了。"

冯煜和小芒在后面走着。

小芒说："我猜他是想起他小时候了。"

冯煜说："我也这么觉得。"

小芒说："不然也没什么事让他哭得这么惨啊。"

几人回到了费主席家里，家里还是一股子没散去的菜味儿。

孙闯闯又翻了翻剧本，说："我突然想到一个问题，你们都知道这短片的意思吗？"

"知道啊。"费主席不假思索地说。

"那你说说。"孙闯闯道。

"就是一个我跟小芒去寻找偶像的故事，但最后才得知偶像死了。"

"我觉得不止这些，孙老师可能想讲一个寻找死去的艺术家的故事。"小芒说。

"没事啊，你们自由讨论，怎么理解都行，没有正确答案。"孙闯闯又说。

冯煜、费主席、小芒开始了一场激烈的"厮杀"，都觉得自己的想法特别对，并且还以场次举例，证明自己是正确的。

孙闯闯抓起一把瓜子，边嗑边听，听着听着就笑了。他忽然觉得眼前的几人特别可爱，虽然他们的理解与自己的想法有天壤之别，但这又有什么关系呢？

"孙老师，咱们开始第一场戏吧？"

"好！开始！"孙闯闯把手里的瓜子皮扔进垃圾桶，起身。

他又说："其实你们说得都对，刚才的激烈讨论让我特别感动。真的，我要感谢你们。"

"别煽情了。我已经准备好了，已经进入人物的悲伤情绪中了。"费主席说。

在剧中，冯煜饰演现实版的孙闯闯，小芒饰演孙闯闯的搭档。原本计划让斑马乐队三人跑过场，但目前来看，需要另找演员。剧本大致内容如下：炎雅伦的去世震惊了全国，关于她的消息连续刷屏了一个星期，并且纷纷传来有人因悲伤过度而轻生的消息。孙闯闯带着搭档及一名炎雅伦的粉丝去"寻找炎雅伦"。他们会采访炎雅伦的母亲，从她的童年时代开始谈起，将她所有的人生的转折点或是"第一次"记录在影片中。炎雅伦在整部影片中会出现三次，分别以短视频的形式呈现。这三段短视频分别是在演唱会的后台和现场，炎雅伦家中的聚会，以及她自己的一段新专辑的解说，那张新专辑是她此生最后一张专辑，是评弹和爵士乐的混搭。这些都是炎雅伦生前，孙闯闯为她录制的。

## 尾声

在孙闯闯和费主席等人忙于拍摄的这些日子里，邓科消失了，消失得如此彻底，就像是从未出现过一样。孙闯闯有点恍惚，怀疑自己是否真的认识过一个叫邓科的人。

一个月后，孙闯闯等人的剧组算是杀青了。又过了半个月，冯煜负责找的剪辑师将成片交活儿了。剪辑师与冯煜关系好，没收钱。费主席开始了后续工作——准备将影片拿到多伦多电影节参展，他说那边有熟人，这事肯定没问题。按费主席的意思，只要影片和孙闯闯能在这种国际影展上蹚过一圈，最好再能得个奖，哪怕是入围也行，身价就不同凡响了。但这事，半年过去了，仍是杳无音信。就连费主席也很少再见到了，即便孙闯闯堵到家门口，他也是大门紧闭。影片参展的事没人再提起，孙闯闯并没有怪费主席，不埋怨任何人。孙闯闯也无所谓了。准确地说，他对任何事都无所谓了。三十八岁的生日，他和冯煜一起去了泰国帕岸岛，而费主席从此就这样不见了。帕岸岛上每逢月圆之际都会在沙滩上举行派对，称作"满月"派对，一群世界各地的年轻背包客会聚此狂欢。他们都是些长得很漂亮的年轻人，他们阳光、热情、奔放。孙闯闯喜欢这里，也喜欢这帮年轻人。孙闯闯和冯煜两人躺在了繁星下的海滩上，冯煜说起了参展的事。孙闯闯说："其实费主席没必要躲起来，我知道参展的事不好弄，即使弄不成，朋友还是可以做的。"冯煜犹豫了片刻说："我不想再瞒你了，其实他自己拿着片子去影展了……"孙闯闯半天没说出话来，海浪声此起彼伏，十分吵闹。不知道过了多长时间，孙闯闯说："聊点别的吧。"冯煜又问孙闯闯："以后准备干点什么？还继续写吗？"孙闯闯说："写还是得写，不然也不知道自己能干什么。可能继续写乐评，写歌词，没准还会再写一个剧本。"

回京之后，孙闯闯突然在网上看到了一条关于新片发布会的新闻。该影片的剧情与《寻找炎雅伦》如出一辙。新闻快照中，邓科站在靠边的位置，与女演员和导演一起剪彩。邓科笑得是如此灿烂，如此发自肺腑。该片的名字叫《鸟人》。这"鸟人"大抵是对炎雅伦的人生总结，是个褒义词。孙闯闯以极为平和的心情关上了电脑，念叨着：月底上映，应该去看看。

## 凉凉北京

深秋，距北京市政府供暖还有十天。屋里比外面冷，而且越坐越冷，手脚冰凉，会流清鼻涕。穿多少都缓不过来。苏玲儿和孙闯闯缩在沙发上，裹着被子。孙闯闯的房子是阴面，所以更冷。因为这事，他前妻每到这时都要对他进行一番埋怨，埋怨了四五年，终于搬走了，再也不回来了。现在，孙闯闯身边换了一个捧着热水袋的人。

电视里放着孙闯闯最喜欢的电影《野猪遍地跑》，这是盗版碟，台湾人翻译的名字。也不知道是为什么，内容和名字一点也对不上号。故事背景建立在玛雅时期，画面充斥着血腥与暴力。男主人公以及他所掌管的部落，为了反抗玛雅帝国的统治，进行了一次又一次的战争和逃亡。从某种角度来说，这被台湾人翻译过来的片名，倒是也有几分贴切。苏玲儿看得眼花缭乱，加上昨晚彻夜失眠，让她在温暖的被窝里迅速睡着了。这是孙闯闯第五次看这部电影，原因是他手里刚接了一个剧本的活儿，网剧。根据制片方的要求，他要在一个星期里写出一个两千字左右的大纲，内容是一群美少女逃离一个被僵尸霸占的荒岛。他要再看一遍这部电影来获取灵感。

他边看边记，起初还时不时跟苏玲儿聊上几句，后来干脆就不说话了。孙闯闯刚一闭嘴，苏玲儿就睡着了。苏玲儿刚一睡着，就被孙闯闯发现了。这是他的一大技能，永远都能第一时间发现身边的人是否在认真地与他一起欣赏或讨论某个艺术作品。但凡有人走神、心不在焉，他就会立刻察觉到，更不用说睡着了（孙闯闯认为，这是对艺术和他本人极大的不尊重）。但凡被他发现，他就会大发雷霆，当然了，也仅仅是在心里。可对苏玲儿就不一样了，他一下把她拍醒了：

"你怎么就睡着了？"

苏玲儿惊醒，还没反应过来，孙闯闯起了身：

"你赶紧回家吧。"

苏玲儿不明所以，也大怒了起来：

"你是不是有病啊！"

孙闯闯把电视关了，没告诉她自己为何生气，回了房间把门锁上了。苏玲儿觉得他这人简直莫名其妙，想吵架都不知从何吵起，穿上了衣服，憋着一肚子的委屈回家了。

苏玲儿和孙闯闯是在一个面馆里认识的。那天夜里，有个叫"学校"的livehouse（室内场馆）有演出。演出结束后，是后半夜了，"学校"所在的小胡同里瞬间挤满了散场的年轻人。附近只有这一家面馆是二十四小时营业的，里面挤满了人，队排到了外面去。孙闯闯哪哪儿都有熟张儿，有人给占地方。苏玲儿和张依在店门口排队，冻得瑟瑟发抖。孙闯闯捅了一下费主席。费主席是艺术圈的，按理说他和音乐圈的人搭不上关系，但费主席曾经给一个乐队设计过封面，于是就这么玩到一起去了。

"你看门外面那俩姑娘怎么样？"

费主席抬头看了看："不行，太柴了。"

"我觉得挺好。你再给我找把椅子去。"

孙闯闯起身向外走，拍了一下苏玲儿："哎，你们进来吧，我这儿有位置。"

苏玲儿大喜:"真的啊!"说着她就拽张依要进去,但显然,张依并不是很情愿。

"我们不在这儿吃,买完了就走。我们还是再排一会儿吧。"张依道。

"打包回去,面全坨了,没法吃。我们就坐在里面。"孙闯闯用下巴指了指费主席坐下的那桌。

苏玲儿又说:"就是,面怎么打包?快进去吧。"

张依还是被苏玲儿拉了进去。几人坐下后,孙闯闯为大家点了豌杂面。直到现在,苏玲儿每当回忆起这个晚上时,都会觉得很恍惚;每当吃起豌杂面的时候,都能想起孙闯闯。苏玲儿听孙闯闯的音乐访谈节目已经三年了,是他的头号粉丝。只是当时她被冻得快抽筋了,一门心思只想快点进到面馆里坐下,才没有第一时间将孙闯闯认出来。经过一番盘道,苏玲儿激动得快控制不住自己了,说了很多遍:"你真的是孙闯闯!"

孙闯闯心中大喜,遇上个姑娘居然还是自己的粉丝。孙闯闯和费主席开始聊起了音乐圈的陈年旧事和各种八卦消息。每当说到敏感词汇或敏感的人时,都会向四处望望,并将声音压低。面终于端上来了,张依饿坏了,顾自闷头吃面。苏玲儿听着孙闯闯口中的奇闻逸事,着了迷,偶尔才低头吃一口。苏玲儿每次低头吃面,孙闯闯就会闭嘴,等她抬起头时才继续讲。这一低头抬头,孙闯闯就迷上了苏玲儿。他觉得她低头吃面时的样子特别好看。

凌晨四点,张依终于坐不住了:"我不行了,眼睛睁不开了。"

"哎,再聊一会儿吧。等五点了,我带你们去吃早点,看日出。"孙闯闯极力劝说着。

"不行,我八点还有事呢。"

"我发现你做人就是太紧张了,为什么不能放松一点呢?你看,这也没几个小时了,回去你也睡不着。"

张依站了起来："我真得回去了。"苏玲儿见她真要走，自己也站了起来。

"成吧，既然都要走，那咱们改天再聚。"孙闯闯迅速和苏玲儿交换了电话号码。

临走时，孙闯闯说："我明天打给你。"

路上，张依依问她："那人是谁啊？那么会吹牛的人，我还是头一次见。"

苏玲儿只顾傻笑着："是吗？可能是职业病吧。他是一个音乐访谈节目的主持人，主持人都特能说。"

"反正你离他远点，看着不像什么正经人。"

"我倒觉得他挺有意思的，跟平时在节目里一样。"

张依是个白领，离这些文艺青年八丈远。在她眼里，他们都是不务正业的人。苏玲儿是她的同学，从初中到大学，她们的友情不是一两句话能概括的。整个晚上，苏玲儿脑子里全是孙闯闯，又把关于他的所有信息和做过的节目复习了一遍。就连梦里也全是他。孙闯闯在告别之际说今天会联系，她就一直等着。从早饭等到了午饭，午觉睡过，电话还是没响。苏玲儿坐立不安，整个下午都在回忆昨夜的事，准确地说是今日凌晨，像做梦似的。但孙闯闯口中的那些人与事，又那么生动。夜幕悄然而至，这一天终于接近了尾声。今天是周末，除了两个快递员的来电，再没有其他人找她。人家毕竟是名人，名人的话怎能当真呢？


孙闯闯和白露分居已经三个月了，随着时间的推移，他越来越相信白露这次是认真的。往常，白露也会闹脾气回娘家，但也就是三两天的事。等她消气，自己想通了，就会讪讪地回来。白露想离婚，孙闯闯也是无话可说，他曾想过挽留，但话到嘴边又不知如何开口。白露搬出去的三个月里，他最大的收获就是认识了苏玲儿。这段时间，他一档节目也没做，收入全无，靠着昌平一套小两居的房租过日子。可就在遇到苏玲儿的当天上午，白露拎着两个大箱子回来了。孙闯闯心中一动，但仍旧假寐。白露没说什么，进了卧室，开始收拾自己残留在这儿的东西，一样不留地全塞到了皮箱里。

孙闯闯见动静有点大了，就说："你这是干吗呢？"

"收拾东西。"

孙闯闯赶紧嬉皮笑脸地抱住她："行了，行了，差不多得了。待会儿咱俩吃火锅去。"

白露一把将他推回了床上："你是不是以为我跟你开玩笑呢？我告诉你，你现在这副嘴脸，特别让我恶心。"

"还没想明白呢？"

"没什么可想的，离婚协议昨天夜里已经发给你了。"

孙闯闯赤裸着上身，坐在床上，面对衣冠楚楚、义正词严的白露，气势全无。他根本就不会明白，白露为何如此坚定。临走前，她看了一眼孙闯闯说："其实你从来就没爱过我，对吧？"

之后便把钥匙留在门口，走了。其实，这三个月里，孙闯闯并没有特别思念白露，只是觉得日子过得十分没劲。不会再有人等他回家，不会再有人与他一起深夜看电影、吃夜宵，更不会再有人跟他拌嘴。当他看见离婚协议时，心烦意乱。婚前与婚后财产分得很详细，字里行间透着股无情与无望。"这么锱铢必较的干什么！"又过了两天，两人速战速决地把离婚证领了。从民政局里出来，阳光烤在身上暖洋洋的，他忽然想去动物园，当即给费主席打了一个电话，费主席没接。他又翻了翻电话簿，想起了苏玲儿。

两人到动物园时，临近傍晚。家长们带着孩子开始纷纷离园，所以人并不多。孙闯闯带着苏玲儿往里走，开始介绍，这是什么动物。苏玲儿从小就不爱去动物园，觉得动物园里的动物都特别惨，还很臭。但这次不一样。孙闯闯自顾自地说："小时候，我爸每个周日都带我去动物园。小时候走不了多少路，而且中午得睡觉，晚上去补习班，所以每次只逛半个园。"他们晃晃悠悠地走到了长颈鹿馆，栅栏上的牌子写着"严禁私自投喂"，但还是有人围着，把生菜、饼干之类的食物从包里掏出来。孙闯闯也从布袋子里掏出一小把胡萝卜条，分给了苏玲儿几根，看样子是有备而来。苏玲儿不敢喂，怕长颈鹿咬她。孙闯闯就攥着苏玲儿的手，慢慢将胡萝卜条喂进长颈鹿嘴里。也不知道苏玲儿是真害怕，还是装的。总之，两人自从喂完长颈鹿之后，手就牵在了一起。此刻的苏玲儿觉得孙闯闯很可爱，她觉得喜欢动物的男人都很善良。

孙闯闯今早与朝夕相处四五年的媳妇儿离了婚，除了动物园，他哪儿都不想去。

晚上，孙闯闯带着苏玲儿去吃了牛肉拉面。孙闯闯对牛肉拉面店有一种说不清的痴迷。在家附近四公里以内，有三家牛肉拉面店，他只去离公交车站不远的这家，是清真的。他说这家店不仅卫生条件好，而且汤熬得讲究，这牛肉拉面最大的功夫是在汤上，不仅要一清二白，还要有味道。这"一清"指的是清汤，"二白"是白萝卜。这三红四绿是辣椒油和香菜。单看都挺不起眼儿，但你别小瞧它们，凑在一起就不一样了。不信你尝尝……苏玲儿听完孙闯闯这一大套的讲解，对牛肉拉面又有了新的认识。孙闯闯又要了两个鸡蛋和三两肉。苏玲儿刚要下筷子，又被孙闯闯喝令制止了，说："不是这么吃的，你得先把鸡蛋剥好了，分两半泡在汤里，再把肉片压在面底下泡着。这样凉鸡蛋就能焐热了，肉也软了。"

苏玲儿照办了，一边吃，孙闯闯又说："这牛肉拉面看着简单，其实这学问大了。越简单的吃食，学问越大。"

苏玲儿突然对这看似简单的牛肉拉面肃然起敬。但说来说去，也不过是一碗牛肉拉面而已。

饭后，孙闯闯自然地带着苏玲儿回家了。他家在天通苑，抬头望去，是密密麻麻的窗户。苏玲儿想着到底哪扇窗户是他家的。在楼群中，两人拐了几个弯，终于到了。电梯间贴满了小广告。过道里的光暗到不足以看清孙闯闯的脸，灯泡忽明忽暗，散着微弱的光。

但一推开孙闯闯家的大铁门，就感觉不一样了，很有艺术家的范儿。CD架上摆着一摞小卡片和刻有他名字的杯子，他说那些都是粉丝送给他的。苏玲儿继续参观，发现了很多绝版唱片，也发现了他与白露的合影。白露的长发被风吹了起来，飘到了孙闯闯的面前，让他的脸变得隐隐约约。孙闯闯说："来，挑张唱片听吧。"苏玲儿一张张地翻看着，终于选定了一部盗版碟。"别听这个了，我给你推荐一张。"

孙闯闯一边将CD插进播放器里，一边说："今天别走了。"

"那不行，我什么都没带。"

"你需要什么，我这就去买。"

"我需要的东西可多了，而且这个点商店都关门了。"

两人又争辩几句，最终苏玲儿还是同意留了下来。

第二天一早，苏玲儿在孙闯闯的怀里醒来。孙闯闯没有拉窗帘的习惯，他说睡觉挺浪费时间的，这样可以早点起床。可今天早上，两人起床时已经临近中午了。

孙闯闯感叹着："你说，在北京像咱俩这样能在工作日睡到自然醒的人多吗？"

"不多吧。"

孙闯闯心中涌起一阵暖意，他突然抱紧了苏玲儿。看来白露那一篇儿算是翻过去了。他又伸了个懒腰，起床了。

孙闯闯的声音又从厕所里传出："你今天干吗？"

"好像也没什么事，就是晚上要去个刺猬乐队的新专辑发布会。"

"哦，他们也叫我去了。"

"那正好晚上一起去呗。"

"没劲，我给推了。"

"那我回家了。"

"你怎么总是想回家？"

"我得回家换身衣服。"

"对了，你跟你父母住？"

"对呀，怎么了？"

"那说白了，你就是还没断奶。"

孙闯闯从厕所出来的时候，苏玲儿已经换好了自己的衣服。

"什么叫还没断奶，我自从工作后就没再管家里要过钱了。"

"那还不是吃住都在家。承认了吧，你就是那种饭来张口的小女孩儿。"

"我还不走了。"说着，苏玲儿又把衣服脱了，换上了苏闯闯的大短袖。

孙闯闯家的客厅一侧摆着一张巨大的会议桌，能坐下十个人的样子。早饭过后，苏玲儿挑了一张唱片，可在挑唱片时，她又看见了那张合影。两个人各坐一边。苏玲儿写新闻稿，孙闯闯写最近新接的一个剧本的活儿。无论从哪个角度看，两个人都很合拍。孙闯闯一边写，一边和苏玲儿讲着、讨论着。每写完一段，都要给她看看。光看还不行，必须讲点自己的意见，才算罢休。

孙闯闯的剧本写得倒是顺利，可苏玲儿的稿子却一篇也写不出来。苏玲儿心里觉得别扭，可又不知怎么开口。到了晚上，孙闯闯又试图将苏玲儿留下来，苏玲儿一口回绝了，随便找了一个借口就回家了。她走出孙闯闯家时，长长地舒了一口气，有种被释放的感觉。回家的路上，苏玲儿给张依打了一个电话，她有一肚子的话要说。

张依说："终于出现了，你都消失一天了。看来你俩发展得不错啊。"

苏玲儿笑而不语，自己也不确定这样的发展是否"不错"。

张依说："你们约会都去哪儿了？"

"先去了动物园，之后又去吃的……"

"吃的什么？不会又是重庆小面吧？"

"吃的牛肉拉面，可高级了。而且我俩都爱吃面条。"

张依懒得再追问，说："还是离他远点，看他长得就是一副不靠谱的样儿。"

"我现在就特别不爱跟你聊天，以貌取人，'俗'这字就说你呢。而且，这话你已经跟我说过了。"苏玲儿对张依的话，似乎有点无力反驳。

自从苏玲儿走了，孙闯闯又独自守着空房。他其实是一个不怕寂寞的人，内心丰富的人都不怕寂寞。但这晚不知怎么了，苏玲儿的离开让他心烦意乱，彻夜无眠。他坐在桌前，泡了一壶茶，洗了洗手，准备继续完成剧本。但一个小时过去了，他仍然枯坐在电脑前，没有丝毫进展。他在房间里四处游荡，看见了书架上的合影。他把照片拿起来，仔细端详着曾经的他们。这是在哪儿拍的？像是苏州。他忽然想起来，那次在苏州的旧书店淘到了两套连环画，它们去哪儿了？自从买回来就再没见到过，他把灯打开，四处寻找。孙闯闯拉起了床垫子，那五套从二手书店买的连环画确实在此，他当年与白露照的婚纱照也在。相框都镶好了，愣是没让白露挂上去。照片中的孙闯闯是那么不情愿，白露是那么幸福。他觉得婚纱照很俗气，白露也很俗气。但白露在的日子，他又觉得特别踏实。

太阳逐渐升起来，终于有了一丝困意。他合上电脑，昏沉地睡去了。这一觉睡到了下午，是被一阵吆喝声吵醒的。他们这个小区是回迁房，园区不大，五六栋楼的样子。不知是不是回迁房的缘故，小区的物业形同虚设。单元门口的那一小块地，被各家的大妈占用了，用来晒五谷杂粮。小区里的树与树之间挂上了铁丝，用来晒被子或床单。无论年轻人怎么抗议，最终都拗不过老同志。白天，大爷们在院里会凑成一堆儿下象棋。隔三岔五的还有收废品的在小区里大声吆喝。乍一看，一副欣欣向荣的景象。像这样充满市井气息的居住环境，城里基本见不着了。孙闯闯就是被收废品的吆喝声吵醒的。他伸了个懒腰，寻思着，醒了也好。他简单地洗漱和随意吃了些饭，便又坐回那张巨大的书桌前，准备开始这一天的工作。三天后，就是与制片方约定的截稿时间。目前来看，进展还算顺利，只差一个结尾就可完成。他看着屏幕，思路逐渐清晰，刚要开始打字，又一声吆喝打断了他。孙闯闯起身，想冲楼下喊一嗓子，但又憋了回去，关上了窗户，重新酝酿。刚准备再次下笔，吆喝声又肆无忌惮地透过窗户传到了孙闯闯的耳朵里。他拍案而起，穿着拖鞋冲下了楼。在下楼的过程中，他发誓一定要将那人暴揍一顿。可真遇着那收废品的人，一下又怂了。

"你能不能小声点儿？"

"不能，小声别人该听不见了，我还怎么收废品？"

"你……这是扰民，懂吗！"

"这是白天，又不是晚上。"收废品的人继续吆喝着。

"你怎么不去别的小区？"

"别的小区不让我进。"

"那你怎么才能走？"

"我得把今天的钱挣够。"

"多少钱算挣够？"

"二三百吧。"

"挣够了的话，明天还来吗？"

"当然来了，这是我的固定点。"

"得……你等着。"孙闯闯以最快的速度冲回了家，从衣柜的最下面放袜子的抽屉里拿出了一沓子钱。数了数，一共三千，是上回给人家公司写歌词的稿费。他拿了出来，又数了五张一百的放回抽屉里。攥着剩下的钱，又冲下楼。那收废品的还在吆喝，他把一沓子钱放到板儿车上。

"今年别再来了。"那收废品的人呆住了，半天没说出话来。

"跟你说话呢，今年能不能别再来了？"

"今年？离年底还好几个月呢。这点儿哪够？"

"不要算了。"孙闯闯刚要把钱拿走，却又被收废品的人按住了。

"行行，听你的。我今年不来了，我再去别的地方转转。"那人跨上板儿车，一边吆喝着一边走了。直到声音消失得一干二净后，孙闯闯这才上楼。

天地倾斜，他又睡死了过去。


剧本总算完成了，孙闯闯核对了两遍后，迫不及待地发给负责审核剧本的徐总。以防万一，还给他打了一个电话，告知剧本已经发到他的邮箱里了。一个星期过去了，对方杳无音信。孙闯闯终于按捺不住，给徐总打了电话，询问剧本的进度。徐总很客气，说是剧本看过了，但还不是很理想。孙闯闯就问，那预付款什么时候可以打给他。徐总又说，这得改到他们满意才行。孙闯闯又说，可合同不是这样写的。徐总不耐烦了，说，少拿合同说事。孙闯闯急眼了，说，你们怎么能这么办事，翻脸不认人呢？徐总也急了眼，说，不写拉倒，有的是人写。孙闯闯一下蔫儿了，说，不是这个意思，当然还是要写的，肯定会让公司满意的。孙闯闯最后的结束语是："修改意见能告诉我吗？"徐总说："等有了修改意见会发到你邮箱里的。"说罢，便挂了电话。但这封邮件，孙闯闯迟迟没有收到。

剧本的活儿结束了，放在抽屉里的存款也给了那个收废品的。他一时想不出来还有谁比自己更惨。孙闯闯坐在桌上了，郁闷了两分钟，忽然一下又想开了。剧本这个活儿结束了，还有下一个。钱没了可以再挣。想到这里，他豁然开朗。自打苏玲儿从他家离开至今，也没再联系过，也怪自己太忙，忽略了她。孙闯闯立刻给苏玲儿打了个电话，此刻的苏玲儿正在宠物医院，她家的狗在院子里被另一只狗抓伤了眼睛。对方态度很好，说一定会负责到底。苏玲儿在医院里跑前跑后，没听见孙闯闯的来电。苏玲儿没接电话，孙闯闯的心一下又凉了，想着她一定是不准备再见他了，这是为什么，莫名其妙的。而这些天与孙闯闯的失联，令苏玲儿觉得张依的话或许是对的。

　　对于剧本的事，孙闯闯还是不死心，他又等了两天，还是没等到修改意见。他决定再给这部戏的制片人秦总打一个电话。但从语气上判断，秦总似乎已经忘记孙闯闯这人了，并说他们已经更换了编剧。孙闯闯急眼了："换人了？你们怎么能这么办事！"

　　"孙老师，您先别激动，这也不是我的个人意思。我们就您的剧本开了好几次会，换编剧也是我们制片方和影视公司一起决定的。"

　　"那之前说给我修改意见，是什么意思？"

　　"修改意见？我不知道这个事呀。当时是谁跟您联系的？"

　　"你们负责剧本的徐总。"

　　"徐总？我现在也找他呢。好多事没交接就走了，你说他这人也太不靠谱了。"

　　孙闯闯脑子嗡的一下，冲着石板凳狠狠踹了两脚。一位大妈过来了："小伙子，不能损坏公物啊！"说完，瞪了他一眼就走了。孙闯闯被大妈一打岔，好像冷静些，也在这一刻接受了换编剧的事实。

　　"那我们的合同怎么处理？"

　　"合同？什么合同？"

　　"你们当初跟我签的编剧合同。"

“那个合同我不清楚，可能也是徐总跟你签的。”

“那我上哪儿找他去？”

“这个我就不知道了。谁跟你签的合同，你就去找谁。这事跟我们一点儿关系也没有。”孙闯闯心中憋着的火堵在了嗓子眼，说不出来话，也发泄不出去。

“我这里还有别的事，就先这样吧。”说完，秦总就把电话给挂了。

这时候，苏玲儿家的狗已经进了手术室，她这才看见孙闯闯的来电，想着，这人又想干什么。本来都要与他一刀两断了，但想了想还是没忍住，给他回了过去。可此刻的孙闯闯却是一肚子火。

“你干吗呢？刚才打电话怎么不接？”

“我家狗的一只眼睛受伤了，我在医院呢。”

“你晚上干吗？要不要一起吃饭？”

“晚上我得弄我家狗，它刚做完手术。”

“不吃拉倒。”孙闯闯把电话挂了，又踹了一脚石板凳。大妈又及时出现：“你怎么又踢凳子啊！”

“我就踢！”

苏玲儿挂了电话，气得在医院里直打转。一个小时过去了，医生从手术室里走出来，说：“左眼肯定是失明了，但幸运的是，左眼算是保住了，不用摘除。”

苏玲儿之前被孙闯闯扰乱的心绪，被冲淡了。眼球能保住，已经是最好的结果了。又过了会儿，狗被送了出来，麻醉劲儿还没过去，有点打蔫儿。苏玲儿一边抱着狗，一边往家走，莫名原谅了孙闯闯。

孙闯闯回到家，电话又响了一声，苏玲儿发来了微信，说晚上一起吃饭。孙闯闯说，不是不吃吗？苏玲儿回：晚上我把狗送回家里，再去找你。孙闯闯心中又是一阵不快，难道自己比不上一条狗重要吗？但最终，还是与苏玲儿约了晚饭。孙闯闯在家里实在待不下去了，电脑里的那个剧本文档像是不停舞动的皮鞭，正在一鞭一鞭地抽着他。他总觉得哪里不对劲，这似乎不是一个合同或一个剧本订金的事。孙闯闯对钱没太多概念。他觉得自己是个手艺人，既是手艺人，就要靠手艺吃饭。人家没看上你这手艺，不给钱，这也说得过去。更何况，孙闯闯对物质没有过多的需求，他现在身上穿的，是当年他奶奶给他爷爷织的毛衣外套。爷爷过世了，他就拿过来继续穿。偶尔和朋友去看个演出，如果还能带上个喜欢的或长得好看的姑娘，就已心满意足了。既然不是钱的事，那究竟是哪里不对劲了？算了，不想了。他看了眼时间，决定先和苏玲儿去吃饭，说不定苏玲儿能让他想明白。

苏玲儿比约定的时间晚到了二十分钟。孙闯闯不喜欢等人，尤其是在饭馆里等人。一方面，他觉得对方不尊重他。另一方面，等人的样子看上去很傻。这二十分钟里，孙闯闯几次想走，但屁股始终也没抬起来。无论怎样，他还是想继续和苏玲儿把关系处下去。况且，他也想找人聊聊今天的事。他曾想过跟费主席聊，但又一想，这么丢人的事还是不说为好。想来想去，竟无人诉说。他想见到苏玲儿，而且从未如此急迫地想见到一个人过。他如坐针毡，不停地环顾四周，生怕被别人认出来似的。菜单被他翻了又翻，为了遮掩自己的尴尬，他不停地找服务员倒水。苏玲儿的迟到，使他愤怒。但他又能怎样，只好愤怒、尴尬地继续等待着，等待一位可以诉说的人。

苏玲儿终于来了，还牵着她那条眼睛受了伤的狗。饭店不让宠物进门，只好给它拴在了饭店门口的电线杆子上。苏玲儿不紧不慢地坐下了，身上带着一股好闻的香水味儿。孙闯闯见到苏玲儿一刹那，瞬间又释怀了，又是一个全新的自己。孙闯闯立刻叫来服务员，点菜。为了迎合两人的喜好，又点了两碗面当主食。他不想让点菜占用他们过多的时间，他要立刻进入主题。苏玲儿一边脱去外套，一边念叨狗的伤情和抱怨北京的堵车。在苏玲儿的喋喋不休中，菜逐渐上齐了。孙闯闯对苏玲儿的琐事毫不关心，那些都跟他没关系，于是便粗鲁地打断了她。

"你家那狗不是刚做完手术吗？"

"是啊，我没时间给它送回家了，就带来了。而且狗的恢复能力强，我看它精神头挺好的。"

"我那剧本的事你还记得吗？"

"记得啊，怎么样了？"

"黄了。但我就是特别不理解，剧本有问题为什么不直接来找我，让我去改呢？哪有一次就合格的剧本？再说，换人也不跟我说一声。"

苏玲儿在医院忙活了一天，饿了，只顾埋头吃面，半天才抬起头，问："然后呢？"

"还要什么然后？"

苏玲儿又继续吃面。

"你是不是觉得这是正常的？"

"是啊，没什么不正常的，换人、换编剧都很正常。"苏玲儿想着，你写得不行，人家没当面跟你直说，就是给面子了，难不成还让人当面说出来？但这话她也只是想想而已。

"这也太不尊重人了。"孙闯闯说完，立刻明白自己心里的那道坎儿在哪儿了。没错，是"尊重"的事。苏玲儿想劝劝他，可是又不知道该怎么说，只好一直听着孙闯闯抱怨。孙闯闯一直期待着苏玲儿能安慰自己几句，可迟迟没有等到。最后，孙闯闯和苏玲儿又是不欢而散。苏玲儿再也不想见到他了，孙闯闯心里对苏玲儿也挺失望。两人以吃面结缘，又以吃面结束，也算是一场有始有终的缘分了。临出门的时候，孙闯闯蹲下来看了眼她家的狗。一只眼睛被纱布蒙着，另一只被路灯照得闪闪发亮，黑黝黝的眼仁闪着红色的光。两人就此别过了，孙闯闯独自走在回家的路上，心里空落落的。

太阳照常升起，又是全新的一天，孙闯闯这么安慰着自己。可是即便是全新的一天又能如何？他心里的问题和过不去的坎儿还是旧的，依然无法越过去。他颓丧地坐在小区院子里，被下围棋的大爷、晾晒杂粮菜干的大妈、遛狗的中年人和推着婴儿车晒太阳的妇女所包围。他觉得特别温暖，就想这么一直坐在人堆里。一开始，他不敢再回味这件事，想尽快把它忘记。可秦总的嗓音总在耳边徘徊着，再后来，眼前似乎出现了他的面容，以及那副蔑视的神情。终于，他开始仔细回想，越想越觉得自己委屈，越想越生气。孙闯闯突然站了起来，朝着小区大门方向走去。他站在马路边上等出租车，脑子里想着他要一手拽着秦总的领子，另一只手狠狠地挥到他脸上，趁着他跟跄的时候，再冲他肚子上踹一脚。他的肾上腺素开始飙高，以至于错过了几辆空车。

孙闯闯站了许久后终于拦了辆车。司机问他去哪儿，他激动得支支吾吾说不清楚。拿出了手机，翻出跟秦总的聊天记录，查到了地址。他又翻看聊天记录。秦总起初对自己是如此尊重，态度又是诚恳和谦逊的，前后又以"孙老师"称呼着。孙闯闯怎么也想不明白，其间到底发生了什么，才让他有了如此巨大的转变。他仔细翻看着，就是不明白。他一路思索着，很快就到了公司大楼前。他带着股杀气进了楼，前台把孙闯闯拦下了，说秦总还在开会呢。孙闯闯转身又下了楼，他决定在一楼大堂等他。随着时间的推移，他心中的怒火逐渐消减了。何必和他动气呢，见面还是尽量保持冷静地把事情问清楚。他一直在劝说自己。他眼睛直勾勾地盯着旋转门，生怕错过了秦总。半个小时过去了，秦总终于从电梯中走出来了，与他同行的还有他的女助理。孙闯闯看见了秦总，一下子就扑了上去。

"秦总！"孙闯闯的声音有点颤抖。

秦总定住了脚，仔细看了一眼孙闯闯，终于认出了他。

"我是孙闯闯。"

"哦，我记得你，孙老师。"

"那件事，您能不能给我一个合理的解释？怎么就突然不用我了？"

"这没什么可解释的，这也不是我一个人能定下来的。"秦总一边说着，一边向前走，女助理紧跟其后。

"您等一下。"孙闯闯向前拉住秦总的胳膊。

这是他们第一次的身体接触。秦总看了一眼孙闯闯的手，毫不客气地甩掉了。

"您今天必须得给我一个解释，不然我过不了这道坎儿。"

"孙老师，我再跟你说最后一次，这事不是我一个人决定的，是公司决定的。"

"你知道我写这剧本花了多少时间和心血吗？你们换人连说都不说一声，是不是太拿我不当人了？"孙闯闯越说越激动，甚至声音里都带着哭腔。

秦总继续往前走，想尽快摆脱这疯子。但这更激怒了孙闯闯，他这次把秦总的胳膊拽得更用力了些。

"你要干什么？快放手！再不放手我叫保安了。"秦总挣扎着，旁边的保安不请自来了。保安认识秦总，一下就把孙闯闯架了出去，轰出大门。这情景与他脑海里把秦总狠揍一顿的画面大相径庭。面对秦总，他准备随时打出的那一拳，还是被某种东西和情绪给压回去了。他站在大楼的旋转门外，被两个保安阻拦着。秦总没出来，应该是从地下停车场离开了。

孙闯闯咽不下这口气，琢磨了一个晚上，写了篇文章发在了网上。在临发表前，他还是把秦总和该影视公司的名字给替换了。很多网友看了颇有感触，表示遭遇过相同的事情。也有网友表示孙闯闯太自负，自己笔下功夫没练好，人家换了编剧，再正常不过了。也有的人只点了赞。

苏玲儿知道这件事，不是因为看到了这篇文章，而是从别人那里听到的。后来，才去网上搜索到了文章。朋友一边说着，一边吐槽，说没见过像孙闯闯这么愣的人。有谁会跟他们一般见识？一看就是刚入行不久。可也奇怪了，孙闯闯在音乐圈出道也算早，在社会上也混过这么些年了，怎么还这么……缺心眼儿呢？朋友继续说着，苏玲儿心里有种说不清的滋味儿。苏玲儿频频点着头，就是说不出话来。朋友又说，他就是太拿自己当个人了。话音刚落，苏玲儿瞪了他一眼，说："怎么这么没有同情心呢？"说完便走了。

苏玲儿急迫地找了一个没人的地方给孙闯闯打了电话。孙闯闯熬了一宿，现在正睡觉呢。苏玲儿等不及了，直接冲到了孙闯闯家里。她要马上见到他。拍了许久的门，孙闯闯终于愤怒地把门打开了。

"有病吧！有这么拍门的吗？"待他睁眼一看，是苏玲儿，半天才从梦中醒过来。他很惊喜，也很想她。"你怎么来了？"

"我就是来看看你。"

"进来吧。"

这是苏玲儿第二次来他家，她不经意间又看了看书柜。孙闯闯和前妻的那张合影不见了。他前妻的蛛丝马迹也全部消失了。孙闯闯进了厨房，烧水，想给她沏茶。

苏玲儿说："不用忙了，我就是过来看看你，见你没事就好了。"

"坐会儿吧。"孙闯闯端出来一杯茶，递给她，"我能有什么事？"

"就是我听说……"

"这破事传得那么快？放心吧，是金子总能发光的。"

苏玲儿把杯子放到桌子上，说："我相信你。"随后就走了。从这以后，孙闯闯再也没见过苏玲儿。

这天，关心他的人很多。费主席在晚饭时也出现了，但比苏玲儿出现得更直接，他有孙闯闯家的门钥匙。曾经有过一段时间，孙闯闯总是喝得不省人事，间歇性失踪。为了防止他死在家里，费主席强行拿了一把他家的钥匙。费主席开门进了屋，家中似乎没人，很暗，很安静。费主席探头探脑地往里走，开了客厅的灯，看见孙闯闯坐在沙发上呢，这倒是吓了他一跳。

"你吓我一跳。"费主席说。

"你擅闯民宅，你还吓我一跳呢。"

费主席把手里的啤酒和三把烤串放在了茶几上。

"今天真是逗了，怎么都跑来了？"

"还有谁来了？"

"没谁。"

"那个小记者吧？"

孙闯闯把音乐打开了，放了一张摇滚唱片。

"我看苏玲儿对你挺上心的，你真不再考虑考虑了？"

"没心思考虑。"

费主席知道他说的"没心思"是什么意思。孙闯闯不主动说，费主席也不会主动问。他来孙闯闯家里不是给他解决问题来了，就是觉得他此刻身边应该需要个人。毕竟，遭遇到这事并为此伤心的，可能也只有孙闯闯一个人。

"你是不是还没从上次的失败中走出来？"费主席问。

"我都这样了，什么失败没尝试过？"

"那你畏畏缩缩的，在怕什么？"

"怕的是相爱和结婚。"

"你就是想得太多了。感情的事不能犹豫。除非你不喜欢她，喜欢的话就得有个义无反顾的劲儿。"

"哪有那么多的义无反顾和不计后果，那只不过是给幼稚、冲动一个冠冕堂皇的说辞罢了。都快活到不惑之年，早过了那岁数。"

这话题就此结束了，关于爱情和事业的话再没说过什么。两个人听着许多年前的摇滚乐，聊起了许多年前的人与事。最终费主席率先倒下了，这漫长的一天总算是过去了。

　　又是一个深秋的早晨，孙闯闯在一个煎饼摊前排队，前面还有三个人。他无所适从，东张西望，看见远处驶来一辆黑车，左边尾灯罩旧得发白，右边是崭新的红。这让他想起了苏玲儿家那只瞎了左眼的狗。她现在在干什么呢？他突然很想她。孙闯闯深深地吸了一口气，只有这凉凉的空气才能将这悲伤抑制。

业余玩家

上半部分

0

再过几天，鼓楼那家开了十几年的唱片店就要关门了。店里所有的唱片都打一折，有些旧点的 CD 都是论"摞"卖的。孙闯闯站在店门口，踌躇之际，忽然在地上看见了"扭曲的面孔"几个字。他蹲在地上，把那张唱片捡了起来。这是乐队最后一次巡演的 live（现场记录），虽是盗版的，但老板标价很高。他欣慰地放了回去。

该去看看子夜了。

1

距离开跑还有一个小时。扭曲的面孔仨人都已经到了马拉松现场。烈日炎炎，柏油路面上的热气在蒸腾。子夜要求孙闯闯和大饼的装备都得跟上，无论跑得如何，穿得都得像专业的。到了现场，子夜很满意，确实很像那么回事。

马拉松现场十分混乱，参赛者们跃跃欲试，相互切磋着跑步要领和心得。三人排在浩浩荡荡的队伍里，领完号码牌就已经累得一身汗了。子夜说，都这么半天了，怎么也没人跟咱们合影呢？大饼从兜里掏出了三个队标贴纸，说，把这都贴在胳膊上，这样别人就知道了。孙闯闯说，我不贴，太傻了，不知道的还以为咱们是这个乐队的粉丝呢。子夜想了想说，还是贴上吧，万一被拍到放在网上，对乐队也是种宣传。再说，说不定就有人认出了咱们呢。二对一，孙闯闯处于弱势，不得不从。

子夜作为乐队主唱和队长，一直在给大饼和孙闯闯做跑前的心理辅导。

"都打起精神来，一闭眼睛就完事了。"

"哪那么简单？你看看这一个个的，浑身都是腱子肉。"大饼眯缝着眼睛，一直往周围的小姑娘身上看。

"实在不行，你就盯准了一个姑娘，跟在她屁股后面跑。"孙闯闯说。

这仨人里面，子夜的体力是最好的。为了在台上边唱边跳，他给自己定了一个健身计划——每天晨跑五公里，除非头一天晚上喝大了。他们谁都不愿意承认自己老，但毕竟都是奔四张儿的人了，难免连蹦带唱几首，就开始喘。除了子夜，他们都说他是逆生长。大饼是鼓手，浑身上下就俩胳膊最有劲，每次只能打三首歌。大饼爱吃夜宵，所以体重总也减不下来。坐在一堆鼓中间，存在感倒是挺强的。每次演出，演到第四首他就得休息，一般都把抒情的歌插进来，或是子夜在台上讲两句，来个抽奖环节，调节气氛。但主要都是为了让大饼休息一下他那俩胳膊。别人都说，扭曲的面孔居然还搞粉丝抽奖，这两年真是越来越流行范儿了。孙闯闯是乐队的键盘手，能站着演完一场演出就不错了。他演出时从来不跳，就一直站着。时间久了倒也自成了一种风格，像是机器人、死人。但乍一看还挺起范儿的，颇具电子感。但跑马拉松这事儿，真能要了他的命。

子夜来来回回地望着周围，时不时还捯饬一下头发。大饼东张西望的，一直在找那位跟他们茬架的男粉丝。

"我这看了半天，都没见着那孙子人影。该不会是认怂，不敢来了吧？"

"人这么多，哪那么容易找？再等等。"子夜说。

"说实话，我都忘了那人长什么样了。"孙闯闯说。

三人淹没在人群中，鬼鬼祟祟地东张西望。

"哎，你们说，怎么也没人找咱们签名呢？"大饼说。

孙闯闯也向四周看了看："你看这些中老年同志，有像听摇滚乐的吗？"

"也有年轻的啊！你看这几个小姑娘，还都挺好看的。"大饼说。

"这几个一看就是傻白甜。而且，你往人家屁股上看的时候能稍微含蓄点吗？"

"欣赏女性之美，从来不需要含蓄。"

在孙闯闯和大饼斗贫之际，大喇叭开始广播了，说是比赛还有十分钟开始，请各位参赛者各就各位。孙闯闯心不在焉，闷闷不乐。本来苏玲儿说好今天会来的，但现在也没联系上，又不知道跑到哪儿去了。爱去哪儿去哪儿吧。

比赛开始倒计时，发令枪一响，孙闯闯突然两眼一黑，天昏地暗。


一个月以前，扭曲的面孔在一个能容纳一百人的 livehouse（室内场馆）演出。据 livehouse 的老板说，演出的票只卖了一半。但当晚，几乎满场。一半的人是看演出的，一半的人是聚在旁边喝酒泡妞吹牛的。所以，这更像是一个大派对，所有人都很放松，包括乐队的这仨人。

前三首演完了，到了抽奖环节，子夜正要公布获奖人名单时，有一个狂热的女粉丝声嘶力竭地喊着子夜的名字，另一名男粉丝就骂：傻×吧？别瞎喊。这时候子夜就在台上批评了那位男粉丝，咱们对女性还是要有起码的尊重，怎么能随便骂人呢？那位男粉丝像是喝多了，突然就急了，我看你也像傻×！大饼一下跳到子夜旁边，站在台上指着鼻子就骂那个男粉丝。两人怒骂了一番，开始有打架的意思。

大饼说："不服你上来！"

男粉丝说："不服你下来！"

"你上来！"

"你下来！"

最后，谁也没上来或是下去，旁边好几个人都在拿手机录视频，并没有拉架的意思。孙闯闯和子夜都觉得很丢人。子夜突然扫了下吉他，和孙闯闯对了个眼神，开始了下一首歌。大饼指着那位男粉丝说："完了你别走。"大饼坐了回去，抄起鼓棒一顿玩命地敲。台下又一片欢呼号叫，像什么也没发生过。这首歌比平时排练的时候更躁，主要是大饼更躁，像是要把所有的鼓都敲爆。大饼越使劲，子夜唱得就越卖力，最后都破音了。台下的粉丝也都疯狂地蹦，最后全场的人都挤到了台前，还有人跑到台上来"跳水"。但无论台上、台下怎么折腾，孙闯闯依然像个死人，没有表情地低头弹琴。他好像被一个巨大的玻璃罩子隔离了，里面是他的世界，他在自己的世界里想什么呢？

演出在后半宿结束了，子夜、大饼及 livehouse 老板等人一直喝到了天亮。孙闯闯演完就回家睡觉了。

第二天一早，孙闯闯被电话吵醒。是费主席。

"别睡了！你们火了！"

"我知道我们挺火的。"

"你们上了热搜……"费主席激动地不停在说感叹词，"你快拿手机看看，微博、朋友圈、抖音，都刷爆了，全是你们的视频。"

孙闯闯惊醒，想到了肯定是昨晚跟粉丝骂街的事，不由得一直说：

"完蛋了，完蛋了……"他后背一阵发凉。正如费主席所说，真的满世界都是他们的视频。大饼在视频里骂人的样子狼狈不堪，像个汗流浃背的胖泼妇。子夜在大饼身后站着，几次试图劝架，未遂。孙闯闯在视频里的画面较少。而那位男粉丝一直都没出现。几个人在台上站着，显得特别傻。

这时候苏玲儿的电话来了，她终于出现了。

孙闯闯已经顾不上生苏玲儿的气，顿时有点蒙。

"你们乐队可够牛的，现在哪哪儿都是你们，这是要火起来的节奏啊！"苏玲儿直奔主题。

"这有什么可高兴的，丢人丢大发了。这么多年白干了！"

"这你就不懂了吧，好多人想上热搜还上不去呢。"

"你赶紧说说你，昨天不是说来看演出吗？你这人到底有没有点谱？以后做不到的事别随便答应别人。"

"瞧给你气的，至于吗？昨天一姐们儿生孩子，特别突然，说生就生，我过去看她来着。"

苏玲儿是孙闯闯的女朋友，也许苏玲儿并不这么认为，但在孙闯闯心里，她就是他的女朋友。而在别人眼里，两人也是天造地设的一对儿。他们在一起分分合合快两年了。苏玲儿是摄影师，和圈里这些人也都很熟。

"别生气了，我一会儿过去找你。对了，我晚上要拍你们，《音乐派对》要用，估计也是想蹭热度。"

"今天没空，我一会儿得找子夜他们去。今天还有排练呢。"

"就拍两三张，拍你们排练的照片也行。"

"一张都不行！"说完孙闯闯愤怒地挂了电话。

昨天和子夜、大饼说好了今天下午排练，但此刻两人都处于失联状态，不知在哪儿，想必昨天晚上又喝大了，并且肯定还不知道现在发生的这一切。孙闯闯坐在床边上，一直刷着手机。网上的评论有好有坏，他没仔细看，也不敢看。只是随着视频点击量的提升，那种不好的预感就越发强烈，他觉得乐队要完蛋了，自己也要完蛋了。心像一块巨大的铁，无限地下沉，沉到头晕目眩、浑身无力。他要见到子夜和大饼，立刻。

下午时分，子夜和大饼纷纷醒了，看见孙闯闯打了二十多通电话以及发了诸多条微信，也有点慌。几个人迅速纷纷赶到了排练室。令孙闯闯意外的是，子夜和大饼都特别兴奋，尤其是大饼，还大声读起了网友的评论。但孙闯闯听得出来，他都是拣那些好听或略带有讽刺的念，难听的话他都没念。子夜在一旁，继续刷手机。孙闯闯终于听不下去了。

"行了，别念了。我就不懂，你们怎么能这么高兴呢？这不是什么好事。咱得想办法把这事平过去。"

"怎么了，这还有一个特别逗的，说'那个粉丝肯定特别丑，连个面都不敢露'。哎，那男的长什么样来着？我都忘了。老孙，你还记得吗？"

"不记得。"

"哎，这男的在微博@咱们了，说'你们也就会打嘴炮儿，下来我一挑三都没问题。年纪一把了，还在台上嘚瑟，真难看'。"

大饼急眼了，说非要弄死他。

子夜让他冷静，大饼又说："说什么都能忍，但这孙子说咱难看，就不能忍！"

乐队微博账号是公用的，他们仨都能随便在上面发消息。大饼立刻上了微博，给那男的回了一条："你要约在哪儿？你约哪儿我去哪儿！"

男粉丝又立刻回了一条："一星期后，北三环马拉松现场见！"

仨人都傻眼了，不知道这是什么路子。围观网友又兴奋了，纷纷在下面留言声称要来围观。大饼还在怄气，子夜若有所思的样子，像是在盘算着一件什么大事。孙闯闯站了起来。

"大饼，你不觉得丢人吗？"

"等会儿，我觉得这是好事。咱们终于要走起来了。"子夜说的时候煞有介事，像真的就要走起来了一样。

"这么多年都没火，最后靠骂街火了。你没想过别人会怎么评价咱们吗？你们是不是觉得特别有面儿啊？"

"这事有这么严重吗？你别总上纲上线的。"大饼说。

"就是，你别这么悲观，这是大好事儿。而且我觉得这马拉松得去。不管能否跑下来，咱们都得去。"

"没错，必须跟他死磕到底。"大饼是个特别简单的人，不明白子夜在说什么。

"要去你们去，我反正肯定不去。"孙闯闯起身要走，一下被子夜拉住了。

"你等会儿。我知道你觉得这事特别傻，但你仔细想想，咱们乐队都组了三四年了，一直也没公司要签咱们。那种小酒吧的演出每次也没几个人听，这种日子还得过多久？反正我是觉得要熬到头了。咱们现在就要增加曝光率，再加上好好排练、好好写歌，做好充分准备等着唱片公司在网上看见咱们。我相信，是金子总会发光的。"

无论子夜怎么劝，孙闯闯就是无法认同。他有种不好的预感，而且这种预感愈加强烈。

第二天，子夜把孙闯闯和大饼聚集到排练室，就这次跑全马的事开了一个会。

他说："不管跑成什么样，装备必须得专业，不能像以前演出似的，穿得稀里糊涂的。上了热搜，就意味着咱们已经被更多人知道了，而且见着那位先生，咱还得客气点，咱们是有素质的乐队。尤其是你，大饼，注意控制情绪，跑的时候暗地里较劲就完了。"

　　孙闯闯从始至终没发表什么意见。那种不好的预感时时刻刻都在伴随着他，让他心里发慌……

　　在马拉松现场，孙闯闯当即晕了过去，被医护人员抬到了场地边上临时搭建的急救室。醒来的时候子夜和大饼也都在旁边陪着他。

　　孙闯闯说："怎么样了？跑完了？"

　　"那孙子没来，咱们好像被玩儿了。"大饼说。

　　子夜在一旁抽着烟沉默着，他不再用手机上网了。他知道，一切都已经过去了。

　　孙闯闯把眼睛闭上了。

2

　　这件事过后，确实有几家 livehouse 请他们过去演出，而且演出费用也确实颇有提高，在事业上算是一个小高潮。但也仅此而已，风波过去，小高潮也迅速退潮了。他们仍是一个毫无名气的乐队，迅速被人们给遗忘了。子夜受到了严重打击，但他从没表现出来，他坚决不能显出一副被击垮的样子，让别人笑话，让别人瞧不起。他强迫抑制住几近崩溃的情绪，依旧每天写歌，更新微博，喝酒应酬，就像什么事也没发生。别人问起，他就嘻哈着打个岔就过去了。

　　大饼没什么感觉，就是觉得被这孙子玩儿了，特别生气。但也没什么办法，权当是在网上火了一把，也没什么损失。而孙闯闯消失了三天，他把自己关在家里，反复思考着一件事，就是他是否要离开乐队。自从这件事发生以后，他觉得子夜、大饼离自己越来越远，并不是谁变得更好了，或者更糟了，只是有什么事，大家不再能像以前那样，奔着一个目标使劲儿了。他觉得，如果再不离开，这么下去他就会被耗干，直到毫无气力。

　　这天，子夜在群里说晚上排练，大饼应和着，孙闯闯没回信。到了晚上，子夜和大饼都已经到了排练室，等了半小时，只等到了孙闯闯的电话。孙闯闯把自己要离开的事告诉了子夜。其实子夜也早就有心理准备，他隐隐地感觉到，孙闯闯迟早都会离开的。但他还是不愿意承认这个事实。子夜一直压抑着的情绪和孙闯闯离开的消息，彻底把他击垮了。他深深地把头低了下去，脖子后方的骨头高高凸起。大饼见子夜这副样子，停止了打鼓，坐在原地，愣愣地看着他，小声说："子夜，没事吧？"子夜赶紧摇摇头。

　　他稳了稳，说："能跟我说说为什么要退出吗？"

　　大饼吓着了，瞪大眼睛看子夜。

　　孙闯闯想了想，说："通过这次的事，我觉得你们应该换一个人，或许那个人能跟你们走得更远。"

　　"我不是特别明白你的意思。"

　　"我是指咱们对待这件事的态度。算了，总而言之，我们想要的东西已经不一样了。"孙闯闯说得很抽象，也没再具体解释这东西到底是什么。

　　子夜知道，孙闯闯这是又犯病了，那股子理想主义青年的劲儿又上来了。子夜说："老孙，这样吧，先别说走。还像上次那样，我给你放个假，时间长短你来定。等你调整好了，再回来。"

　　孙闯闯明白子夜的意思，他是想给彼此一个台阶下。无论是一个多么不起眼儿的乐队，成员离开都不是一件小事。如果此刻子夜同意，那么他们彼此之间的情分也就到头了。孙闯闯顺势答应了。这样也好，也好，孙闯闯想着。

　　下午，孙闯闯躺在沙发上，看着天花板上费主席的画——女人裸露着上半身，下半部分是曼陀罗。花瓣肆意延伸到了墙壁上。孙闯闯的思绪就像这花瓣，没有头绪地肆意飘散。他前妻在四年前搬走了，因为这画前妻跟他吵了好几次，但也无济于事。那几次吵架的情景，突然历历在目。前妻嚷嚷一句，孙闯闯就接一句。他两只耳朵旁嗡嗡作响，像是幻听。不知过了多久，他缓过神来，屋里寂静得让他坐立不安，忽然间又发现自己有种要哭的冲动。这是他离开乐队的第十六个小时。自己真的要离开了吗？一切都是那么虚幻。外面的阳光、和前妻刚刚的争执、马拉松、上热搜、退出乐队……他闭上眼睛，决定再去睡一会儿。

在梦里，苏玲儿和他在一艘去往印度的船上，他们俩在摇摇晃晃的甲板上发了疯似的跳舞，莫名地特别开心。突然一个浪花拍在了孙闯闯的脸上，他惊醒，蒙蒙眬眬地发现苏玲儿真的就在眼前。她用一双冰凉的手糊在了孙闯闯的脸上。

"吓我一跳，你怎么来了？"孙闯闯使劲揉了揉眼睛，打了一个哈欠说，"神出鬼没。"

"我怎么不能来？"苏玲儿一下躺在了孙闯闯怀里，两人抱在了一起，顺势折腾一番。

事后，苏玲儿说："我怎么觉得你今天状态不太对劲儿呢？"

"我离开乐队了。"孙闯闯漫不经心地说。

苏玲儿腾地坐了起来，一副惊呆了的表情："你说真的呢？"

"真的。"

"这么大的事，怎么没跟我商量呢？"

"你来无影去无踪的，你跟我商量了吗？"

"我天天给人家拍片儿，都是干正经事呢。现在说你呢，你为什么要离开？子夜同意了？"

"就是道不同不相为谋呗。子夜算是同意了吧，原话是要给放个无限期的假。"

"那还有缓儿。你都不知道，未来乐队的日子会越来越好。你可别任性，歇儿天赶紧回去。我真挺看好你们乐队的，肯定能红。"

"是吗？那你预测一下，咱俩未来会怎么着？"

"咱俩应该会结婚，并且有很多孩子。"

"你喜欢孩子？"

"不喜欢，随便那么一说。"

孙闯闯看着天花板上半裸的曼陀罗女人，突然觉得此时此刻的场景和心情似曾相识。他前妻似乎也跟他说过类似的话。外面突然电闪雷鸣，下起雨来。夏天的雨总是这么不同凡响，来得快，去得也快。孙闯闯看了看表，此刻是晚上九点了，离开乐队已经一天了。他突然情绪很低落，他不知道没了他的乐队会变成什么样。他不敢问子夜未来有什么打算。他觉得自己特别混蛋。孙闯闯用力抱着苏玲儿，苏玲儿憋得快喘不过气来了。

"你千万不能再离开我了。你要是不在，我该怎么办？"

苏玲儿听完这话，立马就尿了。无论孙闯闯说的是真是假，她都要立刻离开他。孙闯闯抱着苏玲儿不知不觉睡着了。苏玲儿小心起身，久久地看着睡着了的孙闯闯，给他写了一张字条：我这人没什么安全感，也给不了你安全感。不是有一句话叫"他人即地狱"吗？我觉得我自己就是那个地狱，我总想让身体中的那个怪物出来，出来跟我聊聊。我不想再耽误你的时间了，咱俩还是算了吧。

等孙闯闯再醒来的时候，苏玲儿已经走了。孙闯闯这次没太伤心，只是觉得自己很失败。他已经受够了苏玲儿动不动就"失踪"，分了也好。至于乐队，他觉得自己对不起子夜和大饼，但如果继续待在乐队里，他将会变成一个只会弹琴的工具或是摆设。最坏的结果就是到最后连子夜和大饼都会嫌弃他，直到他被乐队开除。一想到这儿，他觉得还不如去死。主动退出是最好的方法，但此时此刻，除了逃避，他不知道应该做什么。还是离开一段时间吧，让自己忘了苏玲儿，忘了乐队，忘了子夜和大饼。

孙闯闯立即收拾包裹，随便拣了几件衣服塞到包里，直接去了火车站。本来想去成都，可当天的票都卖没了，只好买了张先去天津的车票。上了火车他给费主席发了一条信息：我出门几天，家里的金鱼隔三岔五地帮我喂一下，钥匙藏在门口自行车车筐里了。还有，我离开乐队了……

3

子夜上一次给孙闯闯无限期的假，是因为苏玲儿。

苏玲儿是个摄影师，而且相当著名。她拍过很多有名的作家、艺术家和做音乐的人。音乐杂志上，几乎每期都有她拍的照片。但苏玲儿并不是很在意名气之类的事，她喜欢在这个圈子里混，也喜欢拍照，喜欢摇滚乐。苏玲儿比孙闯闯大一岁。在她二十岁出头时，就喜欢摄影。由于工作原因，她年轻时结识了一个当年很火的乐队主唱，没过多久两人就在一起了。后来，她就进入了这个圈子。再后来，她就认识了孙闯闯。

苏玲儿是那种跟男人上完床，就当这事没发生过一样的人。孙闯闯那会儿觉得跟苏玲儿上过几次床，她就是属于自己的了，但恰恰相反。他越来越不了解她了。苏玲儿从没跟他讲过关于自己家里的事，但话里话外的，他总觉得苏玲儿的父母已经不在世了。一个人漂泊了这么多年，她倒是习惯了。

孙闯闯不能没有苏玲儿，她总是给他讲一些离奇的故事。这些故事有的是她从盗版书里看的，有的是听别人讲的，也有的是自己瞎编的。孙闯闯曾经说："我真想把你的脑袋打开，看看里面还装了什么稀奇古怪的想法。"苏玲儿讲什么孙闯闯都爱听，她讲故事时，绘声绘色，学谁像谁。孙闯闯说，她应该去当演员，但苏玲儿说，她一面对镜头就害怕，所以她从来不拍自己也不让别人拍。孙闯闯觉得苏玲儿讲话的表情和语调都是那么美。她就是孙闯闯的创作源泉，是他的天仙，是他的一切。没了苏玲儿，孙闯闯什么都干不了。

他们是在一个 livehouse 门口的面馆认识的。那时候是冬天，夜里看完演出都饥肠辘辘的。两人因面结了缘。后来知道，苏玲儿是一个摄影师，尤其喜欢拍人。她说她很早以前就知道扭曲的面孔乐队了，最喜欢的是子夜，嗓子简直太好了。孙闯闯点点头，同意苏玲儿的看法。苏玲儿当时对孙闯闯特别客气，说特别想拍他们乐队，不知道是否有机会。孙闯闯的自卑是与生俱来的，再加上自己的乐队也没什么名气，因此当苏玲儿提出要拍他们乐队的时候，孙闯闯一下就把头不自觉地低了下去，使劲吃面。他边吃边说："什么时候都行。"

刚认识没多久，苏玲儿就成功地把扭曲的面孔乐队给拍了。但苏玲儿那会儿主要是奔着子夜去的。照片上，孙闯闯永远都低着个脑袋，显得特别颓丧。而子夜和大饼就显得特别投入和自信。孙闯闯羡慕子夜的自信，但就是学不来。

孙闯闯家在鼓楼西大街的一处平房里，苏玲儿喜欢在那儿拍照，孙闯闯就带着苏玲儿七拐八拐在小胡同里转悠着。

苏玲儿说："你家到底在哪儿啊？跟迷宫似的。"

孙闯闯说："就这一条道，往死里走就到了。"

又拐了一个弯儿，孙闯闯指着斜对面的房子说："就这儿，记住了吗？"

"记住了。"

之后苏玲儿又来了他家附近几次拍照，就这样，两人就好上了。刚好的那几天，两人如胶似漆，去哪儿都一起去。孙闯闯陪着苏玲儿拍照，苏玲儿陪着孙闯闯去排练。可是没过几个星期，苏玲儿就受不了了。她突然说："这样不行，咱俩还是得分开住。我现在拍照已经没感觉了。我需要空间。"就这样，苏玲儿的行踪开始飘忽不定。起初，孙闯闯完全尊重她的选择，尽量不去过问她的事。可到后来，他就绷不住了，每天都要给她打无数个电话问她在哪儿。

"你在哪儿呢？跟谁在一起？"

"这跟你有什么关系呀？"

"我就是想知道。"

"在外面呢，和朋友一起。"

"我去找你。"

"不太方便，全是男的。"

"好吧。"

沉默了半晌，孙闯闯觉得他应该再说点什么。

"是不是我说什么你都信？"苏玲儿又说。

"嗯。"

"为什么？"

"我没什么可被骗的。"

"你是大傻子吧？"

苏玲儿像是笑了一声，挂了电话。孙闯闯不知道她是什么意思。反正她说什么孙闯闯都愿意相信。


苏玲儿消失的那一年，孙闯闯像个神经病一样。他常常一星期不出门，或是一星期都在外面飘着，连家都不回，夜里泡完吧，直接去费主席家里住。或是花二百块钱给大饼，让他介绍姑娘。那一阵，大饼也被孙闯闯差点逼疯了。给他介绍所有的姑娘他都不满意，有一次还差点跟一个姑娘打起来，弄得大饼也挺尴尬的。但孙闯闯依然不罢休，继续让大饼给他介绍姑娘认识。大饼说，我这儿真没了。孙闯闯说，我给你加钱。大饼说，你给我两千我都给你找不着。

苏玲儿偶尔会更新博客，在网上发一些新拍的照片。她的行踪不定，照片和时间对不上，很混乱，很随机。有时会发一些在缅甸的照片，有路人，也有她自己。孙闯闯想，这是谁给她拍的呢？镜头里充满着暧昧。有时候她也会发一些旧照片，照片上的人很多都是熟悉的面孔，其中就有他自己。看到那些成了名的面孔，孙闯闯就会想，你是不是又跟他们睡了？她有时候又发在俄罗斯、蒙古、印度，还有不知道是哪儿的小城镇的照片。

苏玲儿偶尔也会在网上发一些她写的小说，或是诗歌。

有一次苏玲儿发表了一篇小说，里面有孙闯闯的影子。他看了好几遍，越看越觉得写的就是自己。

苏玲儿，你到底在哪儿呢？
苏玲儿，我想你了。

她消失的那段时间，孙闯闯总找费主席喝酒。费主席告诉他，苏玲儿恐怕是一个永远都不会受伤的人，她把自己保护得太好了。但孙闯闯还是很难过，说自己就能保护她。费主席说，你拿什么保护她？孙闯闯说，他会努力写歌，努力做音乐。费主席一听就笑了，笑得前仰后合。

子夜叫孙闯闯去排练，他说状态不好，要休假。子夜问他什么时候能调整好，他说，不知道，他要无限期地休假。那一阵子，子夜和大饼也很无奈，想重新找个键盘手，但又没有合适的人。满大街都是键盘手，可合适的人就是找不着。别人都以为他们乐队解散了。

没过多久，孙闯闯彻底消失了，谁也找不到他。

又过了很长时间，他回来了。他去了趟印度的果阿海滩。这个漫长的假期总算结束了。

4

　　热搜事件虽然过去了，但也不是完全没有响动。最近的确有几家唱片公司给子夜打了电话，但这几家公司不是闻所未闻，就是野鸡公司，要不就是有他们特别瞧不上眼的乐队在旗下。直到早上迷乐公司打来了邀请电话。子夜相当兴奋，立即联系了孙闯闯和大饼。这是孙闯闯离开北京的第三十五天。孙闯闯接了电话，电话中声音很嘈杂，偶尔还有鸣笛声，这鸣笛声特别像火车的声音。想必还在外面飘着呢。子夜问他在哪儿呢，什么时候能回来，孙闯闯那一头的信号不好，有一句没一句地大声嚷着，大意是他也不确定。子夜给孙闯闯发了一条信息：速速回京，迷乐公司要签咱们了。孙闯闯没回信，不知道是信号不好，还是不想回。子夜又发了一条很长的发自肺腑的信息，让他赶紧回来，他们需要他。

　　大饼跟子夜相约，一个小时后到排练室。两人见面后只是不停地抽烟，接下来该怎么办，两人都不知所措。对于三缺一的他们来说，接到迷乐公司的电话或许是个坏消息。子夜和大饼都有种预感，孙闯闯可能不会再回来了，但谁也没有说出来，谁也不敢说出来。

　　子夜感受到了前所未有的绝望，他对大饼说："我愿意付出我的一切换回老孙。如果他能回来，我一定死死地抱住他，什么都听他的。"

　　"别这么想，又不是没了他咱就玩不转了。"大饼有点生气。

　　过了许久，子夜说："你不懂。"

　　排练室里乌烟瘴气，墙上贴的海报和他们演出时的照片变得很朦胧。两人躺在沙发上，像是在等死。这时候，门开了，是苏玲儿。子夜使劲看了半天，一下从沙发里弹了起来，像是见着亲人般。

苏玲儿捂着鼻子说："还以为你们这儿着火了，这是抽了多少烟？"

"你知道老孙在哪儿吗？"子夜着急忙慌地问。

"我不知道啊，还想问你们呢。"苏玲儿捂着鼻子，把门敞开散着烟味，并试图找出一个落脚处。

子夜一下又蔫儿了："那你干吗来了？"

"你这是什么态度？我刚在附近拍完片儿，就说过来找你们待会儿。"

"那你随便坐吧。"子夜又说。

"怎么了？为何如此消极？听说迷乐公司要签你们了。"

"消息还挺灵通的。"大饼说。

"那必须的。"

"你有这跟我们聊天的工夫，能不能把老孙给弄回来？"子夜说。

"他跟我没关系了。"苏玲儿说。

"什么叫没关系，他走了不都是因为你？"子夜试图把锅甩在苏玲儿身上。

"你可真逗。你们真不知道老孙走是因为什么吗？"

屋里突然安静了。子夜和大饼都不再抽烟，期待着苏玲儿接下来的话。

"他是对你们太失望，不想玩了。"

"你这是什么意思？"大饼刚稳定的情绪又高涨起来。

"就是我表面的意思。你们自己体会体会。劝你们赶紧再找人吧。"说完，苏玲儿摔门就走了。大饼气急败坏地想追上去，被子夜拉住了。

苏玲儿带着一身的烟味儿跑出了排练室，随便朝着一个方向走，边走边哭，哭得一发不可收拾。孙闯闯到底是为什么走，真的跟自己一点关系也没有吗？她也说不清楚。只是此时此刻，她很想孙闯闯，特别地想。

　　然而，此时此刻的孙闯闯正坐在前往大理的绿皮火车上。五点到大理，看完梭子乐队的演出，再与他们吃一顿火锅，喝点酒。他心里什么都没想，毫无牵挂，一直望着不断向后的风景。子夜、大饼、苏玲儿和费主席，这些人他好像全都忘记了。孙闯闯觉得此刻自己是在一条飞驰的绿色巨蟒的腹中，特别安心。他靠在窗户边上，睡着了。

　　到了大理已经是晚上了，看了看时间，这个点直接赶到梭子乐队演出的 livehouse 那儿，正好。此刻 livehouse 已经挤满了人。一百张票很快一扫而空，最后老板一高兴，就让所有粉丝能挤的都挤进来。孙闯闯越过了重重人群，挤到了休息区。见着乐队的四个人，他特别高兴。没多久，孙闯闯就把自己喝大发了。经纪人一直拦着，让他们别喝多了，但梭子乐队的主唱见着孙闯闯也很兴奋，以至于无法控制自己了。最后，临上台，乐队几个人喝得迷迷糊糊，在台上的效果反倒特别好。下面的粉丝全炸了锅。孙闯闯喝多了，又加上一天的奔波，直接在后台休息区的沙发上睡着了，睡到不省人事。再睁眼时，是演出结束后了。十一点左右，乐队四人又把他围上了。

　　孙闯闯醒了酒，几人又转场去了另一个能坐下来聊天的地方。

　　大理是孙闯闯这趟无目的旅行的最后一站，梭子乐队也是他最后见的一拨儿人。他自己其实没什么计划，只是觉得该回家了。他将在外漂泊的这段时间称为太空旅行，在一个自己设定的虚无世界里肆意飘荡。出发前，他认为自己可以思考或是想清楚一些事情，又或许可以将自己前段混乱无序的生活梳理一通，但最后发现，事情远不是他想象的那样。这只不过是一场毫无意义的逃离。

　　孙闯闯第二天醒过来的时候，发现子夜给他打了无数个电话，孙闯闯知道子夜找他无非就是再说一次迷乐公司要签约的事。这么拖下去也不是办法，他只好给子夜打了回去。

"总算找着你了，现在有一件特别紧急的事，你可仔细听好了。迷乐公司要签咱们了，以前你怎么任性都行，可这次你得认真一点。"子夜说。

"嗯……"孙闯闯发出了一个沉闷的声音。其实昨天在火车上，子夜的那通电话，孙闯闯听清楚了，只是他不知道自己该怎么办。这不就是机会吗？乐队一直等待的机会，可是这个算是自己的机会吗？他犹豫了。

"我也不知道。我跟你说了，我现在特别拧巴，就是怎么着都不行。我得再需要点时间调整。"孙闯闯说。

"老孙，你都调整一个多月了。我不知道还要等你多久。我也……"

"你也不想等了吧？"孙闯闯打断了子夜的话。

子夜停了片刻。

"你犹豫了？"孙闯闯又说。

"没有，我不是这个意思。现在没有时间让你犹豫了，一切都准备就绪了，终于有公司要签咱们了。咱们等了这么长时间，机会终于来了，我不想就这么放弃。"

"子夜，我想这就是咱俩最大的不同。你的目标，你在追求的东西都很明确。现在，你终于等到这个机会了，我为你高兴。但，你知道吗？在我离开的这段时间里，我一直在想，我做音乐到底是为什么？可我越来越迷茫，有时候觉得音乐是我生活的一部分，也是我身体结构的一部分。写歌、听歌是一件特别理所应当、顺其自然的事。我压根就不想让公司签，有公司要签，我一点都不高兴。写歌、发专辑、巡演，我讨厌这些事。还有，我必须告诉你，那次马拉松之后，我就突然有种感觉，咱们早晚会分开。"

子夜有点蒙，半天没说出话来。

"我怎么没太明白你的意思呢？你在等什么？你玩乐队是为了什么，跟我们耗这么长时间又是为了什么？你是觉得做音乐自娱自乐最有劲呗？"子夜说。

"我也不知道我要干吗。"

"我再问你一遍，你已经决定要离开了吗？"

"是。"

"那我再跟你说得明确点吧，直到现在外人都不知道你走了的事。迷乐公司也是冲着咱们仨要签约的。乐队要是换了人，我不知道人家还愿意不愿意签。所以，看在这么多年情谊的分上，你先回来，咱仨先把约签了，回头你再找个理由，跟公司好好说说，你看行吗？"

孙闯闯冷笑了一下，想了想说："子夜，我挺佩服你的，不管什么时候，都能这么冷静和理性。"

"所以你是答应了吗？"子夜没心情听孙闯闯对他的人格总结，他迫不及待地想知道孙闯闯的答复。

"第一，咱不能骗人家。第二，这属于违约。"孙闯闯又说。

"一切后果，我担着。"子夜信誓旦旦地说。

"行，可以。我今天就回去，晚上到北京，明天就能跟你们去签约。"

孙闯闯挂了电话，坐在小旅馆的床边上。或许这也算是对子夜和大饼的一种补偿吧，签完约，他们也算是两不相欠了。这样挺好。

在外漂着的一个多月，苏玲儿似乎已经淡出了孙闯闯的生活。可火车刚一进北京站，苏玲儿好像一下子又回来了。他努力克制着自己不去想她。

孙闯闯翻了一圈联系人，给费主席打了过去，告诉他自己回京的消息。费主席这一个月把自己藏在了工作室里，犹如自我隔离般地涂涂画画，眼睛越发干涩。得知老孙回京，他立马放下了手里的颜料，换了身干净衣服出了门。外面虽然有些雾霾，但对于不怎么出门的他来说，这含蓄的阳光足以让他睁不开眼了。他边走边咳嗽，丙烯的气味让他气管和喉咙干涩，他走起路来，真像一个病入膏肓的人。

费主席赶到孙闯闯家里的时候，孙闯闯正好洗完澡，香气扑鼻，他见着费主席就说："你也太臭了，这几天没洗澡吗？"

"也没几天。"费主席顺势走到冰箱前，翻着里面的吃的。可孙闯闯离家一个月了，冰箱里除了几听啤酒，空无一物。费主席又把冰箱门关上了。费主席肠胃不好，从来不敢喝冰啤酒。

"你可真行，给我发了条信息就走了。"费主席说。

"前段时间状态特别差。"

"你真决定离开乐队了？"

"本来还挺犹豫的，但你知道子夜这孙子昨天跟我说什么吗？"

"什么？"

"他说，迷乐公司要签乐队。但对方不知道我要走的事，所以子夜告诉我，要走也得假装跟他们一起把约签了，回头再走。"

"这能行吗？这不是骗人吗？"

"谁知道呢，子夜说他回头给我找个理由。"

"你答应了？"

"答应了，就算是我对子夜的补偿吧。我离开乐队也确实挺自私的，没想过他们未来该怎么办。但我真的待不下去了，我是彻底看透子夜了。"

"也没什么的，人各有志。"

三伏天，费主席手里捧着一杯温热的茶，呼呼冒汗。他皱着眉头，捧着杯茶不知道在想什么。过了老半天，孙闯闯都要忘了这个话题，费主席突然说："子夜让我想起了一个人。"他两只眼睛直勾勾地盯着地面，似乎魂儿已经飘走了。

"谁啊？"

"邓科。"

"邓科是谁啊？"

"一个制片人，做电影的。之前坑过我一个朋友。那人也是，头脑特别清晰，有原则，没底线。他的名言就是，我是制片，不是人。"

孙闯闯瞪大了眼睛，听得津津有味，迫不及待地想知道这人后来怎么样了。

"这人现在挺牛的，做了好几部电影。之前上映的《鸟人》就是他拍的。你知道那电影吧？拍炎雅伦的那个。"

"废话，我看了两遍，痛哭流涕的。拍得真好，但那电影的气质跟你说的这个邓科，明显不符啊。"

"后面的事深了，邓科抢了别人的本子。"

"这还叫有原则？我看是没原则，没底线。"

"人家怎么没原则了，人家就本着挣钱、成功、票房大卖的原则。人家的原则只不过跟你的不一样罢了。"

"你还挺向着他说话，一口一个'人家'。"孙闯闯略显不高兴。费主席也半天没说话，茶已经不烫了，但还是一口口抿着喝。

"所以我说啊，子夜这人野心挺大的，以后没准真能成事。我劝你再好好想想退出乐队的事。"

"子夜跟他可不是一回事。况且子夜都在圈子里混了多少年了，也没见他成事呢。"

"那是时机未到。"

"我觉得不是，他们根本不是一路人。"

"也是，你这一人吃饱全家不饿的，家又是北京的，没什么经济压力，就这么混着吧。"费主席说完，把手里没喝完的茶放到了桌子上，"我回去了，明天得交活儿。"

费主席走后，他一直琢磨着邓科这人，他觉得有点意思。《鸟人》这电影他看了不止两遍，炎雅伦他认识。不只是认识，她曾经落魄那会儿漂在北京，住过孙闯闯家里，跟他掏心掏肺地聊过几个晚上。没过多久，炎雅伦就自杀了。他总觉得邓科跟自己、跟炎雅伦有着点说不清的联系。但邓科是抢了别人的本子，抢了谁的本子呢？这就无从知晓了。

这时候，子夜给他打了电话，说明天去迷乐公司签约，穿得尽量体面点。电话中，子夜的语气很冷静，把事情交代清楚后，就挂了电话。孙闯闯答应了。挂了电话，孙闯闯心里凉凉的。

## 5

迷乐公司在一个创业园区里，很好找。三人都按照时间，集合到了公司门口。子夜穿了那套 Gaga 设计的衣服。Gaga 以前是一个朋克乐队的女主唱，后来朋克没什么市场后，就改做时装设计了。她主要是做乐队的演出服，好多有名乐队演出的时候都穿过，于是她在音乐圈和设计圈一举成名。随后，她又开始设计日常着装，当然了，也都极为古怪，长得没型的人就穿不了她的衣服。Gaga 设计的衣服品牌，价位也颇接近于世界二流的奢侈品品牌。去年，子夜就斥巨资买了 Gaga 的衣服，孙闯闯和大饼当时还劝了半天，最后也没拦住。后来才知道，子夜是看上 Gaga 了！

孙闯闯和大饼看着子夜的衣服，往事历历在目。大饼本想开子夜几句玩笑，但看老孙和子夜都一脸凝重，也就憋回去了。子夜穿着这身衣服站在公司门口，特别起范儿，像成名已久的巨星。

"进去吧，老孙，到时候你就别说话了。"子夜说完，带头先进去了。

孙闯闯先是使劲点了下头，然后跟在他后面，双手插兜。他看着子夜颇具歌星范儿的背影，越琢磨觉得越有意思。子夜真的是邓科那种人吗？希望不是，不然我一定会跟他决裂的。他一边琢磨着，脑袋一边不自觉地轻轻点头。他想：这还是当初认识的子夜吗？

迷乐公司的老板叫杨一帆，别人都管他叫杨队。因为他曾经带过一队人马从北京骑摩托去大理。其实也没多远的距离，与那些动辄骑摩托去西藏的人没法比，但这些人毕竟不是冒险家，对于这些奔六张儿的搞音乐的人来说，已经不简单了。当时闹得沸沸扬扬的，后来大家就都管他叫杨队了。杨队是个性情中人，办事讲究，人也有义气。但这人不太会经营自己，一把年纪了，还动不动就来场"说走就走的旅行"，同时也少了点对音乐的灵气和才气。或许这就是他做了一辈子音乐，如今还没混成功的原因。

杨队没什么架子，看见了他们三个后特别兴奋。他一直在聊上次马拉松的事，又问子夜的衣服从哪儿买的。东聊西聊，也没说到签约的事。大饼跟杨队聊得热火朝天，子夜一直端着个架子，看着就累。孙闯闯不怎么说话，一直观察着子夜和杨队。

聊了一个半钟头，杨队突然说："行，今天聊得挺高兴的。你们去找歪歪签合同吧。我这人签乐队吧，主要看性格能不能合得来。我觉得你们不错，你们这仨人搭配得也好。条款合同都写着呢，要是有什么不同意的，咱们再谈。合同都是模板，其他乐队也都是这么签的。我要出去一下。我定制的摩托车头盔到了。"

杨队拍了下子夜的肩膀就走了，留着仨人还在办公室。

"嘿，这人真有意思。"大饼说。

"你去找歪歪。"子夜跟大饼说。

大饼站起来去了公司的公共区域，喊了一声："谁是歪歪啊？杨队让我们来签合同！"

孙闯闯还是坐着，低着头，看合同。看到违约金一百万时，心里不由得紧了一下。他一直琢磨着杨队这人。他看着挺实在，如果让他发现事情的真相，他会打官司告我们吗？到时候真让赔这钱，可怎么办？孙闯闯突然又想起了昨天费主席的话，想着邓科和子夜。

子夜把合同拿回了家，说是要仔细看看。事后，三人出了公司。大饼说："咱们要不要一起吃个饭？"

"什么饭？是庆祝成功签约了，还是吃个散伙饭？"子夜说。

"老孙，你真要走？"大饼说。

孙闯闯没说话。

"我还有点事，先走了。"子夜顺势挥了一下手，拦了辆出租车，走了。

"对了，你走的这段时间，苏玲儿来过排练室一次。"大饼说。

孙闯闯这些日子尽量不去想苏玲儿，把关于她的一切都抛在脑后。努力没白费，当大饼提起苏玲儿的时候，他没什么过多的感觉。

"你不在那会儿，子夜状态特别不好。我们也没什么心气排歌。子夜就跟苏玲儿戗了几句，弄得大家都挺不高兴的。"

孙闯闯一直听着，说了半天好像也没什么重点，他有点不耐烦了，准备要走。

"那天苏玲儿说，是你不想玩了，是吗？"大饼又说。

"嗯。"

"你打定的主意，向来也不会改。行吧，既然决定了，那我尊重你的选择。"

"有合适的人了吗？"

"还不知道呢，但子夜好像已经在找人了。他没跟我直说，是我猜的。有些事，他也不会告诉我的。"

已经在找人了？孙闯闯突然说不出话来了，头皮一阵阵发麻。这下，他的心彻底凉了。他使劲吸了一下鼻子，点了点头，又拍了下大饼的肩膀："知道了哥们儿。我先走了。"

孙闯闯游走在大街上，脚步沉沉的。他想着，这个约算是签完了。和子夜算是两不相欠。这么多年的哥们儿情谊是不是也就此结束了？他已经在找新的键盘手了，他就这么心急吗？苏玲儿又跑到排练室里干吗呢？

孙闯闯今天算是正式离开乐队，子夜也不再想给他机会了。今后怎么打算，他一点也没想过，一直在想着刚刚大饼说的事。

苏玲儿的消息很灵通，又不知道是从哪儿听说的孙闯闯已经回京，她立刻打了电话。

"你回来了？"苏玲儿一副若无其事的样子。

"怎么了？"

"什么时候回来的呀，也不跟我说一声。"

"我为什么要跟你说一声呀，咱俩已经没关系了。"

"还生我气呢？"

"没生气，我一点都不生气。这段时间，我也想明白了，你说得对，咱俩确实不合适。"

"我跟你开玩笑呢，你走的这段时间，我特别想你。但知道你状态也不好，所以一直没敢给你打电话。你在哪儿呢？我去找你，咱俩见面聊。"

"算了，没这个必要。我已经离开乐队了，以后你也别总去找子夜他们了。"

说完，孙闯闯就把电话挂了。

几个小时之内，孙闯闯把曾经认为生命中除去父母以外，最重要的两个人都彻底屏蔽、删除了。全新的生活似乎在向他挥手。

第二天上午，子夜突然约大饼吃午饭，说新成员找到了，想让他一起去见见。大饼惊呆了，没想到子夜的动作会这么快。新的键盘手早早地就在餐厅里等着了。子夜和大饼也很准时，见他们来，键盘手赶紧站了起来，看上去很拘谨。新的键盘手向大饼自我介绍着，说自己叫陈建军，从小弹琴，已经弹了三十几年了。大饼也客气地回应着，但整顿饭下来，大饼的情绪看上去不高。饭毕，子夜问大饼："你怎么了？一直没怎么说话，你是不是觉得不行？"

"也不是……不行。你刚才说他叫什么？"大饼问。

"陈建军。"

"哦，就是感觉普通了点，但没准人家也有别的过人的才华呢。我相信你的眼光。"

子夜不再说话了，一副失魂落魄的样子。


一个星期以后，孙闯闯离开乐队的消息，还没等子夜告诉杨队，就传到人家的耳朵里了。消息走漏得很快，不知道是谁传出去的。网友们议论纷纷。杨队很气愤，说你们要是给不出一个合理的解释，就要按照违约处理。违约金合同上面写得很清楚。子夜一下就慌了。

虽说之前子夜信誓旦旦地说过他会承担一切后果，但事情来的时候，还是第一时间想到了孙闯闯。第二天，孙闯闯、子夜和大饼一起去了杨队公司。子夜非常诚恳地把事情的原委告诉了杨队，孙闯闯没说话，他不知道应该说什么。但杨队仍然很气愤，又把合同拿出来，要他们赔偿违约金一百万。看来子夜和大饼都把杨队想得太简单了。

违约的事又把三个人凑到了一起，三个人又回到了排练室。

"这下怎么办？一百万，打死我也拿不出这么多钱来。"大饼说。

"这事跟你们都没关系，是我自找的。"子夜说。

"别说那没用的了。"孙闯闯说。

子夜没搭理他，独自走了出去，说想透透气。

## 6

　　与此同时，在雾行娱乐公司里，陈总、节目策划大飞、制片人邓科，以及五六个长得很好看的年轻人，已经为新的选秀节目的事讨论一上午了，但还是没有结论。这几个人每当聊到节目时，就总跑偏。扯了三个多小时的闲篇，大家都口干舌燥了。几个年轻人也都快坐不住了。

　　"赶紧说正经的，中午我还有饭局。"陈总说。

　　"其实也没什么可聊的了，这选秀节目都大同小异，规则也都差不多。"邓科说。

　　"大飞，你再把规则大体重复一下。丁丁，你记录。"陈总说。

　　"规则大体就是，请三十个乐队进行十轮比赛，逐一淘汰，最后分出前三。第一轮先淘汰五支乐队……"丁丁奋笔疾书，生怕漏下了什么。

　　"哎，对了！"邓科突然想起了什么，打断了大飞的话，"听说了吗？孙闯闯单飞了。他们的新键盘手叫陈建军。"邓科说。

　　"是啊，这不是前两天的事吗？"大飞说。

　　"所以，我有一个主意。"邓科说。

　　"什么呀？"大飞说。

　　邓科抿着嘴，把头微微扬起，一脸坏笑地看着陈总。陈总已经隐隐约约地猜出他要说什么了。

　　"你快点说啊！"大飞有点等不及了。陈总也是一脸好奇地看着他。

　　"我觉得可以这样，咱们加一个环节，就是等到扭曲的面孔乐队进入前五的时候，让孙闯闯来挑战他们，如果孙闯闯赢了，那么扭曲的面孔乐队就直接被淘汰，让孙闯闯直接进前五。"邓科说。

　　"那万一孙闯闯不同意呢？"大飞说。

　　"不同意就让别人上呗，反正想来的人多的是。"邓科说完靠在椅子上，把一只脚搭在了另一条腿的膝盖上，玩命地抖着。

"孙闯闯要是不来，就没必要让扭曲的面孔乐队进前五了。"大飞说。

"咱们这节目主打的可是公平公正。"陈总瞪了一眼大飞。

"公平公正？"

"没错，所有数据都必须是真实的。作假的节目太多了，没意思。现在观众都不傻。"陈总又说。

"我觉得陈总说得对。以扭曲的面孔乐队的实力，能否得冠军这个咱不好说，但进前五肯定没问题。"邓科赶紧附和着。

那几个年轻人面面相觑。丁丁是扭曲的面孔乐队的粉丝，也是孙闯闯的粉丝。丁丁现时瞪大了眼睛，推了推快掉下来的眼镜，用一种期待以及求救的眼神看着陈总。丁丁是陈总公司的人，她想着，要是陈总开口否认，那她绝对也会提出反对意见的。可陈总看着邓科，过了会儿说："行，你这主意不错。"陈总说完，并没有很高兴的样子，站起来走出了办公室。丁丁看着陈总，把头低了下去。

大飞说："这点击量肯定能上去，但你说孙闯闯能同意吗？"

邓科说："我觉得没问题，这帮人都等着这机会呢。实在不行就多给点出场费。"邓科又补上了一句："让孙闯闯做突袭嘉宾的事要保密，千万不能泄露出去。"

丁丁还是没抬头，一直抠着笔记本的键盘，实在不忍将这段话记录在内。

"行，今天咱们就开到这儿吧，各位同事请尽快通知、联系名单上的乐队。"邓科说完，大家陆陆续续走出了办公室。

雾行公司90后的同事们，办事都很高效、很专业。正当子夜发愁怎么凑这一百万时，突然接到了雾行公司打来的电话。对方向子夜大体了解了一下乐队解散和新成员陈建军的情况，又说了说节目的事情。他们聊了半个小时，对于孙闯闯的事都只字未提。子夜的大脑飞速运转着，突然一下就答应了参加节目的事情。子夜迫不及待地给大饼打了一个电话，说："这下齐活儿了！半个小时后在排练室见，把陈建军也带上。"

子夜飞奔到了排练室，激动地把节目的事告诉了二位，说："咱们终于有救了。这节目一定要参加。首先，这是节目组自己找上门的，咱们要是能在节目里火一把，杨队那边就有交代了。成了名杨队也高兴，这一百万就不用赔了。"

"那万一杨队还是不依不饶呢？"大饼问。

"上了节目咱们身价就不一样了，咱们用上节目的费用和以后演出的费用慢慢还也行。"

陈建军听得一头雾水。

大饼盘算了一下，目前这是最好的办法了，不行也得行。


第二天，他们仨去了迷乐公司，杨队坐等他们的解释。子夜说了说他们的计划。杨队一脸狐疑地说："我现在都不敢再相信你们说的话了。"

"保证是真的，人家等着我们签合同呢。不信您可以跟雾行公司的人去核实。"子夜说。

杨队还是用怀疑的眼神看着子夜。子夜赶紧又说："我没跟雾行公司的人说我们签约了您的公司。要不然，电话可能就直接打到您这里了。"

杨队表情有点松懈了。子夜又说："之前瞒着您是我们的不对，但我们也是有难言之隐。您的消息太灵通了，还没等我们解释您就知道了。放心，我们要是上了节目，一定全力以赴。"

"这是你们新找来的键盘手？"杨队上下打量着陈建军。

"对，小伙子挺有才的，关键是踏实。"

"你们跟孙闯闯到底怎么了？"杨队突然很关切地问起来。

子夜见杨队话锋一转，立即就顺着聊了下去。他把孙闯闯一切不靠谱的任性行为全都说了出来。大饼和陈建军一句话也没说。听着子夜控诉孙闯闯，大饼心里不是滋味。杨队听完子夜的话，皱着眉点了点头："这么说，这孙闯闯换了还是对的，是吗？"

"那当然了，换他是早晚的事。而且他一直状态不好，也写不出什么好歌来。"

"你说得对。"杨队若有所思地点着头。"欢迎你的加入。"杨队站了起来，与陈建军握手。

子夜心脏快速而有力地跳动着，好几次都差点噎得自己说不出话来。杨队原谅了他们，但唯一的条件就是必须进前五。他知道，只有进了前五，以后的身价才能上去。子夜信心满满地答应了。这事就算这么过去了，一百万暂时也不用赔了。但唯独就是委屈了孙闯闯。

晚上，孙闯闯把自己摆成一个"大"字形，平铺在床上，脑袋里空空的，一直哼着《一无所有》。整晚，他都半梦半醒，迷迷糊糊，做了无数个梦，真真假假的，自己也分不清楚。第二天早上，两侧太阳穴一蹦一蹦地跳着疼。他起来泡了一杯浓浓的普洱，试图让自己清醒一点。他试图回忆昨晚的梦或思考的事情，却又怎么也想不起来了。

他起身拉开窗帘，推开窗户，闷热的风袭来。今天似乎又升温了。他望着远处，想着今天应该做些什么，他要让自己忙碌起来，要忘记昨天与子夜的谈话，忘记苏玲儿，忘记乐队，忘记与过去有关的一切。他用尽全力，继续假装沉浸在一个只有音乐的真空世界中，以维持某种莫名的愉悦。他迅速洗漱一番，随便吃了点早餐，准备开始一天的工作。他坐在三架键盘中间，脑子里瞬间浮现出了一段欢快的旋律。没想到，今天的创作竟如此顺利。直到中午为止，他对自己的心情以及创作都十分满意。他从来没有如此这般重视过自己的心理状态，以及对其进行评价。为了维持这种莫名的快感，他丝毫不敢懈怠。中午时，他已经筋疲力尽了。

他反复听着刚才的编曲，一遍又一遍地听，情不自禁哼唱起来。他用一种极为放松的姿势瘫在了椅子上，子夜、大饼、苏玲儿一股脑地又都跑出来了。他们会喜欢这首歌吗？子夜会不会觉得太流行了？大饼的鼓怎么配上？他顿了顿，忽然觉得应该与子夜和好，昨天的那场对话子夜或许已经忘记了。他不能没有子夜和大饼，他们要永远在一起！他们已经被公司签了，未来的道路是光明的。那首他刚刚做完的曲子一直循环播放，他再一遍确认，这真的会成为扭曲的面孔乐队成立以来，做过的最棒的一首歌。他们真的会一举成名，是那种真正意义上的成名。他们必须和好，就像当年那样。

孙闯闯越想越激动，他双手甚至略有发抖，拿起了手机准备给子夜打电话。可就在此刻，微博突然蹦出了一条消息，是关于扭曲的面孔乐队的。他迫不及待地点进去看——扭曲的面孔乐队已与迷乐公司签约，与此同时，主唱子夜宣布，键盘手孙闯闯正式退出乐队，单飞。吉他手陈建军将加入乐队……

这时，孙闯闯的电话响了，是大饼。他把昨天和今天发生的事一一告诉了孙闯闯。孙闯闯没想到仅仅两天，居然发生了这么多事。孙闯闯说，挺好的。这下也不用赔钱了，你们也找到合适的人了。挺好的……

我们的友情是虚假的，
我们的爱情是虚假的，
我们的努力是虚假的，
那个为之奋斗和不顾一切的东西是虚假的。
我之所以称之为"东西"，
是因为我连它具体是什么，

都不知道，

一切都是虚假的。

当孙闯闯把这些写在纸上后，又看了几遍。音响里循环放着前些天写好的歌，他一边看着，一边哼唱了出来。他把自己关在房间里，音乐满屋，遮盖住了一切。他仔细认真地将词填写进旋律中，反复修改，但怎么都觉得有点别扭。他靠在椅背上，心里仍像有堵不透风的墙。他想着，我该恨子夜吗？

## 下半部分

### 1

丁丁一直在想，自己是否要去跟陈总再聊一下关于孙闯闯"突袭"的规则。自己在公司里毕竟三四年了，算是个元老，和陈总一起也做了五六个项目了，况且陈总也是扭曲的面孔乐队的粉丝。扭曲的面孔乐队不是什么有名的乐队，如果不是陈总喜欢，他们也进不了这个节目。但让孙闯闯去"突袭"来挣收视率，手段未免也太下三烂了。但自己毕竟不是什么领导，对于陈总已经决定的事，当然没什么资格再去质疑或反驳。

下午，陈总回了公司，丁丁踟蹰半天，还是推开了陈总办公室的门。

"陈总，您现在忙吗？"丁丁说。

"进来吧。"

丁丁进了办公室，又突然觉得不知道怎么开口。

"陈总，我想再跟您商量一下关于孙闯闯'突袭'的事。"

"你说。"陈总面无表情地说。

"我觉得这……是不是不太好呢？"

"哪里不好了？"

"就是觉得……有点太不厚道了。"

"忘了我之前怎么跟你们说的了？一切以节目点击量为主，其他的都不要说了。"

丁丁知道再说就是自讨没趣，刚要走出办公室，又被陈总叫住了："孙闯闯由我来联系。名单上的乐队，还有其余几个突袭嘉宾，你们尽快联系。还有，突袭嘉宾要保密，不能让参赛乐队知道。最后一个事情，节目海报现在就要开始找人设计了。"

"还找费主席吗？"丁丁问。

"行，就他吧。"陈总回答。

丁丁答应后，出了门。


孙闯闯把自己关在家里快半个月，这期间他做了三首歌，自己觉得还算满意，休息的时候不是睡觉就是看几部老电影。前几天，苏玲儿来过两次电话，孙闯闯都没接，后来就没再打过了。费主席找过他几次，给他带了点外卖和啤酒，他们讨论着彼此近期的作品，都觉得对方进步了。

这天，费主席接到了丁丁的电话。丁丁跟费主席曾经合作过两次，彼此已经很熟悉了。丁丁大概说了下情况，费主席就明白她的意思——继续给节目设计海报。费主席很高兴，雾行公司向来很大方，而且从不拖欠报酬。而此时，费主席已经将近半年没收入了，正在发愁钱的事时，就接到了大单，真是一场及时雨。

丁丁在电话里说："您是不是跟孙闯闯挺熟的？"

"对，他是我兄弟。"

"那我大体跟您说一下海报内容，是要设计孙闯闯做突袭嘉宾的，而且突袭的就是他原先的乐队。"

费主席一下急了，刚要说话又被丁丁打断了："费老师，您先别激动，我知道这样不好。我也是孙闯闯的粉丝，但我也没办法，是我们老大和制片人要求的。还有一件事，这次的节目据说十分公平公正，不掺假数据，所以只有扭曲的面孔乐队进了前五，孙闯闯才能做突袭嘉宾呢。"

"那你们着急做海报干什么？"

"这事不都得往前赶吗？"

"我看你们就是有猫腻，什么公平公正，都是假的。"

"那您不信就算了，我也没办法。您看您这活儿能接吗？不能接的话，我还得再去找别的设计师。"

费主席犹豫了半天，最后还是答应了。他想：反正孙闯闯也不会问海报是谁设计的。他不问，我不说。

"这公司可真够阴的，还带这么玩的？"费主席全身像被微弱的电流过了一遍似的，从头皮麻到了后背。他在心里嘀咕着，想必老孙现在还不知道有这事，那到底要不要告诉他呢？费主席思来想去，最终也没想明白。他索性打开了电脑，开始设计海报。这毕竟是一个大活儿，先保住自己的饭碗再说吧。可当海报基本成形，两方嘉宾名字搁在一起时，他突然有种已经失去孙闯闯的感觉。费主席盯着屏幕，他的痛苦很抽象，是无法言说的。

晚上，孙闯闯总觉得心里慌慌的，浑身不对劲。可为什么而慌，自己也不清楚。他一会儿坐在沙发上，一会儿又躺在床上，电影看不下去，音乐也听不进去。无所事事的他，终于把自己安放到了书桌前，下了一个决心。他上网查了一下扭曲的面孔，关于自己离开乐队的消息已不再是热搜，但每当搜到乐队的名字和"孙闯闯"这仨字时，还是会有大量的关于自己离开乐队的新闻。每个网站上的说法不一。他像个局外人，看着网友们热火朝天地议论，又把他们的种种往事七嘴八舌地贴在了评论区里。往事历历在目，自己的决定真的对吗？他心烦意乱，决定给费主席打个电话聊聊天。

费主席此时正处在苦闷的自我忏悔中。突然电话响了，吓得他浑身一颤，正是孙闯闯的电话。他看着手机亮起的屏幕，寻思着要不要接呢？已经接近夜里十二点了，这个时间打来电话，肯定是有要紧事，难不成就是为了这事？不对，他此刻肯定还不知道呢，那能是什么事呢？费主席盯着屏幕，手机不停地在桌子上震动着，心也跟着一起震动着。终于，手机消停了，屏幕也暗了。费主席再次把目光转移到电脑上，盯着海报上"孙闯闯"和"扭曲的面孔"这俩名字。怎么就混到今天这一步了呢？我们是怎么了？费主席有种想哭的冲动，可看着屏幕中若隐若现的自己，又觉得十分可笑。他觉得孙闯闯已经离开他了，但他无力改变现状，也无力去为他们之间的关系做点什么，现在唯一能做的，可能就是以后找个机会跟孙闯闯道歉吧。

## 2

有关《新生唱将》的宣传逐渐涌出，手机电脑、街边上的公交站，甚至电梯和地铁站里，哪哪儿都是这节目的海报。海报上，扭曲的面孔乐队的三个人占据了相当大的比例，其次几个歌星被零零散散地排在他们的周围。子夜和大饼被电脑后期修得几乎面目全非了，大饼看着像只有八十公斤左右，子夜看着像女的，至于陈建军和其他几个歌星，孙闯闯没怎么仔细看。节目定于下个月十号开始播出。然而，子夜他们几个现在已经进了节目组。

进节目组这事，是苏玲儿告诉他的。其实也不是苏玲儿自己告诉他的，而是昨天孙闯闯翻看了她的微博发现的。苏玲儿在网上是这么写的：

预祝一切顺利。下面附了几张子夜进组的照片。照片应该是子夜传给苏玲儿的。看来他们现在走得很近。孙闯闯不敢再想下去……

费主席也不知道最近在忙些什么，孙闯闯说约他吃饭，他却总说忙。他总觉得费主席在故意躲着自己。也许他现在真的很忙吧。他顿时感到自己被全世界抛弃了。曾经，乐队、苏玲儿和费主席就是他的全世界，可现在，他们是一个世界的了。

子夜、大饼和陈建军进节目组已经有一段时间了，录制了三期节目，成功地进了十五强。节目录制得算是顺利，跟子夜想象的也差不多。和他们一起比赛的还有几个年纪特别小的当红明星。这些小明星不管真假，反正在子夜他们面前显得还挺客气，彬彬有礼的样子。他们周到的礼数令子夜和大饼特别感慨，现在的小孩儿真是越来越有礼貌了，哪像他们小时候，见着资深前辈，也没大没小的。面对后辈的客气和尊重，子夜的自我感觉是相当良好，因为真的已经觉得自己是前辈了。可大饼觉得有点别扭、有点尴尬，似乎少了点人情味儿。大饼和子夜在后台看着正在排练的小朋友们，大饼说："你不觉得他们特像假的吗？"

"是有点，长得都差不多。"

"不是说长相。我的意思是，你看他们相互都点头哈腰的，跟机器人似的。"

"你管人家呢。"

"我怎么觉得，咱都这么大岁数了，还跟这帮小孩儿一起PK，是不是有点丢脸呢？"

"甭说那没用的，赶紧排练吧。回头输给人家，更丢脸。"

"你说……这比赛是公平的吗？"子夜突然没头没脑地冒出来这么一句，着实给大饼顶着了，子夜和大饼半天都没吭声。看着台上一遍又一遍排练的小孩儿们，他俩都觉得特感动。大饼突然又说："如果节目组内定的是他们赢，我也认了。你呢？"

　　子夜一听这话，有点不高兴了："我要是没什么天赋，我也这么玩命练。"说完，他拍了拍大饼的肩膀，示意他赶紧排练。

　　排练室里，陈建军一直在玩命地练琴。陈建军的琴技就如他的名字般，普普通通，让人记不住。他只有玩命地练，才能把握住这个机会。他可能就是子夜说的那种天资一般的人。但子夜就是喜欢他，或者说，喜欢这种踏实、努力的人。


　　这节目是公平的吗？子夜不知道，反正节目组说是公平的，但他也不敢完全相信。他们也只是按照规则为自己的演出顺序排了曲目。这就像是游戏，所有的游戏都公平吗？这公平与否到底是什么标准，谁都说不清楚。大饼更想不清楚，但大饼坚信，这样的综艺节目肯定都是不公平的。节目组说是没内定，也许只是没告诉他们，因为他们不是内定获胜的人。也许他们就是个陪衬，就是个绿叶。

　　晚上，子夜睡不着。苏玲儿和他站在家里的阳台上，望着远处还在堵车的四环路，一根接一根地抽烟。他一直在跟苏玲儿念叨今天在台上刻苦排练的那些小孩儿，和在演播间走廊里的节目策划邓科，以及与导演聊得热火朝天的铅笔刀乐队。他们肯定有一个是内定的，到底是谁呢？他又忽然说，如果节目组安排我们输给那帮小孩儿，怎么办？也太丢人了。他越念叨越气愤。苏玲儿在一旁抱着他的胳膊，脑袋靠在他肩上，听他没完没了地自言自语。

　　"现在的年轻人都努力着呢，比你们努力一百倍。"苏玲儿说。

　　"是，我也这么觉得。"

　　苏玲儿把嘴轻轻贴在了子夜的脖子上，子夜顺势搂住了苏玲儿的腰。

　　"哎，我觉得咱们这样特别不好，我总有种做贼心虚的感觉。"子夜说。

　　苏玲儿没说话，她不再亲吻子夜，又把脑袋靠回了他的肩膀。

"你没这感觉吗？"子夜又问。

"你还是继续刚才的话题吧，继续说说节目的事。"

子夜叹了口气，突然，什么也说不出来了……

"光念叨、抱怨、猜测有什么用，合同都签了。"苏玲儿说。

"以前，每次遇到事的时候，我都会找老孙聊会儿。虽然给不出什么特别有建设性的意见，但跟他喝一会儿，听他聊点不着边的，心情总能好起来，觉得一切都不是事。老孙就是有这种能让人放下一切的能量。"

苏玲儿突然哭了。

"你是不是还是放不下他？"

苏玲儿哭得上气不接下气，过了好一会儿才说："我就是觉得他特可怜，特对不起他。"

"那你可错了，他最恨的就是被别人可怜。"

子夜被苏玲儿弄得心烦意乱，本来就在操心节目的事，结果她又为了孙闯闯哭了一鼻子。他索性出了门。


孙闯闯不在了，子夜找不到人聊天，只能给大饼打电话。大饼接了电话，没多会儿，子夜就颓在了大饼的客厅沙发上。大饼把窗户全部打开了，外面车水马龙的声音能让子夜稍微平静些。

"你别总这么发呆啊，要不咱俩喝点？"大饼坐在另一个单人沙发上，看着子夜。

"不想喝。"子夜半死不活的，感觉连说话的力气都没了。

"你这是怎么了？"

"我就是在想，咱们要是输给了那帮小孩儿怎么办？"

"人就是这样，当你有了一张床的时候，你就想要一个房间。有了一个房间，你就想要一栋房子。当你……"

"行了，行了。"子夜烦躁地打断了大饼前不着村后不着店的话。

　　"我的意思就是，咱别不知足了，多少乐队还都没上这么大节目的机会呢。这平台多大啊，有个机会露个脸不错了。更何况，咱们现在也没有十足的理由说人家节目组就有内幕。"

　　"肯定有，你没看见今天在走廊上，铅笔刀他们跟制片人还有导演，聊得那叫一个高兴。"

　　"他们聊什么了？"

　　"没听见。反正就一顿地吹牛一顿地乐。"

　　"没准人家之前就认识呢。"

　　"那说明更有问题了。"

　　"你现在怎么神经兮兮的？不就是一个节目嘛，就当玩去了呗。你以前可不这样啊。"

　　"你可别忘了，进不了前五，咱们是要赔那一百万的。"子夜寻思了一下，"不行，我得去趟排练室。"子夜突然站了起来，像没头苍蝇似的，在大饼家里来回乱转地找东西。

　　"你说现在？"大饼看了眼手机上的时间，"现在可都快十二点了。"子夜还是在几个房间中进进出出。"你找什么呢？"

　　"钥匙！"

　　"这不就在这儿呢吗？"大饼从茶几上拎起一小串钥匙。子夜赶紧从大饼手上抢过来，说："赶紧走，我不能在这儿待着，要疯。"

3

　　这几天，苏玲儿又不知道哪儿去了。微博和微信朋友圈，都没有她的动态。孙闯闯想，估计又去哪儿拍片儿了吧。这么长时间过去了，孙闯闯还是会习惯性地、时不时地翻翻她的动态。可让孙闯闯万万没有想到的是，苏玲儿哪儿也没去，就在子夜家里待着呢。她白天在子夜家写小说和修之前拍的照片，晚上就做好饭等着子夜从组里回来。但这并不是苏玲儿的意愿，这是子夜的主意。

扭曲的面孔乐队顺利地进入了前十五，在三期节目中亮过相，这已经远远超出了之前的预想。可即便如此，子夜还是每天处于一种精神十分紧绷的状态。一个是想着要出名，一个是屁股后面有一百万在追赶着他。节目组的规则极具挑战性，想尽办法，用各种幺蛾子折磨乐队和歌手们。子夜疲惫不堪，可奇怪的是，他越是疲惫，越是像疯了一样地写歌、排练。他像掉进了正在飞快旋转的漩涡里。大饼快扛不住了，但也不敢说什么。陈建军特别感谢子夜，感谢他的"收留"，同时他也觉得自己是特别幸运的一个人。这么多年的苦练没有白费，终于熬到能出人头地的一天了。他一门心思跟着子夜，子夜让怎么改就怎么改，从来不抱怨。每次排练完，他还把排练室的地和乐器擦一遍再走。

子夜每天回家都很晚，并总是疑神疑鬼的。他对苏玲儿不信任，总是觉得他不在的时候，苏玲儿就会往孙闯闯那里跑。

但无论子夜怎么怀疑、焦虑、发疯，他都得按照节目组的时间表按时录制节目。他像机器中的一个小齿轮，没有间隙地运转着。扭曲的面孔乐队终于靠自己的实力进入了前十。乐队已经有了新专辑，专辑里有的歌是他们曾经和孙闯闯一起做的，有的歌是最近子夜自己做的。键盘手的名字已经被替换成了陈建军。孙闯闯一边看着新闻，一边念叨着："多么平庸的名字，听着就不像能弹好的。子夜看人的能力真是越来越差了。"

乐队不仅有了新专辑，还有了全国八个城市巡演的公告，歌基本都是子夜写的，但一看就是为了凑专辑和巡演被逼着写出来的。孙闯闯窃喜着，当时的决定还是对的。他最怕的结果还是被子夜遇到了。

这时候，孙闯闯的电话响了。

"孙老师您好，我是雾行公司的陈贤君。"

"您好，您别客气，叫我老孙就行。"

陈总笑了下，又说："老孙，你知道《新生唱将》这个节目吧？"

"不太知道。我不怎么看电视，这类综艺节目也不怎么看。"

"没关系，这是一档唱歌的选秀节目。我希望你能来参加一期。"

孙闯闯刚想开口说话，就被陈总的话堵了回去："你先别急着拒绝我。我听说你从扭曲的面孔乐队单飞了。但实际上不是这样的吧？网上还有人说，是子夜把你赶出来的。"

"网上说什么的都有，您别信。"

"那实际是怎么回事，你能跟我说说吗？"

孙闯闯觉得这个陈总还挺实在的，但自己是怎么离开乐队的，是不是被子夜赶出来的，他自己也说不明白。

"也没什么可说的，就是感觉理想和追求不一样罢了。分开对各自未来的创作都是有利的。"

"那你觉得你比子夜强吗？"

孙闯闯没说话。

"我觉得你比子夜强。你对音乐有想法，扭曲的面孔乐队几首我特喜欢的歌，都是你作词作曲的。"

"真谢谢您，我没您说的那么好。我就是一个俗人，只不过比别人好相处一点。"

"你到底有多好、有多少本事不需要跟我说，你需要向广大听众和你的粉丝说。"

孙闯闯犹豫了，陈总说的没什么错，但自己又不想去参加节目。这到底该怎么办呢？

"你考虑一下，后天给我答复吧。"

挂了电话，孙闯闯脑袋有点发木，发了会儿呆才开始渐渐思索着，刚从一个漩涡里逃出来，又要掉进另一个漩涡。苏玲儿、乐队、选秀，他隐隐地觉得自己的生活正在重新洗牌。

他看着扭曲的面孔新专辑封面。第一首歌叫《重生》。歌写得不错，一听就是子夜的，只是陈建军弹得差点意思。再一看歌曲下面的留言：

"扭曲的面孔这张专辑真不错。孙闯闯挺可怜的，居然被乐队给踢出去了。"

"如果孙闯闯还在乐队，品质肯定会更好。"

"扭曲的面孔也真够狠的，孙闯闯刚一走，就发了新专辑。老孙真可怜。"

诸如此类的，觉得孙闯闯可怜的留言有二三十条。孙闯闯越看越气愤，他最痛恨的就是被人可怜，这比不尊重他、看不起他，还让他接受不了。虽然粉丝们没什么恶意，但这却正好击中了他的要害。

此刻已经是夜里十一点了，他想都没想，又给陈总打了一个电话。陈总居然还接了。

"这么快就想明白了？"陈总说。

"想明白了，我参加。"

"这就对了。"陈总对他的答复看来很满意。

深夜，楼上楼下的邻居都睡了。屋子里只剩下钟表在滴答滴答地响，孙闯闯随着有规律的节拍，踮着脚，想道：我是不是有点太冲动了？上综艺节目这事真的好吗？观众会不会觉得我更可怜，可怜到已经开始靠上综艺节目来维持生计了？但刚刚已经答应了陈总，再拒绝也实在说不过去。算了，没准这是机会也说不定。可综艺是什么东西？到底怎么玩？游戏规则是什么？他打开网页，随便找了一个唱歌类的选秀综艺节目看了起来。站在台上的歌手和乐队老师，有一些是孙闯闯的朋友，甚至还有几位吉他手和键盘手曾声称自己永远都不会参加这种节目的。台上的歌星和乐手们都把自己的情感放大了无数倍，动作极为夸张和做作。台下乐迷们毫无头绪的律动，评委老师们词不达意的点评……孙闯闯果断地把视频关了。夜里快两点了，老孙终于熬不住了。

第二天早上，孙闯闯醒来后想到的第一件事就是参加节目的事。他反复问自己是不是后悔了，他的反应是，还凑合吧，没有特别后悔。但他还是有点犹豫，憋不住给费主席打了一个电话，想征求他的意见。费主席忐忑不安地接了电话，果然是说要上节目的事。费主席赶紧说："老孙，选秀的事儿不适合你。"

"难道不是一个机会吗？"

"节目里全是猫腻，反正我劝你别去。"

孙闯闯挂了电话后，睡了过去。

## 4

孙闯闯终于接到了节目组的正式通知，与此同时，也看到了相关的海报，自己的头像和扭曲的面孔乐队放在了一起。他现在心情却如此平静，身体软弱无力，靠着一口游丝般的气儿在苟延残喘。他在家思考了一夜，做了两个决定。第一个是准备认真参赛，输赢不重要，关键是不能给自己留下任何遗憾。第二个就是要唱自己的新歌。这一晚上，他喝了很多黑咖啡，坐在电脑和键盘前，又仔细地把那首准备交给子夜的歌，重新编了一遍，最后决定把歌名定为《那是什么东西》。这次，他终于不用再附和任何人了，这次的演出，只有他自己。凌晨四点，天蒙蒙亮，他上了早上八点的闹铃，闭上眼睛，在沙发上睡着了。

这一晚上，苏玲儿没睡着。子夜和大饼、陈建军一晚上泡在了排练室里。他们怎么都想不通孙闯闯为什么会答应来比赛，来参加这种综艺节目。苏玲儿独自在子夜家，站在阳台上，望着什么也看不见的远处，想着明天孙闯闯和子夜他们的"对决"。她忐忑不安，觉得自己是帮凶，对不起孙闯闯，这辈子都没脸再见他了。可是这又能赖谁呢？谁让他当初追她的，谁让他那么想跟苏玲儿结婚的，居然还提到过生孩子的事。苏玲儿继续想着，和子夜的关系似乎也到了一个临界点。这么在他家耗着，到底什么时候是个头儿？她对这一切已经厌烦透了。

这一晚上，她也做了一个决定：她要和过往说再见，不再逃离，不再逃避。她要郑重地和子夜道别，然后找一个地方，认真地过日子，那个地方将会成为她永远的家。那个地方是哪儿呢？她查了查自己的存款，又算了一下自己每月的收入，北京是混不下去了，而且也没什么理由让她非耗在北京不可。她去过很多很多地方，这次她决定把家安在四川。

她从来没跟谁郑重地道过别，该怎么道别呢？电影小说里都是写信告别，但又觉得太矫情。她想了想，干脆就直接点吧，她给子夜发了一条微信语音，准备半天，最后只说了句：再见子夜。这句道别她练了好几遍。


孙闯闯按照约定时间，前往节目组，进行拍摄录制。摄像机一对准孙闯闯，他就倍感局促和紧张，眼神总是躲闪着，或低着头。采访时，半天又说不出话来。节目组说，突袭嘉宾没有彩排，除了不要说一些违规的话以外，可以尽情地展示你自己。

该来的总会来的，子夜和孙闯闯终于在后台碰面了。这是自那次在迷乐公司分别后，第一次见面。子夜有点尴尬，孙闯闯倒是看着挺淡定的。

"没想到你能来。"子夜说。

"我也没想到。"孙闯闯说。

子夜和孙闯闯都沉默了。本来子夜有很多想问孙闯闯的，比如你为什么会来？你来干吗？离开我们是不是后悔了？你觉得陈建军怎么样？等等。就在沉默之际，子夜他们就被导演组的人叫着上台了。几位评委寒暄过后，嘉宾们开始了一阵热烈的呼喊。紧接着，舞台的灯亮了，扭曲的面孔乐队率先上台。孙闯闯站在舞台后面，看着子夜、大饼和那位他总也记不住名字的键盘手。大饼在开始前一秒，突然与孙闯闯的目光对上了。孙闯闯冲大饼点了点头，大饼鼻子一酸，打响了第一个鼓点。这是扭曲的面孔乐队第三张专辑中的第二首歌，也是最火的一首，唯一流传过大街小巷的一首。

台下的观众大声齐唱，孙闯闯会心一笑：这下子夜该满意了，他最喜欢的就是粉丝跟他一起大合唱，他觉得只有这一刻才是最兴奋的。但孙闯闯就觉得大合唱有点傻、有点土。在这一点上，他们永远也无法达成共识。孙闯闯此刻像卸了包袱的骡子，浑身轻松。他靠在一旁，自在地也随着音乐的韵律摇摆了起来，也跟着粉丝们一起哼唱着。

表演结束了，打分也结束了。评委们又开始了相互的寒暄和点评。子夜带着乐队下了台。孙闯闯双手交叉在胸前，上半身靠着一堵墙。

"不错，效果挺好的。"孙闯闯说。

"加油兄弟，别客气。"子夜有点累，喘着粗气说。

工作人员提醒着孙闯闯准备上台，做了一番最后的设备检查，孙闯闯深吸了一口气，上去了。


"这首歌献给……我最爱的人。"孙闯闯在唱前说。舞台如此之大，如此之明亮，他独自站在中央的位置上，有些孤单。音乐响起，子夜耳朵一震，确实挺不错的。


> 我们的友情是虚假的，
> 我们的爱情是虚假的，
> 我们的努力是虚假的，
> 那个为之奋斗和不顾一切的东西是虚假的。

……

　　这是新歌，谁都没听过，用这首歌参赛太冒险了。孙闯闯独自在舞台上，用尽全力地演绎着。台下粉丝虽然没人能跟着唱，但都跟着音乐在摇晃。丁丁站在第一排 VIP 区，号啕大哭。孙闯闯满头大汗，忘我地在台上嘶吼着。这是孙闯闯首次演出独唱，让评委和观众们都颇感意外——孙闯闯竟唱得这么好。

　　"孙闯闯这是什么意思啊？"这歌词，子夜听得懂，大饼也听懂了，费主席应该也能懂。只有陈建军挺美的，跟着音乐摇头晃脑。

　　"我们的友情是虚假的"，这句歌词反反复复地在唱。真的是虚假的吗？子夜鼻头有点酸。他忽然觉得曾经对孙闯闯所有的迁就和无限的忍让，都变成了自己的一厢情愿。他越唱，子夜越委屈、越失望、越气愤。他在台上，就像个一直在宣泄自己委屈的小朋友，这么多年了，怎么就一直没长大呢？

　　孙闯闯卖力的演出赢得了台下一片喝彩和掌声。


　　当唱完最后一个音的时候，孙闯闯已经累得佝偻着后背，用力地大口喘气。不知道是眼泪还是汗，他一直在擦着眼睛，不停地擦……工作人员赶紧从后台递上了纸巾。评委一边点评，孙闯闯一边擦，无论说什么，他都点头表示同意。后来其中一个评委问到离开乐队后以及和子夜在台上 PK，心情是怎样的时候，孙闯闯咽了下口水，手举着话筒说："我祝福子夜，祝福乐队以后能越来越好。"说完，台下有粉丝哭了，哭得最严重的就是丁丁。孙闯闯径直走下了台，评委在上面喊着："哎，先别走，我们还要宣布比分。"孙闯闯权当没听见，下了台直接走了。

　　"这孙子把比赛当成什么了！"子夜很气愤。

　　没想到的是，这场比赛孙闯闯赢了。当宣布完比分的时候，子夜用力踹了一脚演播室的椅子。大饼和陈建军还有几个工作人员吓了一跳。

　　"没事，还有下一场呢。"工作人员小心翼翼地劝着子夜。

　　"什么玩意儿，我看你们这比赛全都有猫腻！"子夜骂骂咧咧地走了。

　　大饼和陈建军赶紧向工作人员道歉，大饼让陈建军留在这儿，自己去追子夜。按照赛制规定，还得再比一场，两场比分的票数相加，高的获胜。大饼劝子夜说：

　　"咱们还有一次机会，况且票数相差得不是很多。"

　　"你相信这票数是真的吗？我觉得他们就是故意的，他们就想让孙闯闯赢。"

　　"人家不都说是真实数据了吗，你别太悲观。"

　　"大饼，你这人就是太幼稚，太幼稚！"子夜气没消，越想越生气，说，"你听听他那歌词，就他委屈是吗？"

　　大饼也不知道该怎么劝，随即说了几句片儿汤话。

　　"别让我再看见他，见一次，我打一次。"


　　孙闯闯和子夜彻底决裂了，也与之前的生活彻底断裂了。陈总和节目制片人大飞、邓科对他都很满意，说，每个圈都有游戏规则，拿出你的职业精神和职业素养。既然想在这个圈里混，想出名，那就得遵守游戏规则。其他人，都是业余玩家，所以他们早早就被淘汰了。孙闯闯客气地点了点头，表示同意。

　　第二场比赛在两天后，要求每个乐队和歌手都要唱一首未曾发表过的歌。子夜和大饼回家各自在电脑中翻看，把曾经做过的"半成品"全都翻出来了。子夜反反复复听着，一遍遍地尝试着重新编曲，过了一天一夜，仍是拿不定主意，他像疯子似的到处给别人打电话，征求意见。最后大饼实在受不了子夜，他觉得再这样下去子夜肯定会疯的。大饼突然在排练室里，扔了鼓槌说："我不玩了。"

"别闹了，我这儿烦着呢。"子夜根本不理他。

"我说我不玩了！"

"嘘！你小点声！"子夜一下蹿到了排练室的门后面，悄悄看了眼门外面，赶紧把门关上了。

"你干吗呢？"对于子夜近期种种神神道道的行为，大饼已经非常厌恶和不耐烦了。

"我跟你们说，这门外面肯定有人盯着咱呢。没有人的话，估计也有摄像头、窃听器。"子夜瞪着眼睛，用特小的声，悄悄地说，"所以你们别动不动就瞎嚷嚷。"

"那你刚才看见人了吗？"大饼问。

"指不定在哪儿躲着呢。这帮人都阴着呢。"

"我看你是疯了。"

"别闹了，赶紧再排一遍。"

就在此刻，丁丁突然给陈总打了一个电话，说孙闯闯失联了，打了一天的电话都不接。大飞和邓科那边也找不到他。陈总告诉丁丁，赶紧再找一个独立音乐人，不用特别火，有一点知名度的就行，重新和扭曲的面孔乐队进行比赛，重新录制。丁丁又问，那孙闯闯那期怎么办呢？陈总说，剪了吧。

陈总大概已经猜到了，孙闯闯是不会再出现了。

陈总猜得没错。孙闯闯终于把那首歌唱给了该听到它的人，心愿已了，其他的就爱谁谁吧。按理说，这种情况应该算违约，如果陈总真要和他较劲打官司的话，孙闯闯必输无疑。但这事也就不了了之了。然而，孙闯闯压根儿也没怕自己被告。只身一人，一无所有，什么都输得起。

孙闯闯这次哪儿也没去，在家睡了一个又沉又长的觉。醒来后，他感到前所未有的轻松和愉悦。他突然很想念费主席，这家伙在干吗呢？这么长时间都没消息。

5

子夜知道孙闯闯退出节目，是在第二天早上。当他再到节目组时，已经被告知他们要跟另一组人马比赛。子夜气急败坏地喊着："他人呢？这孙子凭什么这样对我！"子夜情绪瞬间崩溃了，跪在地上，号啕大哭。大饼几次试图把子夜扶起来，但他身体瘫软得像是一摊泥。大饼心疼他。

演出临近，子夜也突然消失了。大饼和陈建军都联系不到他。大饼意识到子夜应该是出事了。他犹豫了很久，最终还是给孙闯闯打了电话。孙闯闯接了，语气挺平静的，就像早已预料到了一样。孙闯闯说去帮着打听一下。随后不久，苏玲儿给孙闯闯打了电话，说："完了，子夜进去了！"苏玲儿又说："他在八里庄派出所，你快想想办法啊！"苏玲儿的话应该错不了。

"那你跟我说什么呀，我能怎么办？"

"你这人怎么这样，毕竟你们曾经也是朋友。"

苏玲儿在电话另一头心急如焚。这再一次证明，苏玲儿对子夜是真心的。孙闯闯想着，你们都是我曾经最爱的人，我可以用背叛来形容你们吗？

孙闯闯还是通过种种关系，打探到了子夜的情况，正如大饼所猜测的，他被上家点了。目前正是严打的时候，至少要关俩星期，不准探视。子夜被关进去的第四天，大饼去了趟派出所，想给子夜存五百块钱。但派出所的人说，已经有人给他存钱了，这俩星期的饭钱够了。大饼问是谁给他存的，派出所的人没告诉他。

大饼从派出所出来，沿着八里庄的路一直往排练室的方向走，心里空空的。

两个星期后，大饼到派出所接子夜出来。他瘦得已经嘬腮了，眼眶深深地凹陷进去，胳膊上还有微微的瘀青，脑门上肿了一个大包。大饼在派出所当场就急眼了，说谁把他弄成这样的？民警同志说："他连续三天了，自己往墙上撞。还一直念叨什么'有猫腻，有猫腻'，一直重复着。也不怎么吃饭，跟大仙儿似的。你快通知他家里人，带他瞧瞧病去吧。"

大饼听完，鼻尖酸了一下，双腿发软。

后来，子夜真的疯了，进了昌平的一家精神病院。大饼在一开始的时候还经常去看望他，但没过多久大饼谈了一个女朋友，事多了以后就很少再去了。陈建军又加入了一个乐队，发展得很好，马上要巡演了。苏玲儿在这期间也从四川回来过几次，特意去看望子夜，还给他带了一些四川的辣货，子夜悄悄地收好了，说他现在还在服用药物，这种辛辣刺激的东西要少吃。苏玲儿就说，我看你现在状态挺好的，偶尔少吃一次药也没事吧？子夜点点头说，还是遵医嘱吧，这些等我出去的时候再吃。苏玲儿从医院出来，吁出了一口长长的气。她为子夜感到难过，但又不失为一种解脱。

又过了些日子，孙闯闯和大饼在一个 livehouse 里遇到了。大饼的新女友很漂亮，是他理想中的对象。现场嘈杂混乱，孙闯闯喝得有点多，跟着音乐和观众们乱蹦着。大饼突然拍了一下孙闯闯，他一回头，没注意脚下，被别人绊了一下，当即跪倒在地，但借着酒劲，也没觉得怎么样，站了起来，特别兴奋地搂着大饼的脖子说："你怎么也来啦！"

大饼觉得他喝得有点多了，把他叫了出去。

夜晚，这条街道很寂静。他们的耳朵被刚才的音乐震得嗡嗡响。

"你最近还好吧？女朋友不错。"孙闯闯被微风一吹，更晕了。

"这是喝了多少啊？"大饼说。

"没喝多少。回答我的问题。"孙闯闯把头埋在双腿之间，说完哇的一下吐了。大饼赶紧找了纸巾和一瓶水递给了他。

"又组乐队了吗？"孙闯闯又说。

"没有，我找了一份工作，想今年结婚。玩乐队，看不着前景。"

"这下就稳定了。"孙闯闯漱了漱口，把剩下的水喝完了，算是清醒了点。

"你怎么样？还写歌呢？"

"还写呢……"

大饼冲着孙闯闯笑了一下，又突然说："去看看子夜吧！他挺想你的，之前跟我念叨过好几次。"

"好！"

大饼的女朋友出来了，叫他赶紧进去。孙闯闯又在马路牙子上歇了会儿，回家了。

第二天早上，细雨绵绵，孙闯闯醒来后发现脚不能动了，肿了一个鸡蛋那么大的包。他缓慢地把自己挪到了地上，想起来应该是昨天晚上在 livehouse 里摔的。他喷了点药，觉得稍微好些了。他又突然想起了什么事，昨天好像说要去看看子夜。是啊，是该去看看他了。他带了一盘自己最近做好的 CD，一共五首歌，准备让子夜没事的时候听听。他一瘸一拐地出了门。

子夜病情已经好转。他说自己不想出去，出去干吗呢？我是疯子啊。子夜的胡子长得参差不齐，嘴唇的地方尤其浓密，脸颊上的零星一点，这让他看起来更为落魄。子夜坐在病房中的白色椅子上，穿着一身宽大的病号服，感觉也挺酷的。孙闯闯坐在子夜的床上。两个人，见了面都不知道说什么好。

"我知道你看不起我，我也看不起我自己。"子夜突然说。

孙闯闯有点蒙，但鉴于他还是个病人，他说什么也都可以理解。

"没有，没看不起你。"

"在这里待了这么长时间，我突然想明白一个问题。我们曾一直反叛，想成为与众不同的人，我们把它当作一种信念，一直坚持着。但我们都忘了，这些是要建立在一个物质基础上的。我们都是凡夫俗子，都需要柴米油盐。其实我们才是最庸俗的那帮人。人来到一个地方，或是干一件事，总是有一个动机。而我的动机就是想活得体面一点。为了这个目标，我要不懈地努力。"

子夜一下子把这段时间的思考全部说了出来，他最想说给孙闯闯听。

"咱俩不一样。"孙闯闯说。

"没错，绝对不一样。因为我一直都没觉得你在努力。你只是一直在逃避。包括节目的事。你信吗？那场比赛绝对是我们赢。但节目组可能是为了点击率，也可能是为了别的，我也不知道，但肯定有猫腻，肯定有。"

子夜说着说着，又不着边际，他又陷入了一个难以自拔的旮旯里。

"行，我改天再来看你。"孙闯闯顺势走了，那盘 CD 也没给子夜。

## 6

孙闯闯瘸着从医院走了出来，一个熟悉的身影突然出现在眼前，是苏玲儿。

"哟，巧了不是？"苏玲儿说。

"你什么时候回来的？"孙闯闯问。

"昨天回来的。你这脚怎么了？"

"昨天在演出时喝了点，一高兴就跳上了，上半身出去，下半身没跟上。"孙闯闯有点忘了是怎么崴着的了。

"都这么大岁数了，能不能稳当点？跟我分开之后，你挺美的呗。看来这几年也把你耗得够呛。"

"彼此彼此吧。"

"走，我带你去医院拍个片子吧，肿成这样，万一骨折就麻烦了。"

孙闯闯被苏玲儿架到了一辆出租车上。在车上孙闯闯问苏玲儿："最近好吗？"

"挺好的，我在四川定居了。我结婚了。"

"祝贺你。"孙闯闯有点惊着了，他突然又说："对了，有件事我一直想问你来着，还记得你写的那篇小说吗？"

"记得。你觉得我写得怎么样？"

"我觉得你写得特别好。"

"那你觉得我写的是你吗？"

"是我。"

"但他比你更纯粹。"

"可能吧。"孙闯闯似懂非懂地说着。他后来又读了很多遍，但到后来也没明白"比你更纯粹"是什么意思。


晚上，孙闯闯又接到了雾行公司丁丁的电话。孙闯闯有点担心，怕是公司要找他算账。可丁丁说，自己已经从那家公司里出来了，并且一直是孙闯闯的粉丝，问他需不需要助理。孙闯闯说，自己还没到需要助理的份上，但有一件事他想要问，就是那次他与扭曲的面孔乐队比赛，他们所得的票数是否公正。丁丁说，绝对公正，那次节目所有的票数都是真实的。

孙闯闯挂了电话，继续写着没有完成的歌。

# 狩猎

## 1

"嘘！它在那儿，看到了吗？"盖先生悄声说着，指向远处微微颤动着的灌木丛。

"嗯？好像是。"Leila 架起一支 308 口径的猎枪。她被耳边若隐若现的嗡鸣声弄得心烦意乱。

"看到了吗？它的犄角露出来了。快准备好。"盖先生轻轻压住 Leila 那只勾着扳机的手，"就是现在！"

"不行，我害怕。"Leila 盯着那只隐藏在灌木丛后的大角羚羊说。

"成败可就在这一瞬间。"盖先生目光如炬地盯着前方。

K 猫着腰，双手把持着一部最新款小型摄像机。镜头对准了那只大角羚羊，等待着 Leila 的致命一击。他的脖子一直向前探着，不知这个姿势保持了多久。

"快！"盖先生一声令下。

Leila 用力地呼吸，脑袋里突然冒出了许久以前教过她的那位印度瑜伽上师的脸——他盘坐在一把高高的藤椅上，双目紧闭，一呼一吸地均匀吐气，双手成莲花状放在双膝上。

"完了！它发现我们了。"盖先生话音刚落，Leila 突然浑身一颤，打了个激灵。大角羚羊迅速蹦着逃跑了。根据它的体形、毛质和体态判断，应该是只一到两岁的小羚羊。一转眼的工夫，它就消失在了树丛中。K 环顾四周，再也看不到那只羚羊的蛛丝马迹。随行的乌布是个体型瘦小的黑人助理，他没忍住扑哧一下乐了出来。

"没关系，打猎就是这样的，它们不可能让你一次得手的。"

这一次的失手，对于 Leila 来说，像是一个解脱。当她双手感受到猎枪的分量，手指放到扳机的那一刻，她才忽然意识到，自己完全没有做好猎杀一只大家伙的心理准备。可此刻，她进退两难。

下午两点，天空逐渐变低，乌云缓缓向他们飘来。Leila 深一脚浅一脚地跟在盖先生身后，生怕踩到草丛中动物的粪便或是什么恶心的虫子。K 走在队伍最后，四处寻找可拍摄的素材。他们继续前行，跨过了一条小河，回到瞭望台。

"看来我们要继续等待了。"盖先生拿出两副望远镜，和 K 分别瞭望四周。Leila 坐在一把生满铁锈的椅子上，心烦意乱。她讨厌大自然，讨厌这股难闻的臊臭味和飞来飞去的昆虫。她看着 K 的背影，思索着怎么才能给出一个合理的解释，告诉 K 她想离开这里，放弃这次行程呢？

"大角羚羊很机敏，不会那么轻易就被咱们发现的。"盖先生咀嚼着某种肉干，含糊不清地说着，"对于打猎新手来说，它们可是很有难度呢。你们应该选一些好上手的猎物，比如斑马、犀牛、河马什么的。"

"大角羚羊的价格合适，打完折可以在我们的承受范围内。但说实话，只要不太贵，什么动物对我们来说都一样，但狒狒和野猪那种动物，又没什么意思。"K 继续观望着四周，他停顿了下，突然又说，"快看！那儿有两只长颈鹿在吃树叶呢！太有趣了，它们应该是一对吧？"

"长颈鹿？算了……我可下不去手。它可是我们的好朋友。"Leila 用一只手轻轻按揉着太阳穴，闭上了眼睛。

"那你说，这里面谁不是咱们的好朋友？"

"价格不贵的。"

盖先生是美国人，在这个猎场当猎导已经七年了，对这里了如指掌。他知道如何将豹子和斑马的皮完整剥离，怎么腌制野猪的里脊肉最好吃，斑马的大腿肉最适合留给客人，而后蹄筋是分给乌布吃的。各种动物偏爱的栖息地也尽在他的掌握中。可不知什么原因，在这片本该属于大角羚羊的领地，现在却一只也没出现。

"它们今天可是来迟了。"盖先生叹着气，喃喃自语着。

天色阴沉沉的，居无定所的蜂虫一圈圈围绕着他们，警惕地飞行。

K 和 Leila 百无聊赖地吃起随身携带的面包和坚果。乌布站在瞭望亭的前面，时刻待命。

"我们可以到处走走，拍些视频吗？"K 问盖先生。

"这猎场可不是动物园，这里面有很多能吃人的家伙。你在猎杀它们的同时，它们也在猎杀你，就在你不经意的时候。所以记住，永远不要独自闯进来。这里可是危险重重呀。"

又过了许久，就在他们逐渐失去耐心之际，盖先生好像发现了什么，他突然说："它来了。"随后，纵身跃下瞭望台，命令大家立刻带好猎枪和随身物品出发。猎犬和乌布倒腾着碎步向前跑去，像是要执行一项艰巨且令人望而生畏的任务。深浅不平的草丛似乎在警示着前方的危险。可没走几步路，K 忽然被地上一片蓝莹莹的东西吸引了。那是什么？茂密的阔叶，叶脉顶端是黑色的硬尖，它们在空地上肆无忌惮地生长着，新枝丫向远处无限地攀爬。长满荆棘的藤条上结了密密麻麻的蓝紫色果实。在辽阔阴郁的天空下，这片紫蓝色的植物像是某种富有神奇力量的魔幻种子。

"它们长得真好看，像蓝宝石。"K 和 Leila 试图走上前，想去摘一颗。

"别去那里。"盖先生一下拦住了他们，"它们的刺会把你们的衣服给划烂的。我们要快点过去，否则晚餐就只能吃面包了。"盖先生的脸上露出了一丝诡异的笑容。

Leila 用一种难以置信的神情看着 K："他在开玩笑吧？"

"手册上不是写了吗？被猎杀的动物会全部属于我们。不然我们花那么多钱是为什么。"K 耸了耸肩又说，"为了视频效果，录一段吃羚羊的视频，应该也不错。"说着，K 加快了脚步，紧跟在盖先生和乌布的身后。为了保持画面的稳定，他的身体显得格外僵硬。

天色逐渐阴沉，蜂虫们也不知不觉地消失了，似乎是预感到大雨将至，都躲到洞穴中去了。盖先生停住脚，大手一挥，示意其他人俯下身来。他们目视前方，可前方什么也看不见。

"这次要不要 K 试一下？"盖先生问道。

"我还是负责录像吧。Leila 每次录得都摇摇晃晃的。"K 将录像机对好了焦。

"那你准备好了吗，Leila？看到它的角了吗？羚羊就在那片树丛里藏着呢。"

"它的角在哪儿？我只看到了那边的一对长颈鹿。"Leila 戴上耳塞，把枪端起，眯起一只眼睛，枪口瞄准了那堆树丛。

两只长颈鹿在他们正前方四五百米处，仰着脑袋，优雅地够着树上的叶子，咀嚼着，而对于周遭的危机四伏，竟毫无一丝察觉。Leila 的眼睛开始干涩，不停地挤弄着，并把头抬了起来，一直看着那只体格高大的长颈鹿，心不在焉。盖先生的指引对她来说毫无用处，光线昏暗，她完全看不见大角羚羊所在的方向。

"就是这一刻！"盖先生的一声令下，让 Leila 不得不扣动了扳机，她闭着眼睛，随即开了一枪。枪支的后坐力把她的肩膀撞击得隐隐作痛。瞬时，羚羊不知从草丛的哪个位置蹿跳出来，机敏地跑走了。Leila 被这一声巨响吓得有点蒙。K将镜头对准了Leila，给她了一个高清的面部特写。她太阳穴的血管凸起，鼻子上的汗珠轻轻沾在皮肤上，脸颊潮红。盖先生拿着望远镜仔细观察着远处。Leila手里依旧紧握着猎枪，屏住了呼吸。

"怎么样？打到了吗？"K轻声问着盖先生。

"等下，亲爱的，你好像打到了那只长颈鹿。乌布，快去看看。"

盖先生轻轻拍着Leila的后背，她的身体开始轻微犯起痉挛，双手僵硬地紧紧攥着猎枪。

"没事的，放轻松些，你干得很好！"盖先生一边安抚着，一边小心地从她手中把猎枪接过去。

K继续举着摄像机，跟着盖先生跑了过去。

乌布矫捷的身影，不一会儿就消失在了前方茂密的灌木丛中，就如同那两只灵巧的大角羚羊般。前方的草丛齐腰高，Leila遮阳帽的绳子不知怎的突然勒住了她的下颌。她急促地呼吸着，感到那根绳子正在深深地嵌入她的喉咙里。她心跳加速，像是有一块透明的薄膜将心脏包裹住。她双手慌张地拼命试图将绳子解开，眼前一片发黑。K的视线终于从镜头里跳出来，忽然发现了草丛中挣扎的Leila。他迅速跑过去，猛地解开了Leila的遮阳帽，又从她的包里翻出来一个药瓶，把药塞进她的嘴巴里。K搀扶着Leila，试图让她坐在草丛中休息。

"我不要坐下来，我怕有虫子。"Leila扶着K的手臂，脸色惨白，一阵阵地干呕着。

K用手慢慢抚摸着Leila的后背，试图让她尽快平静下来。等K再一抬头，乌布和盖先生没了影。他搀着Leila，抬头望着那从两片乌云间露出的刺眼阳光。

猎犬在远处疯狂地咆哮。乌云终于将阳光全部挡住，一丝凉气忽然袭来。

"我们动作要快一点，要下暴雨了！" K 背起 Leila，继续向前跑。

"它在这儿！" 乌布叫喊着。

长颈鹿两条纤细的前腿已经跪倒在地，后面的双腿仍然顽强地支撑着身子。脖子绵软地缓慢垂下，像是一根长长的塑胶管子。它的左侧肋骨布满了血迹，但很显然 Leila 的这枪，并不是致命一击。血从伤口慢慢渗出，长颈鹿依然在原地痛苦地挣扎着，努力用前腿将身子再次撑起来。Leila 捂着嘴巴，一只身高近 8 米，体重约 1700 公斤的生物正在自己面前渐渐死去。她突然被一种说不清的恐惧包围着，而这庞大的体形似乎又将这种恐惧无形地逐渐放大。

K 立刻将手里的摄影机交给了盖先生，并请他继续进行拍摄。他毫不犹豫地从盖先生手中夺过猎枪，朝长颈鹿的胸口，果断、利落地再次补了一枪。

Leila 抱着头，蹲在地上尖叫着。

"太棒了！真是漂亮的一击！" 盖先生挥着拳头，欢呼着，完全忽略了正在疯狂喊叫的 Leila。

K 又将摄像机接过，对准了长颈鹿。K 的瞳孔也随着画面的放大而逐渐扩散开来，时而对焦，时而模糊。他吞咽了下口水，努力让自己精神集中，盯准长颈鹿胸口的枪眼儿。他终于亲手猎杀了一只长颈鹿！猎杀长颈鹿——这个埋藏在 K 心里多年的隐晦的秘密，终于以一种现实而残酷的方式实现了。K 屏住呼吸，长颈鹿终于瘫倒在地，直到奄奄一息。盖先生和乌布跑上前，确定它已经死去后，给了他们一个胜利的手势。

"它死了吗？" Leila 躲在 K 的身后，不敢向前看去。

"嗯，死了。"

长颈鹿死了，K 这时突然流出眼泪——此刻的他，终于觉得自己是完整的了！盖先生欢呼雀跃，拔了一小撮草，插到 Leila 和 K 的帽子旁。

"这是胜利之草，祝贺你们！这真是个大家伙，我们要用皮卡车才能把它运回去。"

突然，Leila 拽了拽 K 的袖子，一只手哆嗦着指向不远的幽暗处："你看，它是不是在远处看着我们呢？"

2

"你看，她是不是在看着我们呢？"Leila 拉住 K 的胳膊，拼命地从网红大会的广场向停车场跑去。Leila 将身子压低，生怕那个女人会追上来。她恨不得立刻钻进车子里，躲起来。

"别神经兮兮的，说不定人家的车也停在这儿了。"

"不对，她一定知道我们是谁了！你看见她刚才拿手机在拍我了吗？"Leila 一路小跑地蹿上了车，双臂一直紧紧环抱着自己，"快走！我要回家。"

"回家？我们现在要去见贝克勒。Leila，你总这样的话，我也受不了你了。"K 知道，Leila 这是又犯病了。

Leila 坐在副驾驶位置，将身体缩成一团，窥视着刚才那个女人。女人似乎又定睛打量了一番，才钻进车里。

"我知道她是谁了，她是蔡琳琳，真的是她。刚才网红大会上，她一定知道我在背后说她丑的事了。我想起来了！"Leila 将眼睛眯缝起来，煞有介事地回想着刚刚在会场上的一幕幕，大脑飞速运转，画面闪跳出无数副夸张而充满戏剧感的面孔来，最后这无数张抽象的面孔汇集到一起，变成了蔡琳琳的脸。Leila 的下眼睑不停地抽搐着。"我想起来了，她一定是在嫉妒我们，嫉妒那个新人奖颁给了咱们。她想报复我，她刚才一直在看着我的胳膊，还嘲讽我，说我的两只胳膊好像不太一样。就是蔡琳琳，没错的。她一定跟会场上所有网红都说了这件事。你说，她跟着咱们是想干什么？是不是要曝光，在网上揭穿我？你看，她还在看我们呢。"Leila 忽然打了一个激灵，感到有一股寒气在体内上下流窜着，身体逐渐变得僵硬，不能动弹，痉挛从双臂开始一直到脚下，双手死死掐住自己的大臂，嘴里依旧振振有词，神经兮兮地一直嘟囔着。K 将车开出停车场，打开了音乐，试图让 Leila 放松下来。Leila 看着形形色色的路人，不，那些不是路人，是一双双正在窥视的眼睛和一张张试图将我们淹没的嘴巴。他们就像夜晚森林里那些饥饿的饕餮正警惕、虎视眈眈地注视着我们，时刻准备腾空而起，捕杀的那一瞬间。Leila 想冲到街上，身体中的野兽正在跃跃欲试地要与他们厮杀到底。

Leila 不再说话，撑着两只鼻孔用力地呼吸着。她捏着两只令她厌恶的粗细不一的胳膊，指甲嵌入到肉里，印出了一个个血道子。Leila 的呼吸变得艰难，她感到脖子在被一根很粗的绳子紧紧地勒住。

"你在干什么！"K 一声吼叫，立刻将车子停到了路边。K 抱着 Leila，试图将她的两只手松开。Leila 号啕大哭起来："被他们发现了，该怎么办？他们早晚都会发现的！"

"听我说，大口吸气，再大口呼气……再深呼吸……吐气。还记得上师教你的方法吗？"K 用一只手安抚她的后背，另一只手慌乱地在她的包里翻找小药瓶。这时，K 和 Leila 的手机，几乎同时响了一下，是杨尖尖在催促他们了——什么时候到？贝克勒已经来了。K 将两片药塞进了 Leila 的嘴巴里，一脚油门开走了，说："赶紧补个妆。"

那条短信像是抽了 Leila 一个嘴巴，使她立即清醒了。她收拾好情绪，擦干眼泪，打开化妆包，对着镜子，借着窗外断断续续的昏暗的路灯，重新补涂着口红和睫毛膏。

一年一度的全国网红大会又开始了，场面之大，不逊色于某国际电影节。人群涌动，记者像马蜂群般，拥趸在红毯两侧。Leila 和 K 其实特别怕这种人多的活动，尤其是 Leila。但这次网红大会，他俩必须去，去领一个新人奖。他们仅用半年时间，粉丝数量就已有两百万，多条视频浏览量达到千万，直播带货一晚上能卖出去八百万的货。视频内容健康、阳光，简直让世界充满了爱。他们手把手教大家如何健康饮食、合理运动，以风趣幽默的方式传授着专业的健身知识。他们人见人爱，是网络中罕见的珍宝。他们曾受到过很多粉丝的私信告白，大多是女性，也有个别男性，都说自己受了 Leila 和 K 的影响，改变了自己的生活方式，无论是心理还是身体上的，都得到了治愈。甚是还有些粉丝认为他们是天造地设的一对，早就应该在一起。这些留言就是一直支撑 Leila 和 K 继续做网红，舍弃在北京当高薪金领的动力吧。

总之，在网红大会上，作为新人，他们备受瞩目。会场上，目测有千人，来自各大网站、平台，奇装异服，什么领域的全都有，五湖四海，齐聚于此。Leila 面对如此的盛况，有些不知所措，总是指指点点地跟 K 说悄悄话。他们很尊重其他领域的博主，因为深知干这行的辛苦和不易——白天拍视频，夜里剪辑，直至深夜，第二天还有遭受网友、粉丝抨击的风险。

会场上，Leila 觉得有上万个灯泡在烘烤着她，一千张嘴同时在发出嗡嗡的声音，她头晕目眩，胃里仅剩的几片菜叶在翻江倒海。这时，主持人宣布大会的颁奖仪式现在开始。巨大的荧幕上，出现了 K 和 Leila 的视频，户外跑步，在充满阳光的家里自制健康晚餐，在山间和洱海湖畔与志同道合的朋友一起骑车，分享经验。没有人会不喜欢这一对漂亮、身材健美的俊男靓女。Leila 不敢看荧幕上的自己，生怕被别人发现自己两只异样的胳膊。K 拍了拍她的腿示意道，放心，没人看得出来。


关于 Leila 抽脂的事情：

　　Leila 抽脂是在她二十三岁时，那年不知怎的，全国掀起了一阵狂热的抽脂风。Leila 那年刚刚从法国毕业回国，大学四年是全额奖学金。虽说学的是艺术专业，但她的父亲和继母却没有艺术界的人脉。Leila 想去一家时尚杂志公司工作，但谈了半天，也只能从实习生开始做起。Leila 倒是愿意尝试，但父亲却极力反对，她拗不过，只好硬是被安排在了一家外国公司。Leila 的法语算是一个亮点，居然被老板重用了起来。年薪的数字对于一个刚毕业的大学生来说，已经十分可观了。然而对于一个北京女孩来说，拿着这么丰厚的工资居然有点不知所措。

　　Leila 在法国把自己的身材保持得很好，毕竟是学艺术专业的，对美的追求也比常人要略微高一点。尽管这样，她还是对自己的两只相对而言较为粗壮的胳膊，看不顺眼。不论怎么减肥和锻炼，大臂上的两坨脂肪就是甩不掉。后来才知道，这些脂肪被称作顽固脂肪。Leila 和 K 反复地商量，最终还是决定去凑抽脂的热闹。抽脂见效快，一劳永逸。她瞒着父亲和继母，在 K 的陪同下，去了医院。当时抽脂技术并不发达，她忍着剧痛，做完了手术。恢复了近一个月后，却发现左侧的胳膊比右侧的胳膊粗一点点，并且左侧胳膊的皮肤从侧面看，也有凹凸不平的地方。胳膊虽然总体细了很多，但还是有瑕疵。对于 Leila 这种完美主义者来说，简直不能忍受。医生建议做二次恢复手术，但一想到那种钻心的疼痛，她还是退缩了。K 安慰她，你又不是明星，没有人会这么仔细地盯着你的胳膊看。

　　随着时间慢慢推移，关于胳膊的焦虑也逐渐减轻了。K 说得没错，即便是在夏天将两只胳膊赤条条地裸露在外，也不会有人真的在意那一点点的不匀称。况且，在衣服的款式上，的确有了很多的选择和自由。渐渐地，Leila 越来越自信，胳膊上的缺陷也逐渐被淡忘了。

　　当两人伴着雷鸣般的掌声走上台时，K 和 Leila 被数盏探照灯晃得几乎睁不开眼睛，台下变得一片漆黑，看不清人们的面孔。K 的获奖感言说得慷慨激昂，这些都是他的肺腑之言。Leila 紧闭着双唇，将目光投射到那漆黑一片的人群中去，凝视着某一点，汗珠不停地从额头和鼻尖上冒出来——这太可笑，太荒唐了！是时候结束这一切了。

Leila 挽着 K 的胳膊走回座位。会场铺着红色的地毯，看上去高低不平，像是走在泥沼中，深一脚浅一脚的。这儿为什么要铺地毯，而且是红色的？她最讨厌地毯，感觉脚下全是密密麻麻的虫子和细菌。她在座椅上不停地挪动着屁股，又时不时地把双脚微微悬在空中。最后她终于忍不住，腾的一下从座位上弹起身来，跑向出口。K 恍惚了一下后，也立刻收拾好她的衣服和手包，跟着跑了出去。

出了大门，Leila 一直蹲在场外小广场的台阶上，汗珠顺着发丝一直向下流淌，汇聚在脖子的褶皱间。小广场很安静，只剩下几盏路灯用来照明。记者们全部塞进了会场。会场的大门将一切的噪音、令人呕吐的香水味、魔幻的面孔全部阻断。负责清理的工作人员，统一着藏蓝色制服，三五成群地散布在眼前的各个角落，收拾场外残局。Leila 的眼神不好，天色一暗视线就自动变得模糊。

"你没事吧？"K 也坐在 Leila 身旁。Leila 双手捂着胃，说自己想吐、恶心，她反复琢磨着是不是要跟 K 坦白自己要退出的想法。

"里面真是又闷又热，早一点出来就好了。"K 一直低头翻看手机，查询关于网红大会的报道。"看，大会的新闻出来了……但是这记者也太差了，把咱俩拍得这么胖。"

Leila 惊慌地把脸凑到 K 的手机屏幕上，瞪着圆溜溜的眼睛说："我的胳膊一样吗？"

"没人看得那么仔细。"K 不紧不慢地说着。

"那可不一定，现在也算半个名人了，办事可得小心点，说不准什么人就把我抽脂的事给曝光了呢。"

K 继续刷着手机，发现网红大会直播的浏览人次不断增加。"你看看刚才那些人，有几个脸是没动过刀的？你抽脂的事没什么大不了的。"

Leila 没再接话，双手支住膝盖，托着腮看着附近正在清理现场的工作人员说："你觉得这些清理工人会不会觉得咱们都是大傻瓜，一边收拾着，一边骂我们？"

"可能吧，但我觉得这么多牛鬼蛇神凑在一起，也挺过瘾的。"

"太傻了，咱们这到底在干吗呢？跟耍猴儿似的。"

"我觉得咱俩耍得还行，还算体面。而且都耍成明星了，还想怎么样？"

"你还记得咱俩一起在法国学艺术那会儿吗？那时候可浪漫……"

"记得，那时候真有理想，真有情结，也真矫情，追求那种特别飞的东西。感觉那会儿像是被你洗脑了。我觉得还是现在好，双脚贴在地面上，踏实。"

"我不知道原来你一直都是这样想的。但我一直都想飞起来。你看见那个蔡琳琳了吗？她本人跟视频里可真差得太远了。"

K 从包里翻出了一块蛋白饼，掰开一半塞进嘴巴里。"一天没吃饭，饿死我了。你要吗？"他把另一半递给了 Leila。

Leila 摇摇头说："现在想吃火锅，吃到撑死那种。"

"你感觉怎么样了，能走了吗？杨尖尖刚才发信息问咱们什么时候过去呢。"

Leila 慢吞吞地站起身来，挽着 K 的胳膊，向停车场走去。他们像两只被追赶许久的动物，疲惫不堪。

3

Leila 挽着 K 的胳膊，两人缓缓走进了某高档写字楼里。电梯四面是镜子，Leila 仔细照着自己，来回看着裸露在外的两条胳膊，越看越觉得别扭。她又盯着自己的眉毛，总觉得哪里不太对称。她觉得自己的整个身体都向一边歪着，她在镜子中反复调整自己的体态。K 一直咬着嘴唇上的死皮，不停地回复网友的问题以及和经纪公司对接过几天的直播内容。

电梯升到了二十七层，门打开的瞬间，一阵淡淡的消毒水味迎面而来，这是这个特殊时期应有的味道。活动在健身会所里举办，平时来这儿健身的全是各路明星或是健身博主，大 V 级别的人，并且会费极高。只有受邀者或是这里的会员才能进来，密码是通过会所独有的程序发送到手机，实时更变。

整个二十七层全是会所的地盘，装修是那种曾经流行过的性冷淡风。看得出来，多年前这里还是很高级的，但如今，铁灰色的墙壁和大理石地面也显出了略微脏旧的痕迹。数盏暗黄色的小射灯让这里显得更加神秘。在巨大的玻璃门前，K 在四处寻找输入密码的地方，Leila 摆弄着手机，半天才把密码翻出来。K 说，要不然让杨尖尖出来接应一下，Leila 说这可不行，门都进不去，也太土了。又经过了一番努力，门还是没打开。这时，一个男人出来了，像是准备出门抽烟的，但一见着 Leila 和 K，又赶紧将打火机和烟塞进了口袋里。不知他在哪儿按了一下开关，门自动打开了，打开的一瞬间，里面的音乐声、聊天声、笑声等等嘈杂声喷涌而出。

"你们是 K 和 Leila 吧？"男人看样子四十来岁，皮肤黝黑发亮，体格健壮，应该也是个健身爱好者，西装面料很讲究，面貌也还说得过去，总而言之，特像一个成功人士。Leila 冲他礼貌性地笑了一下，随便寒暄了几句便往里走。男人把他们带进了派对中，就不见了。但不知为什么，Leila 总觉得他在偷窥着自己。

这个派对是为了贝克勒而举办的，他此次来京是参加后天一个某知名运动品牌的新品发布会。来这儿的人基本都是奔着他去的。Leila 对贝克勒还是有些了解的，虽谈不上是他的粉丝，但能亲眼见到他本人，也算得上是一种荣幸。她忽然又被某种耀眼的明星身份所带来的快感冲昏了头脑。但让 Leila 失望的是，这里没有网红，也没有他们的粉丝，更没有主动要求前来合影的人。此刻的嘉宾，没有谁会把两个区区的网红放在眼里。

　　"这是我男朋友，小冯。"杨尖尖拉着比她高一头的黑人男友，向他们介绍着。杨尖尖和小冯十指紧扣在一起，应该还处于热恋期。"这就是 Leila 和 K。小冯可是你们的铁杆粉丝。"

　　小冯特别热情地跟他们握手，露着一口雪白的牙齿对他们笑着，用一种刻意的北京腔说："你们太棒了！巨喜欢你们俩，每期视频我都不落下。你们也开始玩儿马拉松了？"

　　Leila 被小冯的北京话逗得不停地笑。K 见 Leila 跟小冯聊得不错，知道她情绪又恢复了正常，他趁机把杨尖尖拉去一旁，神神道道地问："你怎么换了个……如此优秀的男友？哪儿认识的？怎么还叫小冯？我真不是有种族歧视啊，就是特别好奇，问问你。"

　　杨尖尖说："没事，歧视也不碍事，能理解。他是南非人，约翰内斯堡的。他爷爷是德国人，以前经营过一个猎场，但后来没落了。但打猎可是他们家的一个传统，小冯也是个狩猎高手，家里跟陈列馆似的，什么稀奇的东西都有。"说着，杨尖尖拿出手机，立刻给 K 翻看前些日子去小冯南非家里的照片。

　　K 一脸的不可思议，在一旁偷偷打量着小冯："长得倒是挺帅的，五官立体，眼神还挺深邃的。"

　　"那当然，他可是有四分之一的德国血统。他名字里有个 Von，知道什么意思吧？"

　　K 迷茫了，看着杨尖尖。

"说明人家是贵族，所以我叫他小冯。他来中国好几年了，交换生，学的摄影，艺术家。对了，你跟 Leila 以前不是都在法国学的艺术吗？以后你们可以多聊聊。我们下个月去他老家打猎，你和 Leila 跟我们一起呗，人多热闹。"

K 听到"打猎"时候，眼睛突然亮了一下，想都没想就即刻答应了。他知道 Leila 喜欢南非，总说要去看看那些在草原上奔跑的"大家伙"们。这时候，小冯和 Leila 嬉笑着过来了，看来聊得不错。而此刻，派对的巨星贝克勒来了，助理为他引路，缓缓向会所中心位置走去。他本人精瘦，小臂和小腿全是腱子肉，皮肤黝黑、锃亮，像是抹了油的精美根雕。

"他来了！我赶紧拍点素材去。"Leila 说着，拿着摄像机凑上前。

小冯也很激动，几步越过人群，上前拥抱、亲吻，两人像是许久未见的老朋友。

"他们认识？"K 问杨尖尖。小冯和贝克勒认识的事，K 并不感到惊讶，毕竟都是南非的，认识也很自然。

"贝克勒经常去找小冯打猎。过几天我给你发一些关于打猎的注意事项和信息。"

"我怎么突然开始紧张了？别说打猎了，我就连一支真正的枪都没见过。"

"别担心，到时候有猎导带着你们，很容易的。"杨尖尖说得很轻松，像是已经轻车熟路。她又说："对了，你跟 Leila 真的一点希望都没有吗？"

"都这么多年了，要是有戏早就有了。我们就是朋友，当朋友才能更长久。"

杨尖尖意味深长地点了点头，用一副特别惋惜的神情看着 K："你其实一直都很爱 Leila 吧？"

"要不说你们都是俗人呢。"

　　K 其实对贝克勒并不感兴趣，对跑步也极为厌烦。他觉得跑步简直就是一种自虐行为，枯燥乏味，且对膝盖也有严重的损害，怎么会有人对跑步感兴趣呢？贝克勒就像一阵凶猛的旋风，吸走了 K 身边所有的氧气，他感到一阵胸闷，而且是那种在跑了三四公里后的窒息感。

　　K 答应了杨尖尖的邀请后，就一直忧心忡忡。"打猎""豹子""长颈鹿"，让他想起了从前的一些什么事情，那些事情被他封锁在记忆中最隐秘的地方。他以为，只要不提起总有一天会淡忘。但谁能想到，在一个热闹的派对上，就这么随口被杨尖尖的邀请，再次给唤醒了呢？K 用一种恐惧、躲闪的眼神，瞄向了 Leila——她曾经就是那只像长颈鹿一样的猎物。

　　直到深夜，派对终于结束了。K 和 Leila 筋疲力尽地撑到最后，到家时已经是一点了。K 给 Leila 发了信息，说视频明天再剪辑吧，今晚早点休息。外面有阵阵妖风，K 打开了点窗户，呼吸着潮湿的空气。他对着星星亮起的灯光和偶尔在公路上驶过的车辆发着呆，像某种夜行使者般守护着夜晚的城市。

　　Leila 还是打开了电脑，传输数据。她看着视频中的 K 和自己，又陷入了焦虑中。窗户留了一条缝，是上午阿姨打扫房间时打开的。一阵凉风袭过后，开始下雨了。点点雨滴落在窗子上，弄花了原本完整的风景。接着，雨声逐渐急促，几滴雨点落进了房间中。Leila 一动也没法动，就这样望着窗外。雨点汇集起来，再也无法独立挂在玻璃上，一道道地、不停地顺延而下。空气里飘散着一股夏日田野的气味，是夏日中的哪一天？她和父母在北京的郊外野餐，也就是在那一天，她第一次看到父亲的情绪失控。到底是什么事情，会让父亲如此愤怒，以至于他奋力地用绳子狠狠地勒住母亲的脖子？到底是什么事呢？Leila 怎么也想不起来了。

她喃喃地念叨着："我抽脂，我有罪。我抽脂，我有罪。我抽脂，我有罪……"

这个夜晚注定漫长得没有尽头，远处灯光和广告牌上的霓虹灯，被雨水反射得扭曲、畸形。她所有的空虚、不安、恐惧都随着药物的作用，一直下沉、下沉……她的嘴巴翕动着，直到睡去。


关于 K 的内心独白：

坦白说，从上初中开始，我就在学校和课外绘画班、舞蹈班、英语班甚至是滑冰场里寻找我的"猎物"。我喜欢瘦瘦高高、皮肤白净、长头发的女生。当时，我和另外两个同学（是我在绘画班里认识的），一个男生和一个女生，经常约在一起。他们喜欢看我"狩猎"，并且经常打赌，赌注当时对我们初中生来说，还是挺贵的——一盘自己喜欢的正版磁带，所以特别刺激。他们说我在"猎场"时，眼睛都是冒着光的，像是豹子。但我不这么认为，豹子起步的速度虽然迅猛，但体格太小，耐力也一般。另一个弱点就是豹子的嘴巴对于那些体型偏大的动物来说有点小。即便能成功扑上一只犀牛或者河马，也无从下嘴。它们无法用锋利的尖牙扎进这些猎物的肉里，原因就是嘴小张不开。我觉得面对那种我心仪的女孩时，我是一个全能型的捕手。在初中时期，我对"爱"这个字的理解还很模糊。

我和他们打的赌，就是能否获得那个女生的一个吻。如果那个女生不听从我的命令，我就会对她们进行语言的恶劣攻击；如果她们过分反抗，我就会用武力来制服她们。但随着年龄的增长和身体的发育，"狩猎"这个游戏变得越来越无聊了，我和他们也失去了联系。但我对女生或是女人的欲望，却在肆意生长。

Leila 是我的高中同学。她个子很高，身体是苗条的圆身体，所以她的腰很细。她学习也好，总是班里的前三名。她说以后想出国，想去欧洲学艺术。我觉得她很成熟、很理性，同时也很迷人。在那个年纪，就已经明确了自己的未来。她不太爱笑，总是一副很严肃的样子，和现在的她简直判若两人。或许是因为她的严肃，我对她的爱意一直很克制。我不确定 Leila 是否需要朋友，她一心在学法语、英语，跟我们班里所有的人都格格不入。我只能远远地望着她。

我该如何成为她的朋友呢？我想了很多办法，最后我决定让她的理想，也变成我的。这或许是天意（我总觉得，这一生的运气全部都用在了 Leila 身上），我们班来了新同学，老师将我和 Leila 的座位调换到了一起。课间时，我也开始自学英语，以及阅读和艺术相关的书籍。Leila 终于对我开始感兴趣了，我们交换书单，她还给我介绍了一个法语老师。周末，我和她会一起去上法语和英语的课外班。Leila 对我来说不是猎物，我也不是狩猎者。我们是并肩行走在猎场里，与世无争、优雅的长颈鹿。我们逐渐变成了一个人，正如我曾经幻想的一样。当时我想，这或许就是爱吧。

不知不觉中，我也爱上了艺术，小时候的绘画基础算是派上了用场。我和 Leila 一起考去了巴黎的一所艺术院校，我学室内设计，她学艺术理论……

谁会想到，Leila 去了巴黎后会患上抑郁症呢？每当她瘫躺着，无力起床，抱着我时，我都会尝试具有探索性地展露出我对她的爱意。起初，我有点兴奋。从某种程度上，每当这一时刻她只属于我。但随着病情的加剧，我对她的幻想却在惋惜、哀痛的失望中，慢慢消散了。她开始逐渐依赖我，像附在身上的寄生虫，消耗、啃食我。这令我很郁闷，我对她的一切幻想全部终止了，而且是戛然而止的那种。

我一直在找寻答案，我逐一翻阅过去的日记，突然发现，Leila 其实一直都是我的猎物，是那只庞大的犀牛，而我则是那只永远也张不开嘴的豹子。我一直尾随其后，一直等待那个不可能出现的机会。而现在，那只犀牛已倒在一旁，苟延残喘着，我也疲惫不堪，只能眼巴巴地看着它一点点地腐烂掉。

在我们毕业后，回到北京时，我偶然才发现，其实 Leila 并不喜欢艺术。她只是想用艺术来隔断一切与现实有关的联系，她要用这种自我逃避的方式，逃避一切她所厌恶的东西和人。但我一直不明白，她想逃避的到底是什么。当我真正理解 Leila 的时候，我也不再爱她了，我开始同情她，为她而感到伤感。我也没有再爱上过任何一个女人，甚至对女人多少产生了些厌恶感，或者说，这是我对自己的厌恶。

这些事，我从来没有向 Leila 袒露过。

## 4

那次派对结束后，Leila 特别兴奋，甚至可以说是亢奋。一是因为粉丝量迅速上涨，拍摄的那条和贝克勒一起参加派对的视频浏览量也破了百万，因此好几家运动服装品牌，甚至是电子产品都找到他们拍广告。起初，贝克勒的团队要求 K 和 Leila 将视频删掉，但后来迅速被小冯摆平了。二是因为下个月就要动身前往南非打猎。Leila 开始忙着网购此行的装备和书籍，还准备再斥巨资购置一部小型的高清摄像机。她完全没有顾及 K 的萎靡。

在计划去打非洲疫苗的前一个晚上，K 终于发了信息给 Leila。

K：其实我一点都不想去非洲。

L：为什么，都答应人家了。

K：不知道为什么，心里总是有点担心。我们能取消行程吗？

L：当然不行了，咱们去那边拍视频，打猎素材没人拍的。这个题材，肯定是个爆款。不要多想，咱们就当去玩，我们都需要换换心情。

K 没再回复 Leila 的消息，躺在沙发上，发着呆。夜晚如此安静，随着手机屏幕所发出的光熄灭，家中漆黑一片。K 半睁着眼睛，将目光锁定在了落地窗外的夜空上，星星闪烁可见。他感到身体轻飘飘的，随时会浮到半空中一般。白天忙碌过后的沉寂，让他感到无比空虚和萎靡。不知道过了多久，手机又响了，是杨尖尖发来的信息，她将去打猎要准备的服装和注意事项、猎场介绍信息全部发来了。他点进了一个链接，是一个狩猎的价目表：狒狒 1500 元（公）、4000 元（母），大角羚羊 9000 元，斑马 11000 元，旋角羚（公）10000 元、（母）12000 元，赤狷羚 12000 元，条纹羚 13000 元，非洲野猪 4500 元，长颈鹿 25000 元、花豹 40000 元，河马 50000 元……杨尖尖提示道，要提前选定猎物，以及提前准备好狩猎的必备品。小冯认识他们的老板，可以让老板打七折。

K 闭上干巴巴的眼睛，靠近后脑勺的部位一直在隐隐作痛。他仔细体会这一下下的疼痛感，并且任其这样发展下去。自从他将注意力放到后脑部位后，就再也感觉不到身体的存在了。他思索着，是否应该起身倒一杯水呢，但由于身体的消失，他无法动弹一下。

对于去非洲的事，K 总有种不好的预感。他反复思索着，自己到底在害怕什么。多年前在补习班和滑冰场那些不堪的画面，若隐若现。为此，他感到阵阵不安，努力地想些别的事情，将那些让人作呕的画面逐出眼前。更令他出乎意料的是，他以为和 Leila 在巴黎留学的那几年，自己已经随着 Leila 病情的加剧，从那些扭曲、不堪的记忆中抽离，逐渐变成一个健全、阳光的人，可谁知道，即便多年过去，曾经的画面已被烙上了印记，仍挥之不去。K 在回忆的泥沼中越陷越深，无法自拔。那些感官和意识逐渐变得清晰，甚至激发起了曾经那些熟悉的嗅觉和触觉的记忆。

K 的头疼不知不觉地消失了，紧张抽搐的眼皮和用力抿起来的嘴唇放松了下来。随着阵阵清爽的夜风，他逐渐睡去。终于，他再也感觉不到自己身体任何一个部位的存在了，直到清晨第一缕阳光照在脸上。

5

当约翰内斯堡的第一缕阳光照射在 Leila 脸上时，她将即刻要释放出来的怒火，又压了回去。就在上个星期，她刚做完面部的祛斑皮秒，医生说一定要注意防晒，否则就会适得其反。Leila 戴着口罩和一个宽檐遮阳帽，把头部包裹得严严实实，只露出了两只毛茸茸的大眼睛，假睫毛忽闪忽闪的，显得格外不自然。

在出发以前，他们约定好，此行不管遇到任何困难和问题，都不能发脾气。他们落地后，立刻联系杨尖尖，但她的电话始终打不通。K 开始焦虑了，总有一种说不清的恐惧感。他觉得自己和 Leila 正在一步步地陷入一个计划得十分周密的陷阱里。擦身而过的路人，也都变得鬼鬼祟祟。他忧心忡忡，但始终也没有将这种不好的预感告诉 Leila。

猎场距离约翰内斯堡约五个小时车程。他们按照杨尖尖发来的地址，顺利抵达了 KILIMA 猎场。Leila 自从下了飞机，就拿出来新购置的小型摄像机，一路走一路拍，看哪儿都是新奇的。

在前往 KILIMA 猎场的路上风景很美，这里的八月并不炎热，反而一直阴着天。广阔的淡灰色天空与延绵的草原在远处交会。五个小时后，他们终于缓缓进入了 KILIMA。

司机小哥说："这里就是猎场了，为了安全起见，还是关上窗户。你们先到猎场酒店办理入住，之后……就祝你们好运吧！"

在出发前的一个月里，他们从网上购买了大量关于南非狩猎的书籍和旅游攻略，煞有介事地讨论如何猎杀一头大家伙，用看动物纪录片和上网查资料的方式打发着寂寞、无聊的夜晚。Leila 会在 K 的家里，调暗灯光，说晚上打猎更刺激。Leila 说她喜欢打羚羊，K 就在家扮演一只正躲在树丛中吃草的羚羊，用餐桌和椅子当作树丛。Leila 就会双手端握住一根法棍面包，戴一顶大草帽，身上还得披着一块绿色毯子，说到时候用来伪装自己。Leila 告诉了 K 一个秘密：小时候每当看到关于打猎的电影和画面时，她就特激动。她隐隐地觉得，上辈子应该是一个职业猎手。当杨尖尖提出这个邀约时，她真有一种被老天眷顾的感觉。她想猎杀一只豹子，她喜欢豹子的花纹。Leila 每次从餐桌椅后面突袭 K 的时候，都会跳上 K 的后背，用放了三天的法棍或是鞋拔子、衣服架子等一切她当作武器的家伙什儿来敲 K 的脑袋。有几次，K 真的生气了。可每次 K 生气时，Leila 就扮成猎物蹲在地上，主动把手中的武器交给 K。K 懒得搭理她，并且明确表示，此次非洲之行，他只负责录像。

　　K 和 Leila 在城市的路上，幻想着大草原，幻想着拥堵在路上的公共汽车就是体型庞大的长颈鹿，大卡车是大象，电动车们是斑马和羚羊，拥挤和擦肩而过的人群就是草丛。他们在草丛中缓慢、小心地前行。闭上眼睛，仿佛已置身其中，满眼全是刺眼的阳光和泥土的芬芳。

　　杨尖尖的信息还是可靠的，KILIMA 猎场的酒店确实是五星级标准，沙发、座椅、地毯全是动物皮草制作，就连洗手间的地上都是动物的皮毛。墙上的标本至少有十多种不同的动物，大大小小，将它们恢复到了死前的样子，栩栩如生，像是下一秒就会张开大嘴把你吃掉。Leila 在酒店大堂办理入住的时候，被一只悬挂在墙上的羚羊标本牵走了魂。她一直盯着那羚羊的眼睛，感到后背一阵刺痛。办理入住的是一个长得很精致的黑人女子，她递给 Leila 和 K 一本狩猎手册，并帮他们预约了明天的射击训练、安全课以及猎场地图讲解，猎导会安排所有的一切。

　　简单安顿后，他们回到了房间一下子扑在了床上。一路上身体的疲惫终于得到了释放。Leila 望着壁炉柜上摆着的一只非洲犀鸟，呆呆地，像是自言自语地说：

　　"你看见刚才酒店大堂里的那个羚羊头了吗？"

　　"看到了。这里面四处都是动物，还真有点瘆人。"K 一边整理衣物，一边参观着房间，欣赏着房间外的风景，"你不会是害怕了吧？当初我说不来，是你非要来的。"

　　"我不是害怕，就是突然觉得很恶心。真恶心。"

　　K 从洗手间的门里，悄悄探出了半个脑袋观察着 Leila，她依旧保持着那个姿势，瘫在床上，一动也不动。

　　"外面的风景很好。那边好像是一群水牛，还有长颈鹿。你想过来看看吗？"K 试图让 Leila 兴奋起来，但似乎无济于事。然而此刻杨尖尖还是杳无音信，K 突然心烦意乱："你总是这样半死不活的要到什么时候！"

　　话音刚落，Leila 突然表现出一副百依百顺的姿态，似乎是在乞求 K 原谅自己不稳定的情绪。傍晚时，杨尖尖终于发来信息，说小冯在回约翰内斯堡的飞机上突然发烧了，四十度，她很抱歉这次不能一起打猎了。K 向 Leila 念完信息后，长长地舒了一口气。

　　一阵沉闷的雷声隐隐地从天际传来，K 盯着那只非洲犀鸟的眼睛，惶惶不安。

6

　　突然下起的暴雨，让夜晚变得潮湿。空气中泥土和植物的气味愈加浓重，芬芳中带着股幽幽的腥味，或者，那就是某种动物尸体的腥味。K 陪着 Leila 一直站在猎场的酒店大堂门口。门口的对面，夜晚的猎场，像是另一个世界——它是漆黑的，没有边界。它汇聚了关于生命的所有能量，索取和守卫。这幽暗的世界，像是黑洞，吸引着狩猎者们征服动物的雄雄野心。动物们各自寻觅看上去可靠、安全的地方，安度夜晚，消化白天所遭受的一切暴力、恐慌。尤其是那只目睹这场误杀，自己另一半的生命正在逐渐消亡的长颈鹿，它是否会和其他动物窃窃私语，密谋着有朝一日进行一场反人类的大屠杀？

Leila 双手交叉在胸前，迟迟不肯进房间。她用一种木然且保持警惕的眼神盯着远处那个黑暗世界的某一个方向，她总觉得有双眼睛在草丛中偷窥她，召唤她。


"亲爱的，我受不了这股味道，鼻炎也犯了。我们回去吧？"K 揉了揉瘙痒的鼻子。

Leila 的灵魂出了窍，全然没听到 K 的话。思绪的碎片相互交织，她想着，如果没来到这里，我此刻的境遇就会大不相同，我为什么要见证这一场灾难？此刻的她，很平静，没有要责怪任何人的冲动。是的，是她误杀了一只无辜的长颈鹿。不，从某种意义上来说，它或许不是无辜的，所有在这猎场的动物，都不是无辜的。但确定的是，这是一场巨大的谋杀。而那只母长颈鹿就是见证者，见证着我们这一行人的罪恶。那颗子弹就是证据。虽然那致命一击是 K 发出的，但那都不重要了。悲痛，她感受到了死亡带来巨大的悲痛，不是因为猎杀了长颈鹿，而是因为这是一场残酷的谋杀。她无法原谅自己，这种悲痛，是永无止境的。忽然间，她又感到了一种愤怒，那草帽上的胜利之草又是什么？它代表着奸诈、虐杀、掠夺、罪恶。欲望驱使我来到这里，是欲望蒙蔽了我的眼睛去看见真相，幻象越近，离真相就越远。她感到这一切就像是一个骗局。她试图逃离这片长满野草的猎场，疯狂奔跑。

"Leila？"K 碰了碰她的肩膀。

"那只长颈鹿还是有机会活命的，是吗？"Leila 双眼布满了血丝，用一种怀疑的眼神看着 K，"它和死去的长颈鹿是一对，盖先生能确定吗？"

"不让动物痛苦地死去，是猎手的使命。"

"太疯狂了，这是一个骗局、陷阱。"Leila 的声音越来越小，最后的几个字完全发不出声音来了。K 听不懂她在说什么，只想立刻回去剪辑视频，随便找了个理由离开了。可就在回房间的路上，突然又碰到猎场的老板——绿树先生。他在等一个重要的客户。

"你的女朋友还好吗？小冯是我的老朋友，你们有任何的需要都可以告诉我。"绿树先生把 K 请到了酒店的吧台，并帮他点了一杯酒。

"消息传得实在很快呀。"K 不想去辩解。

"这种事常有的，第一次打猎受到惊吓，很正常的。我很理解她。对了，我们这里有很好的心理咨询师，如果需要……"

"不，不，真是谢谢您。我朋友休息一晚，第二天就什么都不记得了。"K 立刻打断了他。

"那你怎么样？你那一击真是漂亮。之前打过猎吗？"

"或许吧。"K 看着绿树先生的眼睛，他面对一个完全陌生的美国人，似乎更真实一些。

绿树先生端起酒杯喝了一口，威士忌在嘴巴里晃荡了一圈，很想再跟他聊点什么。但他的客户来了，他不得不遗憾地离开了。

K 不知道这一击是好还是坏，预想和实际发生的总是存在着差距。毕竟，那是一个生命，况且对于他来说，又是如此巨大。当长颈鹿缓缓跪倒，脖子绵软地垂下时，他感到自己的身体也在逐渐消失。那一刻，他体会到了"生命"这两个字给他带来的切肤之痛。他忽然又意识到，那么在此之前"生命"对于他来说是什么？这是一个他无法回答的问题，就如同"死亡"一样。K 端着酒杯，呷摸着嘴里苦涩的威士忌，他觉得自己从来没有真正拥有过生命。这些问题让他的大脑停止了运转，一切都停止了，只有这个庞然大物在缓慢地瘫倒、消亡……K握着酒杯，在一片闹哄哄的谈话声和欢快的音乐声中，陷入了沉思。

　　Leila凝望着远处漆黑一片的树丛。那是树丛吗？她也不确定，只是总觉得那里有一双眼睛在偷窥着自己。陡然间，一种莫名的力量，迫使她迈开了双腿。她像是被施了咒语，不受大脑的控制，同时也感觉不到四肢和躯体的存在。只有呼吸和一种莫名的隐隐恐惧在大脑里徘徊着。唯有这幽幽的恐惧，才能让她感到自己的存在。Leila的双眼一直注视着那里。她一步步地走出了酒店大门。夜晚的冷风袭来，她一点也不觉得冷。夹脚的室内塑料拖鞋，被泥土不断地粘黏着。她缓慢地向前走……

　　Leila，Leila。有一个低沉、粗哑的声音在她周围回荡着。她驻足在原地，四处张望，可是除了杂草和远处的一棵轮廓模糊的大树，什么也没有。Leila，Leila！还是那个声音，它变得愈加缥缈。她继续往猎场的方向走去，夜晚的天空逐渐碎裂开，暴力、残酷、绝望、寂寞的碎片向她砸去。又是那个声音，她仿佛被无数条绳子捆绑着。没错，就是这恐怖，让人窒息的绳子。她试图挣脱和逃离，渴望一个可以将她救赎的呼唤——Leila！我和妈妈都爱你！她渴望家人、K以及网络上的众人对她这样说——Leila！我们真的很爱你。耳鸣将她的头颅刺穿，她终于躺在了地上。

7

　　就在暴雨来临之际，当Leila还在医护室昏迷时，K就已经将剪辑好的视频上传到了网上。他花了将近两个小时整理素材，把所有精彩的画面完美地拼接到了一起。Leila开枪击中长颈鹿时的画面，他看了一遍又一遍。K 十分确定，这将是他们有史以来最精彩的一次视频。

医护室四面惨白的墙壁，阻断了网络信号。K 双手举着平板电脑，来回在狭小的房间里踱步，试图连接。不知是否因为连续降雨的关系，灯光忽明忽暗，没有规律地晃动着。该死的灯泡，把 K 的心绪扰得更加烦躁。Leila 的点滴以平均两秒钟的速度，缓慢进行着。K 再次检查了一遍 Leila，确定她安然无事后，冒着雨跑回了酒店。

酒店大堂的休息区里人声鼎沸。太阳渐渐沉入大地，下雨的夜晚客人们无处可去。他慌张地找了一个空位，坐了下来，第一时间连接成功网络，把编辑好的语言和视频，一下成功上传了。头发上的雨水，一直往下滴，不一会儿，脚下便汇集了一小洼的雨水。他注视着电脑，电脑屏幕把他的脸映得煞白。休息区的背景音乐像是苏格兰手风琴民谣，活泼、欢快，所有客人似乎都沉浸其中。偶有三四对情侣在人群的空隙间扭动身体，相互亲吻。K 像是被一个无形的、透明的玻璃罩隔离了起来，而灵魂又随着电脑发出的光晕，游荡进了一个庞大的、有序的未知世界中。

第一条评论出现了：真的 Leila 击中的吗？太帅了！

第二条评论出现了：是 Leila 打中的？她怎么能下得去手！太残忍了。

紧接着，第三条……第二十条……上百条的评论都在控诉着 Leila 的残忍、血腥、暴力……一发不可收拾，网络民众开始对他们进行严厉的批评和道德指责，让 K 的心脏一直发紧。他再一次点开视频，将画面快进到 Leila 击中长颈鹿的那一段。的确，在 Leila 失误击中长颈鹿之后，K 的身影就再也没有出现在画面中。自从盖先生接过摄像机，他就一直将画面对准了长颈鹿。直到它缓慢地瘫倒在地，他们才又重新出现。而这击毙长颈鹿的凶手，网友们认为是 Leila 也理所应当。

评论和转发速度继续疯狂地飙升着。那些在一开始称赞 Leila 勇气和身手的声音，早已被淹没得无影无踪。仅一个小时，他们的视频就被顶上了热搜。K措手不及，想立刻将那条视频链接删掉，但一切的措施都已于事无补。激动狂躁的网民早就在网络的另一头，虎视眈眈地盯准了他们，并且试图用一种最迅速、猛烈的方式将他们干掉，就像一阵剧烈的龙卷风，将他们拔地而起，啃食得不留痕迹。视频被迅速地复制到了各大账号里，他们瞬间被推上了浪尖。他们是万众瞩目的焦点，高高在上，全网巨星。K想关掉视频，但迟钝的网速加上巨大数量的留言和微信信息，导致电脑屏幕纹丝不动地卡住了。K像发了疯一般地用力敲打着屏幕，但依旧没什么反应。

"需要帮忙吗？"一个年轻、英俊的亚洲男人，端着一杯酒来到K的身旁。他的英语好极了，听不出有什么口音。

K恍惚地抬头看了下他，突然将电脑关上了，好像怕被他发现什么一样。

"有什么事吗？"K起身，一边慌张地收拾东西，一边试图离开。

男人迅速扫了一眼他的电脑，又说："这里的服务生告诉我，刚才的暴雨把附近的网络电线给搞坏了，所以现在都上不了网。你看大家，都在这儿喝酒聊天呢。"

"网断了！这该死的倒霉地方。"K急了眼，抱着平板跑到了酒店大堂，寻找服务人员。男人在远处望着他，男人现在确定了，他就是K！男人认得他那两条粗壮有力的大腿，和两侧不太对称的斜方肌。那Leila去哪儿了？K跑了一圈，愤怒地又回到了原来的位置上。他想象着此刻社交平台上的无数种可能性。此刻，他已经被那些谴责的评论和无法掌控的世界分割得四分五裂，身体的碎片无序地失衡在这个闹哄哄的猎场酒店里。

"你还好吗？"

一个喷嚏将 K 拉了回来。

"别误会，只是觉得你很像一个人。你是中国人吗？"男人用英语问着他。

"我想你是认错人了。"K 感到一阵恐惧，生怕他会说——你是 K 吧？K 头发上的雨水逐渐晾干，几根自来卷的头发，蓬松凌乱地散在面前。

"我没事，抱歉，我现在要回房间去了。"K 把脸扭了过去。

"你是 K 吧？"男人终于用中文说出了口。

K 像是被吓了一跳，突然定住了脚步，仔细看着他，似乎觉得有点眼熟。

"是不是想起我来了？"

"我想起来了，你是给我们开门的那个人，在那个派对上。"

"谢天谢地，你终于想起来了。但你别误会，咱们在这儿相见纯属偶然……准确地说，也没有那么偶然，是杨尖尖的男朋友约我来的。我到这里后，才知道你们也来了。"

K 一下放松了警惕，后背和肩膀松弛了下来，微微拱起后背，坐了下来。

"我其实是想来感谢你的。"他接着说，"是你和 Leila 把我太太的病治好的。我不知道该怎么说……她有抑郁症，看了很多心理医生。我现在才知道，心理医生都是骗人的。"

说到这里，K 的表情才逐渐放松。没错，心理医生都是骗人的，他们只会给 Leila 一直吃药。

"我太太每天就窝在家里，不出门，偶尔的社交就是刷一会儿手机。有一天，她突然看见你和 Leila 了。我记得很清楚，你们是在录一期关于减肥引起的抑郁症的视频。那一期视频，一共有半个小时。我和她一起看完的。我认为你们说得很对，因为减肥引起的焦虑和抑郁症是存在的。当时我太太并不感兴趣，只是觉得这两个人有点意思，把这么严肃的问题展现得还蛮有趣的。但你知道，她那时候对什么都提不起兴趣。后来，不知道从什么时候开始，她就每天等着你们的视频更新，还会跟我抱怨，为什么更新速度那么慢。我也开始关注你们的视频。直到有一次，你们在讲关于骑车越野的事情，我太太突然说想和我一起到你们骑车的那个地方去看看。我很激动，她第一次提出想要出门走走。我和她一起去了，后来又买了两辆越野自行车。我陪着她，几乎每个星期都要进山里一次。后来你们又在讲跑马拉松的内容。但马拉松对我们而言，简直是天方夜谭。但她觉得你们跑步的装备都很好，你们介绍的一切户外用品，包括衣服、鞋子、手表，她一个不落地都要买。她简直就是你们的铁杆粉丝了。我不在乎她买什么，她要去哪里，只要她开心，我什么都愿意付出。"

　　K 坐立不安，一种愧疚感和遗憾从心里生了出来，眼神闪躲着，生怕被男人发现什么一样。他不想再听下去，突然打断了男人的话。

　　"那你太太她人呢？你没带她来这里吗？"

　　"她怀孕已经六个月了。"

　　"那你怎么放心她一个人在家？"

　　"她妈妈陪着她在广州，吃吃喝喝。这也是因为你们的一期视频，是你和 Leila 在广州参加铁人三项赛的那一期。你们可真会利用机会，不放过每一次录视频的机会呢。"

　　"她同意你自己出来……玩？"

　　"她也很感谢这些年我对她的陪伴，她其实是一个很温柔体贴的人。她想给我放一个假。打猎也是我一直以来的梦想。我答应带回去一张斑马皮送给她的。"

　　K 很确定，这个男人目前还没有看到昨天的视频，网络还没有恢复，Leila 也还不知道。现在还来得及挽回这一切吗？

# 8

Leila 再次缓缓睁开双眼时，已经到了早上。斑驳的天花板上，像是冒出了许多棕褐色的蘑菇。K 的皮肤又变深了一个色号，他的几颗大白牙在不停晃动着。过了好一阵，K 的脸才变得清晰，Leila 的听力也逐渐恢复了。

"Leila，能听见我说话吗？"

"嗯……我在哪儿？"

"我们在医护室里。"

Leila 费了很大的力气，将身子往上拱了拱，说："头太疼了。我怎么在这儿？好像断片儿了，咱们昨天喝酒了吗？"

"先别动，点滴还没打完呢。你先告诉我，昨天晚上是怎么回事？我们发现你躺在了猎场附近。你去那里干什么？"

"嗯？完全想不起来了。"Leila 努力回忆着，片刻后突然抓住 K 的胳膊，"昨天的视频你上传了吗？"

"已经传到网上了。"

"快删掉，赶快删掉！这个视频坚决不能发到网上去，否则我们就完蛋了。这太残忍、太血腥了。我不想待在这儿了，我要回家！"

K 紧闭着双唇，既无焦躁，也无愠色。他木然地望着 Leila，脑袋里竟一片空白。他自知，无论是对于 Leila，还是那条视频，他都已无能为力。他从来没有感到像现在一样束手无策。

"还愣着干吗？手机快给我。"Leila 像是疯了一般试图去抢 K 的手机，手背上的针管牵动着点滴的玻璃瓶子，不停在摇晃着。

视频在网上引爆了一场动乱，Leila 和 K 早已在那个虚拟世界中被撕碎。可接下来该怎么办？起初，视频上传后的两分钟，经纪公司就以敏锐的嗅觉发现了什么，并且立刻给 Leila 和 K 打了电话，叫他们马上删掉。但就在酒店网络中断的片刻，那些狂热的网民就将事情立即发酵了，他们错过了经纪公司最后的警告……当网络恢复正常后，一切早已超出了他们的掌控。更糟的是，网友们似乎对 Leila 的指控更加强烈。K 看着面色苍白，假睫毛几乎掉得干净，左右手臂粗细又不那么均匀的 Leila，心生一种无法言说的愧疚和心疼。而此刻的他，又觉得自己像是被困在猎场的动物，无处可逃。

当盖先生带着午餐推门进来时，隐隐地觉得此刻的氛围有些凝重。他清了下嗓子，将旁边的一个白色小餐桌推了过来。他没说话，像个哑剧演员一样，安静地将篮子里的东西依次摆放。

"这是什么？好香啊。"K 看着一块用牛皮纸包裹起来的烤肉。

"试试看吧，你们一定会喜欢的。"

K 双手捧起了一块焦嫩的烤肉，它被切成了像拇指大小的肉条。它应该是被腌制过了，烧烤酱混合着一种难以描述的清香味。外面天色阴沉，昏天黑地，K 和 Leila 已经完全忘了时间，也忘了自己多久没有进食了。

"视频的事情不用担心，我会处理好的。"K 安慰着 Leila，又递给她一块肉条。

K 一边咀嚼着，一边露出了喜悦的神情。这是他从没尝过的味道。

"好吃吗？"Leila 表情终于放松了。

"这是什么肉啊？太好吃了，像黄油一样，入口即化。"

Leila 没什么胃口，只是出于好奇，用一种犹疑的态度，生硬地像是丝毫没有分泌出半点唾液地咀嚼着。

"这是你们的战利品。"

K 的嘴巴突然停住了，Leila 一下将嘴里的肉喷出来，捂着嘴巴将胃里所剩不多的残渣全部吐到了床沿、被子、床单和地上。这股子酸臭味让她一次又一次地干呕，最后吐到连胃酸也没有了……K 慌张地跑出，寻找护士。

盖先生也忙不迭地四处打转，收拾残局。

屋外的闪电照亮了这间小小的医护室，他们在忽明忽暗、四面惨白的房间里，惊慌失措地暴跳着。

## 9

自从昨晚，雨一直没有停过，乌云笼罩着这片辽阔的草原。眺望远方，是一望无际令人绝望的灰。下午两点左右，淅淅沥沥的小雨忽然间转为暴雨，它来得如此猛烈，令人措手不及。K 带着 Leila 回到了房间，医生说她已经恢复了意识，再待在医护室里也毫无意义。K 心烦意乱地翻看手机，Leila 躺在床上，吃了几片镇静神经的药，又睡过去了。她还不知道发生了什么。K 用力吞了下口水，坐在一张桌子前，双手一直揉搓着平板电脑……想了很久后，他最终还是鼓足勇气点开了那个社交软件。成千上万的消息扑面而来。

——这两个人渣，应该滚出健身圈！

——当网红是不是很赚钱呀，有点钱就想上天了……

——真是没有道德底线，应该封杀他们。

——可怜的长颈鹿，它的另一半是不是在旁边看着他们呢？

——现在的网红可真有钱，都能去非洲打猎了？他们到底坑了我们多少钱？看看他们用这些钱都干了什么？贱货，封杀他们。

——我知道他们的具体住址，谁想要，就关注我的个人账号，私信我。

远处一声枪响，割裂了夜晚的宁静。K 像一只被枪指着脑袋的兔子，一动不动，心脏猛烈地跳动着，嗓子眼也感到阵阵剧痛。紧接着，又是一声枪响，枪声久久地回荡在夜空中。不知为何，一种莫名的伤感和痛苦就在这一刻，全部迸发了出来，眼泪迂回着，但 K 仍旧僵持在那里，继续聆听着外面的响动，可是什么也听不见，枪声在猎场里游荡了一圈后，又恢复了原有的寂静。那又是什么声音？是动物的哀号，还是狩猎者的欢呼？这太蠢了！太荒唐了！K 好像被那两声枪响惊醒，突然明白了什么，他用力扣上电脑，拔掉电源，将手机愤怒地扔在地上。他躺在 Leila 的身旁。Leila 的侧脸还是那样恬静。K 闭上眼睛，仿佛听到野兽们在猎场里此起彼伏的嚎叫声。他顿有所悟，感到有另一件更重要的事情正等待着他思考和担忧。他闭上眼睛，整个人像漂浮在太空里，而那些此刻正发生在另一个世界中的麻烦已无足挂齿了。

## 10

　　K 在清晨被一声动物的嘶吼吵醒，他猛然睁开眼睛，恍惚地凝视着四周，发现 Leila 已经不在了。他坐起身来，回想着昨晚的梦。他梦到自己飘到了外太空，俯视地球，地球飞速旋转，发出一道道颜色绚丽的光。那个梦真奇幻，令他心情愉悦。K 走到窗边，推开窗子。草原这生机勃勃的景象，亦真亦假。K 不禁惆怅起来，并意犹未尽地咀嚼着梦的残渣。

　　雨似乎下了一整夜，清晨的空气中凝结着水汽，天空还是那么低沉，厚重的云遮挡住了阳光，让人分辨不出太阳的方向。K 简单洗漱后，突然发现电脑停留的页面中，那条视频已经被删除，但网友谩骂的留言却依旧保存着。是 Leila！她终于还是发现了……K 迅速跑出酒店，奔向猎场。

　　周围的树丛微微晃动着，动物在不远处发出低沉的吼声，若隐若现的低矮身影潜伏在暗处，腥乎乎的气味随着阵阵凉风，徘徊在面前。泥泞的土地上，有着动物凌乱的脚印，脚印铺向远处，消失在草丛中。K继续步步向前小心谨慎地走去。

"你在找我吗？"

K突然颤抖了一下，是Leila。

"你吓死我了，怎么也不说一声就跑到这里来了？"

"早上睡不着，就来这里散散步。"

"这里太危险了，咱们赶紧回去。"

"等一下，前面有条小溪，那里很美。"Leila一边说着，一边向前走，"这是我今早发现的。"

K本想问Leila关于视频之事，可她看上去像什么都没发生般淡然和愉悦。K忧心忡忡地跟在她身后。果然不远处有隐约的流水声，声音如此悦耳，像是清风中的铃铛，沁人心脾。树丛渐渐绵延开去，渐渐稀疏了，淙淙小溪绵延曲折地顺着一个方向流淌着。Leila找了块有一半埋在淤泥里的大石头，坐在了上面，并给K也腾出了一个位置。

"你也陪我一起吧。"Leila轻飘飘地跟K说，从一个盒子里拿出了一根卷得七扭八歪的细烟卷。

"你怎么还抽上烟了？我不抽。你也别抽了。"

"不是烟。你试试。"Leila和K坐在猎场的一条小溪旁。雨终于停了，小溪清澈，不停地流向猎场深处。K一直望着小溪的尽头，不知它通向哪里。

"这是从哪儿来的？谁给你的？"

她用力划了一根火柴，嚓的一声，变出了一团刺眼的火。火苗把她的脸映得有些模糊，随着火光的晃动，鼻子和睫毛也在微微摇晃着。她张开有点干裂的嘴唇，吸了一口，停顿了下，缓缓吐出，递给了K。

"是绿树先生，他很担心我。你不是说心理医生都是骗人的吗？这个可能会更有帮助。"

K 时不时用余光看着 Leila，生怕她会做出什么让人意想不到的举动。但 Leila 没有，眼睛一直看着远方，她将目光放得很长，好像能看见很远很远的地方。

Leila 将烟卷点燃，吸了一口气，又递给了 K。K 也吸了一口，没过多会儿，他就感到天旋地转，眼睛也睁不开了。

K 隐约听到 Leila 说："你陪我一起看雨好吗？你看，这急匆匆的雨，落在地上，汇聚成一摊摊的水洼，它们互相拥抱着，互相温暖着，一定不会寂寞。你说是吗？"淅淅沥沥的流水声，像是雨点们在击打、碰撞。雨似乎越来越大，大到我们听不见彼此的说话声。

当 K 再醒来的时候，Leila 不见了，但她的衣服，甚至内衣内裤全留在了 K 身边。K 头疼欲裂，不知昏睡了多久。远处的天空蒙蒙发亮，那是洁白的月亮所发出的光。这是哪里呢？一层薄雾笼罩着周围，猎场像是变了样子。K 没有方向地拼命地奔跑，月光下，一只美丽的白色长颈鹿从层层雾气中缓缓朝他走来，那是你吗——Leila？

舞者

## 过把瘾

### 1

"你们看我身后的那个人，长得像不像张明？"叶
子说完，帆儿往后面看了看。我赶紧低头，扒拉了一口饭。帆儿看了半
天，也没找着叶子说的是哪个。

"不能是他吧？他不是在美国吗？"帆儿说。

"没准儿人家回国了，也说不定。"叶子说。

"你那么肯定是他吗？"帆儿说。

"百分之八十吧。"叶子说。

"爱是不是，爱回来不回来，跟我也没什么关系。"我说。

"谁也没说跟你有关系啊。"两人几乎异口同声。

"你说，如果他真回来了，你俩还有可能吗？"帆儿说。

雨淅淅沥沥地下着，柏油路上湿漉漉、亮晶晶的。这种天气，配上
这种问题，真是略带伤感啊。

此刻，服务员恰巧上了剁椒鱼头。这是今天的主菜，帆儿和叶子没
再追问下去，纷纷将筷子扎向鱼头。这家餐厅汇聚了南北几大菜系，以

辣为主。恰巧我们仨都喜辣，也都喜欢在味蕾上寻求点刺激。馆子不大，位置也合适，是我们的指定聚餐地点。但自从去年帆儿开了一间钢管舞教室，叶子忙于她的个人画展，我们仨就很少相聚了。

曾经，我总带张明来这间餐厅，也不知道他是否喜欢。反正，他什么都得听我的。我一边吃着鱼头一边回想，张明除了我，还喜欢什么？他似乎对一切事物的评价只有"还行，还不错"。两年过去了，他在我的印象里变得很模糊，或许他的形象就从未清晰过也说不定。

帆儿一直向我们抱怨除了每个季度要对付昂贵的房租，还要处理女会员们之间的纠纷，简直就是费力不讨好的工作。我和叶子也曾经都是她的会员，办过年卡。我们在那里也学会了不少动作，在外行眼里，我们已经相当专业了，甚至可以卖票演出了。

鱼头吃了大半，叶子又突然想起之前的话题："你说，张明要是回来了，你俩还有可能吗？"

"没可能吧。"

"那如果当初你不来我教室学钢管舞，你俩会分开吗？"帆儿问。

"不知道，可能也会吧……"

2

这是老 what 酒吧最后一天营业，我和张明坐在门口，喝酒。今晚没有乐队演出，很多老顾客和老板的朋友前来"道别"。这个 live-house（室内场馆）酒吧开了十多年，很多现在成名的乐队都是从这里走出去的。这里也蕴藏了很多人的记忆和过往，其中就包含了我和张明的。酒吧对面就是一所重点中学。张明说，以后咱们孩子要是能在这儿上学就好了。

我不知道该说什么。家里一切大事都是他说了算，我没什么意见。

主要还是懒，懒得去想那些大事，懒得去做决定。

老 what 离筒子河边不远。每个月我们都会来这酒吧一到两次。每次酒喝得差不多了，都会在筒子河边上走一走。张明会自顾自地说着那些金融职场上的事。我不爱听，但也从来不会打断他。那些都与我无关。那什么与我有关呢？我也不知道。我是土生土长的北京孩子，独生子女。父母早年间已经为我打拼好了一切，什么都不用我发愁，什么也都不需要我发愁。父母对我唯一的要求就是找一个对我好的，有不错工作的男人嫁了。张明是南方人，能吃苦。在北京多年，终于把自己拼成了一个中产，就连说话口音也变了。他对我也好，是那种让我挑不出毛病的好。所以他特别符合我爸妈的要求。

以前的我，活得如一盘散沙，多亏有张明拖着我，我真的很谢谢他。但有时候我也会心里发慌，不知道张明看上我什么了。可能是因为我好看，也可能因为我是北京本地人。


搬了家后，这个酒吧离我们就远了，每次开车要一个小时。但我们都喜欢这儿。我跟他说，咱俩去筒子河边上走走吧。

张明说："这最后一天营业了，还真有点舍不得……"

我象征性地点了下头，心不在焉地望着旁边故宫的高墙，想着自己要是会飞檐走壁应该挺酷的。

张明牵着我的手，不自觉地反复摸着我手心里的茧子说："闭着眼睛还以为拉着一个男人的手呢。你那个钢管舞练得差不多就得了。"

"那不叫钢管舞，叫钢管技巧，懂吗？"

"行，钢管技巧。有个爱好是挺好，但是也别用力过猛。万一受伤了怎么办……"他小心翼翼地说。

"怕我受伤？我看你就是封建，思想守旧。你就是认为这是不健康的。你说你这脑子里一天天都想什么呢！"我愤怒地大步向前走，他就小心翼翼地追，和我保持一个尽量不会再激怒我的距离。我自己也不清楚到底在愤怒什么，并且如此理直气壮。

起初，张明对我去学跳舞的事特别支持，去跳跳舞，换个心情，也能交几个朋友。张明一开始只是知道我去学跳舞，但他不知道我是去跳的什么舞。他没问，我也懒得说。也许就是这点，他不该对我去学钢管舞有任何质疑。

餐厅里又进来了一对男女，他们看上去都很疲惫。坐下后，两人都没有翻看菜单，男人随口说了几个菜，女人盯着某处在发呆。他俩一定也是这儿的常客。我看着他们，有种似曾相识的感觉。曾经，我和张明也是这样，他点菜，爱点什么点什么，跟他吃饭能吃出个什么花儿来？

"其实，张明那会儿特别烦你。他总觉得我去学钢管舞是你教唆的。"我说。

"其实，张明烦我这件事，我多少也能感觉得出来。"帆儿说。

"他这个人就这样，心眼儿特别小。而且他好像特别怕我去工作，怕我出门。我每次说去找工作的事，他都小心翼翼地劝我在家待着挺好的。你们说这是为什么？"

"你这么不踏实的一个人，怕你一出门就跟别人跑了吧？"叶子说完，我们仨全笑了。

3

和张明在一起没多久，我所在的公司老板被抓了。从没工作到现在，我已经脱离社会三年了。这都是张明的主意。他说，别找工作了，咱俩该计划一下要孩子的事了。你挣的那点钱还不够付阿姨的工资呢。我曾经认为，他的一切主意都是正确的。张明有一份不错的工作和不错的收人，我们也有一辆不错的车和不错的房子。我们父母双全，婆媳关系也不错。我三十，张明三十五。在别人看来，我的生活近乎完美，但我还是不高兴。帆儿跟叶子说我有病、不知足，我觉得她们说得特别对。

跟张明的这几年，不知该用什么词汇来总结。好像和他过了很多年，又好像一天也没和他过过。很梦幻，很朦胧。我们结婚七八年，我有时候觉得张明特别好，有时候连话都不想跟他说。有时候觉得就跟张明这么过下去算了，有时候觉得还是赶紧离了吧。有时候觉得他就是根鸡肋，认真想想，他真的就是根鸡肋。之所以跟他耗到现在，就是因为他没有一个让我说得出来的毛病，但又觉得他浑身都是毛病。当然了，也许有毛病的人是我。很多个夜晚，我会借助微弱的亮光，凝视张明的脸。深夜似乎在与我窃窃私语，向我诉说着生活的寂寞与无聊，向我诉说着我的存在是毫无意义的。

就在我怀疑自己的存在价值时，帆儿突然跟我说她要把工作辞了，想开一间钢管舞教室。我和叶子都劝她要冷静，铁饭碗不能丢。帆儿说，是，她要好好想想。于是，两个月以后教室就开了，我和叶子也都踊跃地办了卡。与此同时，叶子也开了个人画展，虽然没什么人买，也没什么人看，但她却乐此不疲。画展持续一个月，她假装忙得不可开交。那段时间，我每天也挺忙的，早上张明去上班之后，我便把自己收拾好，去帆儿的教室练钢管舞，把自己练得满身是伤后，再坐车到798，去叶子的画展混一下午。晚上等张明回来后，一起再到外面觅点东西吃。如果心情不错，会在家做点饭。我不知道，这种看似充实但毫无价值，像膨化食品一样的生活能维持多久。一个月马上要过去了，叶子的画展也接近尾声，这意味着我下午将无处可去。为此，我很恐慌，不知所措。

我曾与张明探讨过找工作的事情，但总是被他那种小心翼翼的语气和态度所安抚。好像我的一切焦虑都是庸人自扰，甚至不值一提。我是怎么被他劝服的，至今都回想不起来，每当想起他那小心翼翼的态度时，却总有一股火憋在心里。

接下来的日子，叶子又把自己藏在她的画室了。我每天除了教室，几乎没去过什么地方，然而有趣的是，我对钢管舞却产生了一种依赖。具体地说，它叫钢管技巧，与钢管舞不同的是，它的难度以及危险系数颇高，属于一种极限运动。它不仅挑战身体的力量和柔韧，更是一种突破心理恐惧的运动（但无论怎么跟张明解释，他就是不懂）。帆儿的教室除了中午和晚上有课以外，其余时间是空着的。除了上课的那一小时，我都在教室里混着。帆儿要是在的话，我俩就一起训练；她要是不在，我就在教室里睡会儿，或是叫个外卖吃。总之，我喜欢赖在教室里。它像是一个避难所，可以让我暂时逃离原本乏味的生活，以及那个永远小心翼翼的张明。

两个多月过去了，我的钢管技巧水平突飞猛进，身体也有些细微变化。然而，我却全然不知，就是在老 what 最后营业的那晚，才发现的。

那天晚上，我和张明都喝了些酒（我喜欢和他一起喝酒，只有喝完酒的他，才稍显可爱些），我们都有些伤感。我手里握着一瓶没喝完的啤酒，与他一起在筒子河边散步。在路口转弯处，我看见了一个路牌，目测那路牌杆和钢管的粗细差不多。我说，给你表演一个吧。张明说，行，来一个。我把手里的酒瓶递给他，走过去，双手在屁股兜上擦了一把手上的汗，又甩了甩双臂。

张明说："准备动作还挺像那么回事的。"

他根本就不知道我要干什么。

我右手抓住杆子，与眼睛平行，左手抓在杆子底部，右脚一蹬，大头朝下地翻了上去，做了一个完美的撑杆翻。

张明说：我×！

我撑了两秒，下来了，又甩了一个下肩膀。

这一举动把张明给吓得瞬间醒酒了，又恢复到那个让人熟悉、让人厌烦、小心谨慎的张明了。

首先，他清了一下嗓子。

我知道，他又要开始那一套陈词滥调了。

"我说媳妇儿，咱以后能不能……"

"不能，你闭嘴吧……"

张明就真的把嘴闭上了，一口将我剩下的酒喝完了。

## 4

一年前的晚上，我和帆儿在老 what 喝完酒，她就在这个路牌杆上做了一个撑杆翻的动作，当时我就醒酒了，我问她是怎么办到的，她晕乎乎地说她也不知道。我当时发誓，未来我也要做出这个动作。那时的我很激动，从来没有如此渴望过要干成一件事。帆儿给我设计了一个训练计划，我就严格按照她的计划来。一周练五天，周末休息。除了管上的动作练习，还搭配着有氧和力量训练。

第一次帆儿教我一个大头朝下的动作时，吓得我冒了一身冷汗。

我说："我会不会摔死啊？"

帆儿说："摔不死，求生欲会救你的。"

后来，这句话一直徘徊在我耳边。每当我在钢管上觉得命悬一线时，是求生欲将我死死拉住。再后来，每当我被生活的寂寞和无聊压得奄奄一息时，也是求生欲让我重获新生。

半年过去了，随着身体逐渐地变化，生活似乎也发生了些许改变。这改变是微妙的，也是无法言说的。

　　我从那根杆上下来后，活动了一下用力过猛的手指，跟张明说："咱们离婚吧。"

　　张明似乎没听清，两眼直勾勾地看着我。

　　我又重复了一遍："我说，咱们离婚吧。"

　　"啊？"张明的表情变得有些惊讶，之后面部便开始扭曲。

　　说完"离婚"这俩字，我突然特别同情他。他没做错什么。


　　离婚这事在我脑子里已经存在了很多年，但一直都没勇气说出来。不知道什么原因，当我从那个路牌杆上下来的时候，"离婚"这个词一下就脱口而出了，并且底气十足，像是张明做了什么对不起我的事一样。我双目炯炯有神，像夜里的浣熊。张明被我坚定的目光吓坏了。他突然意识到，我是认真的。他心中的不解和疑惑将他的嘴给堵住了，半天说不出话来。

　　我说："我这辈子从来没靠自己干成过一件事。小时候靠父母，结婚之后就靠你。有时候我都不知道活着有什么意义……"

　　后来我开始有点语无伦次。每次我喝完酒，说话就这样，词不达意，越说越不着边儿。其实我就想表达一个意思，我就想知道这辈子能不能干成一件事，哪怕是离婚。

　　张明知道我喝得有点多了，但也知道我说的都是真的。我们都很无助，都帮不了彼此。在这一点上我们达成了共识，毕竟结婚这么多年，这点默契还是有的。

　　"这应该是咱们在筒子河边的最后一个晚上了吧？"

　　"可能吧。也真是巧了。"

　　"我真怀疑你是故意的。"

　　"随便你怎么想。"

那天夜里，我和张明坐地铁的末班车回家。我们坐在列车的尾部车厢，一眼就可望到头。其他车厢里零星地坐着几个低着头的乘客。我盯着杵在地上的扶手杆。张明知道我在想什么，他说，冷静啊，大庭广众之下，控制一下你自己。

我说，现在只有大庭，没有广众。这简直就是为我而设的个人舞台。

张明不敢相信自己听见了什么，力争把那小眼睛睁得很大："我看你是练钢管练出毛病了。"

我又来了一个撑杆翻。张明说，我从地铁扶杆上下来的那一刻，身上似乎在发着光。我说，那光是什么颜色的？他说，是金色的，而且特别耀眼。

他又说，离婚这事我同意。

我看着他，很难过。

"我祝福你，秦梦。"

"我也祝福你，张明。"

到站了，我下了地铁。张明的面孔突然变得遥远而又清晰。

## 5

"我俩没什么共同财产，也没有孩子，很快就办完了手续。"我说。

"你后悔吗？"叶子问。

"也许以后会后悔吧。"

"我支持你离婚。"帆儿说。

"嗯……我知道。"我说。

"不，你不知道。其实……有一件事我一直没告诉你。"

"说吧。"

"你来我教室没多久，张明就来找我。他说能不能别再让你去我的教室，也别再怂恿你学钢管舞了。我说为什么，他说太危险，说你现在在备孕中，万一出现什么事故呢？况且，钢管舞这个东西，怎么都会让人和夜场联系起来。我说，那你直接去劝秦梦，跟我说有什么用。他说你不听他的。我又说，这些恐怕都不是重点，我想听你真实的想法。"

"张明确实跟我说过孩子的事，但每次也就是说一下而已，但完全没有到备孕的程度。"我说。

"我知道，如果你在备孕的话，我们怎么可能不知道？所以我才觉得这不是他真实的想法。"

"况且，张明平时也并没有表示出对我学钢管舞的事有如此之大的意见。"

"你这么说，我倒是想起来了。有一次，咱俩去上中午的课，但那天我有事，上完第一节课就先走了，出门就碰见了张明，他见着我慌慌张张的，说他正好路过这里，就上来看一眼。"叶子说。

"张明中午来过教室？他的公司离教室有三十多公里！等一下，他怎么会知道教室的地址？我从没告诉过他，他也从来没问过，难道他在跟踪我吗？"

我们面面相觑，都一时说不出话来。

"张明真的很爱你，他这辈子估计最害怕的就是你离开他，所以一直都小心翼翼的，不是吗？"帆儿说。

"但我最恨的就是这一点。每当他露出小心翼翼的神态时，他都显得那么卑微。我讨厌男人卑微的样子。其实……我也不知道未来是否会后悔，但说出离婚的那一刻，真是太过瘾了。这辈子第一次干成了件大事。"我说。


"还记得刚才进来的那个人吗？"叶子说。

我点点头。

"那个人真的很像张明。"叶子说。

"只是长得像而已吧。"我说。

"是吗？可那人看了你好久才离开的……"叶子说。

## 小龙虾

### 1

这间钢管舞教室很大，很空旷，说话会有回音。十根被擦得锃亮的钢管立在教室中，旁边放着保护垫、干手液、镁粉和几个波形泡沫轴。斯斯和彤辛来早了，她们向前台小姑娘打了招呼，便去更衣室换衣服。她们是这间教室的老会员，钢管技巧在外行人眼中，已经相当专业了，用帆儿的话说，已经到了收费级别。帆儿是这儿的老师和老板。她们两人迅速把自己脱光，换上了运动内衣。

她们的身材不苗条，多余的肉全被挤在了运动内衣的外面，但她们却丝毫不在意，对着镜子相互展示身上的瘀青和伤疤。这时候，又一个姑娘走进更衣室，准备换衣服。是个新面孔，以前没见过。这姑娘见了只穿运动内衣的斯斯和彤辛，有点尴尬，赶紧躲进了更衣室的角落，把帘子拉上了。

"前两天练'超人'，大腿根儿都快磨出茧子了。"斯斯说。

"我前两天练倒立撑，肩膀又给扭了，脚背也磨破皮了。"彤辛说。

"我也是，脚背都留疤了，估计好不了了。而且你的肩膀扭了，就该休息。"斯斯说。

两人语气略带炫耀，边说边走出了更衣室，开始活动筋骨，擦镁粉，准备上杆。这时候，突然走进来一个男人。他看上去三十多岁，头发半长且油腻，佝偻着后背，走向前台小姑娘。

"这男的不是变态吧？"斯斯小声跟彤辛说。

"可能是吧。那这变态胆儿也太大了，这光天化日，不怕我们报警啊？"

"我觉得像，谁大夏天的还穿皮夹克？你看他的腿，也太细了吧，赶上你胳膊了。再看他后背，跟小龙虾似的。"

"他不会吸毒吧？"

说话间，新来的姑娘从更衣室走了出来，那男人佝偻着身体走了进去，显得很兴奋，并与新来的姑娘打了个照面。斯斯和彤辛以及新来的姑娘同时看向前台，几个姑娘迅速聚集到了一起，叽叽咕咕。

"怎么回事啊？他怎么就进去了？"斯斯问。

"人家是来学钢管舞的。"前台说。

"啊？同性恋？"彤辛说。

"好像不是，人家一下就要办一个半年卡。"前台说。

"咱们这儿还收男会员呀？"新来的姑娘说。

"招啊，我们也得交房租啊。"前台说。

"会不会是以学钢管舞的名义耍流氓的？"斯斯说。

"那这也太贵了吧，半年卡也小一万呢。你们放心，我会留意他的，万一有点什么风吹草动的，我立刻报警。"前台说。

"那你说他穿什么练啊？"新来的姑娘说。

"不会也跟咱们穿得一样吧？"彤辛说。

几个姑娘捂着嘴，窸窸窣窣地笑着。

"他要是敢跟你穿得一样，你就立刻报警啊，简直就是变态。"斯斯说。

这一场"秘密"谈话，瞬间让新来的姑娘融入了小集体中。

这新来的姑娘做了自我介绍，她叫小白，在一家互联网公司工作。

这时，男人穿着一条黑色的四角沙滩裤、一件黑色的跨栏背心走了出来，低着头走到了教室的一角。

## 2

他叫史男，三十六岁，单身，在一个照相馆里做照片后期修图。他在这个照相馆干了十年。由于常年驼背面对电脑，导致他现在再也无法挺直地站立着，并且他有严重的颈椎病和腰椎间盘突出，近视高达九百度。他每天都在重复地做同样的事情，工作枯燥乏味，但又无力去改变什么。他只身一人，除去每月的房租和维持基本的温饱，额外的钱都存了起来。这些年，也存了不少钱，可他不知道这些钱能用来做什么。

史男是个早产儿，从小体弱多病。他严重贫血，肤色惨白，经常从椅子上站起来，会头晕眼花。他暗恋过许多来照相馆里拍艺术照的女孩，都是那种身材高挑、样貌时尚阳光型的。史男对于这些女孩来说，就像一只发了霉的臭虫。从她们的眼神就可看出对史男的厌恶。史男幻想着自己是她们的男友，幻想着和她们谈恋爱、吵架、旅行、做爱、分手。史男的房间里，贴满了她们修图之前的照片。分手过后，他会在照片上画一个叉。

这天，史男像往常一样走在上班的路上，突然看见一个长发飘飘、身材高挑，牵着一只萨摩耶犬的女孩在发宣传单。史男双手插兜，突然把头缩了起来，加快脚步（通常，他见到这类女孩时，都会快速闪躲，就像见到可怕的怪兽般）。可就在这时，女孩突然把传单递给他一张。她的手真白皙呀，还透着一股香气。这一瞬间，史男似乎就爱上了这个姑娘。他不敢抬头看她，拿着单子就走了。他越走越快，甚至小跑起来。可没跑几步就接不上气儿了。他以最快的速度，钻进了照相馆，坐在自己的位子上，心脏震耳欲聋地蹦跳着。待他缓过来时，他将宣传单扣在脸上，用力闻了闻，似乎那姑娘的余香还停留在这里。

这是一间钢管舞教室，地点就在附近。宣传单上一个姑娘穿着运动内衣倒立在一根钢管上。这一天，他魂不守舍，一张图也没修。晚上，他躺在床上，依然在看这张宣传单。他眼前似乎有一道光，一闪而过。他猛地从床上坐起来，做了一个决定。


3


今天帆儿的课，一共有六个学生。帆儿见了史男也有些诧异，但她还是完美地控制了自己的表情。

"请新来的同学往前站。"帆儿说。

史男低着头和小白走到了第一排。随后，帆儿便带领大家做热身准备。

热身完毕后，帆儿走到他俩面前问："你们是第一次接触钢管技巧吗？"

两人分别回答："是。"

帆儿看着史男，走到他的身后，将他的肩膀用力向后掰。史男一开始很紧张，可到后来，却疼得叫了出来。

"你这个驼背还是挺严重的，先去压压肩膀。"帆儿说。

史男走到教室后面，一边压肩膀，一边偷看这些姑娘。


斯斯和彤辛开始了自由练习，彤辛继续做倒立撑，斯斯两步爬到了钢管顶端，做了一系列旋转。史男惊呆了，被两人的动作震慑到了。他甚至不敢相信自己的眼睛，她们是怎么做到的？需要多大的力气才能将自己在高空中旋转起来？史男把手放到了钢管上，这是他第一次触碰它。它是坚硬的，也是冰冷的。他用力握了一下，身上莫名地冒出了许多汗。

他看着镜子中的斯斯和彤辛，又看了看被她们身体挡住若隐若现的自己，那么丑陋、猥琐、油腻，他突然厌恶起自己。

帆儿走了过来："你的驼背慢慢训练会好起来的。"

"真的吗？"史男说。

"只要你努力，只要你想改变自己。"

帆儿开始教史男几个基本的舞步和上杆技巧。史男试了几次，都无法将双脚同时离开地面。

史男暴躁地骂了句脏话。

"别着急，你现在身上没有肌肉，多练几次就好了。"帆儿随便应付他一句，就立刻去教别的学生了。

斯斯和彤辛在一旁又开始窃窃私语，其他几个女同学，也都分别用眼神暗暗地交流着。史男对此毫无察觉，他仍在努力练习，也许他并没有意识到，这是他第一次如此迫切地想要学会一件事情。

一节课很快结束了，他仍是无法做到双脚同时离地。此刻，他的脚面已经开始红肿起来。女同学纷纷走进更衣室，喊喊喳喳地讨论着什么。史男走向了前台。

"我要办年卡。"

"你确定吗？我建议你先办一个月卡试试。如果万一……"

"没什么万一，我就要办年卡。"

"我们年卡是一万六千八。"

史男二话没说，刷了卡。

这天晚上，教室的会员群像是炸了锅，都在议论史男，并给史男起了一个名——小龙虾。他的照片也在群里纷纷传布开了。

史男回到家的第一件事，就是对着墙上的照片做不雅动作。第二件事，就是决定要努力学钢管舞。他看了看课表，认真地规划着自己的训练时间。他从未感到心情如此愉快过，洗漱后，又换上了上课的衣服，趴在地上，做开肩训练。

4

一个月过去了，谁都没有想到，史男居然可以劈叉了。史男的努力大家都是有目共睹的，这一个月里，即便是下了课，他也会趴在地上开肩或是压腿。柔韧课上，所有人都在期待史男的竖叉，当他压下去的那一秒，教室里居然响起了一片欢呼声。史男当时就流泪了。然而，这仍然没有赢得斯斯和彤辛的半点好感，反而让她们觉得史男更加猥琐了。一个男人，这么努力地学劈叉，是想干什么？他那两条干巴、弯曲的双腿，简直就像两根长树杈。

夜里，史男写了一篇很长的文章，内容大意是他通过钢管舞找到了新的自己。他要感谢帆儿和柔韧老师。他还要感谢斯斯和彤辛，是她们激励了自己。这篇文章他洋洋洒洒写了七八千字，甚至连他小时候被欺负的事也都涵盖在内了。之后，他做了一个文件链接，发在了朋友圈里。发出去后，他又一次哭了，然后把墙上贴的照片全部揭下来，扔了。

小白是他的微信好友，看到文章后捧腹大笑，又立刻转发到了会员群里。小白特意 @ 了斯斯和彤辛，说，看，小龙虾还要感谢你们呢！斯斯和彤辛立刻回复道，小龙虾真是个神经病，又说了一些讽刺他的话。这时候，突然冒出了很多平时在群里一言不发的会员，她们开始指责斯斯和彤辛，说她们不应该这么嘲笑别人，大师兄的努力和进步都让她们很感动。于是，群里再次炸开锅，吵得不可开交。史男瞬间成了教室里的风云人物，上课时，姑娘们都喜欢围着他，请教他。他再也不怕看见那些穿着运动内衣、身材高挑的漂亮姑娘了。而斯斯和彤辛在这次事件后，从会员群里退出，再也没有出现在教室里。史男也终于被拉进了会员群。

又过了三个月，史男居然可以站直了，虽然还是有些驼背，但后背的那个大包已经不见了。这天上课，帆儿突然说下个月是店庆两周年，教室会请学员们表演钢管技巧、吊环和瑜伽，希望同学们踊跃参加。大家都将目光投向了史男。

"大师兄，你快报名啊！"

史男已经被亲切地称为大师兄了。

"就是的，大师兄你参加吧，然后带着我们训练。"

史男比谁都渴望参加比赛，假装犹豫了一下，同意了。教室里又一次欢声四起。

参加表演的一共有十五名会员，他们几个成立了一个小群，每天晚上约着一起练习表演动作。磕磕碰碰的又是一个月，身上的瘀青似乎成了他们的勋章。随着店庆时间的临近，他们训练的强度也在逐渐加大。史男干脆辞掉了工作，整日泡在教室里。有一次，帆儿看着史男说，不然你来我店里上班吧。史男高兴坏了，说让他干吗他都愿意。帆儿说，你当前台得了，现在这前台小姑娘不太会来事，把好几个会员都得罪了，而且她自己也不喜欢钢管舞。我看你挺合适的。就这样，史男每天就顺理成章地正式地泡在了教室里。他喜欢这儿，除了训练，他会把每块玻璃、镜子和地板擦得锃亮，定期给钢管做检查，看是否有松动的情况。

店庆这天，很热闹，教室里摆了酒水、甜品台，还请来了专业 DJ 和摄影师，就连灯光也做了特殊处理。这间教室足足挤下了七八十人。帆儿做了开场讲话后，就迎来了第一场表演，是四个姑娘的双人吊环表演。史男在人群中挤来挤去，不让自己闲下来，一副很忙碌的样子。其实也没什么要做的，只是内心的紧张让他无法停下来。终于轮到史男了，他要和三个姑娘做钢管技巧表演。他穿了一条藏蓝色平角运动内裤，上面穿了一件紧绷的白色运动背心。他尽力将自己挺直，站在灯光下，音乐响起来了。他和姑娘们交换了一下鼓励的眼神，他两步爬上钢管，在空中尽情地翻飞着，赢来了一阵又一阵的掌声和惊叹声。这一刻的他是那么美，谁会想到这就是当初那个猥琐的小龙虾呢？

## 网络事件

### 1

　　不知道为什么，张思媛脑子里总是出现一个画面，或者说是一个场景：她开着车，以八十迈的速度与对面驶来的车狠狠相撞。这个场景每天都会重复一次，并有切肤之感，骨折、头破血流之类的痛感贯穿全身，即便她从未撞过车或受过重伤。她是一个惜命且热爱生活的人，就连擦破皮都很少出现。那么，骨折及头破血流是一种怎样的感觉呢？她躺在床上，已经是早上九点半了。她看了看手机，打开了直播软件，用被子遮住了一半脸，睡眼惺忪，对着手机屏幕向粉丝们眨眼睛，这是她向粉丝们说早安的一种方式。昨夜，她的粉丝数量又增加了五百人。十分钟过后，她关了手机，下线了。环顾了一下房间，思索着，今天要直播些什么？

　　张思媛是黑龙江人，具体是黑龙江哪个村子的，她谁也没告诉过。她有八分之一的俄罗斯血统。她长得其实挺好看的，眼睛大，鼻子高，身材也很好。唯独气质和审美品位差了些。作为女主播，谁会在意这些事？手机的美颜和修图软件会将其不足完美掩盖。被手机滤镜软件打磨过后，她就是一个集可爱面孔、优雅气质和完美身材于一身的漂亮姐姐。她是主播界的元老，也是一个超级网红。

她是怎么红起来的，这挺难说，也挺莫名其妙。起初，她是吃播的主播。所谓吃播就是直播吃饭的。她把手机架在餐桌上，面前摆一些再普通不过的饭菜，她慢慢悠悠地吃，偶尔会和观众互动，评价一下饭菜的口味。有时可以吃一个下午，观众就不厌其烦地看她一个下午。就连她自己也没想到，吃饭竟会是一件如此受欢迎的事情。随着吃播粉丝量的增长，她逐渐把饭菜的档次提高了，由家常便饭改到了餐厅里，有时候去川菜馆子，有时候去粤菜馆子。偶尔还会叫几个朋友和她一起录。内容上有了改进，粉丝量自然也就逐渐上涨。粉丝们会送她礼物，少则十块二十块，多则上百上千块。这样算下来，每月也会有个小几万的收入。这对于张思媛来说，简直都快被钱给拍晕了。

张思媛对待直播这件事，越来越用心，把它作为一种正式工作来看待。她仔细研究网络上的各大直播平台和直播网红的内容，又将自己的直播范围扩展了些。她走哪录哪，就连坐地铁也会一直举着手机。观众喜欢她，也喜欢看她再平淡不过的生活。一次，她睡着了，手机就一直开着，足足录了三个小时，后来内存不够电量不足，关机了。等她醒来再翻看手机时，发现粉丝量再一次暴涨。

"小姐姐睡觉时真好看。"

"小姐姐不要着凉哦。"

"你的眼睫毛好长呀。"

……

这些粉丝留言有男有女，年龄不详。这一次的睡觉直播，让张思媛获得了五万块钱的收入。就在这时，她又有了一个奇思妙想。

## 2

张思媛本名叫张大丫，从小就喜欢表演，喜欢唱歌跳舞。小时候在村子里跟着师傅是学二人转的。她的天资很好，师傅很喜欢她。长大后她考到了北京一所艺术学校里学民族舞，毕业后留在了北京。她给自己取了一个新的名字——张思媛。之所以叫张大丫，是因为在她一出生的时候，脚就格外大，在她十七岁的时候，就要穿四十一码的鞋了。她一米六八的个子，却有一双四十一码的脚，虽然说算不上什么缺陷，但作为一个舞蹈演员，比例确实有些怪异。

她从东北到了北京，从张大丫变成了张思媛，但无论她走到哪里，穿得再怎么像个城市人，只要拖着那双大脚，她就是张大丫。

由于她的大脚，张思媛毕业后一直找不到工作。无论是舞蹈剧团还是舞蹈工作室，她都去面试过。人家一看到她的脚，都觉得比例不好。人长得倒是挺好看，身材体形都不错，可是往那儿一站，就是觉得有点怪。后来，她又去了一个幼儿舞蹈班面试，这才勉强算是有了工作。但工作了两个月，她还是辞职了。她实在不喜欢小孩，两个月已经耗尽了她所有的耐心。

想要在北京继续待着，总要有一份工作，否则就得回村里继续当二人转演员。一天晚上，她走到后海酒吧一条街，突然在一个落地玻璃窗外，看见里面有人跳钢管舞。她觉得挺有意思，以前只在电影里见过。她走了进去，点了一瓶啤酒，坐在舞台旁边，盯着那个跳舞的女孩。不过，那女孩一看就是在糊弄事，肯定也没学过什么舞蹈。只是一直围着钢管随便扭动。她想，这也许会是个不错的挣钱方法。那女孩下了台，被两个保安护送到了后台，就再也没出来。张大丫又想，这样的工作真是既轻松又安全。

第二天，她在网上开始寻找钢管舞教室。就这样，她来到了帆儿的教室。

张思媛的存款不多，是曾经在学校读书时利用假期回老家表演二人转攒下来的。教室的会员卡费用对于她来说，简直已经贵上了天。她思来想去，还是办了一张三千块钱左右的季卡。张思媛对钢管舞的认识，仅限于在电影里和那晚后海酒吧里表演的那种程度。她认为，三个月就能出师。然而，帆儿的教室是着重于钢管技巧，这是一项极限运动，危险系数极高，并且对身体素质也有颇高的要求。张思媛完全没有做好心理准备。

上第一节课，张思媛就被老师的热身运动给累垮了。接下来的课程更是让她措手不及。她虽接受过四年专业的民族舞训练，但民族舞和钢管舞完全是两回事。她坐在地上揉搓着快磨出水泡的双手和双脚，抬头看着钢管顶端那些能旋转起来的学员，突然对钢管有了一种敬畏之心。她越看越觉得有意思。

三个月的季卡费用不能白交，练习钢管技巧成了她的主要任务。她每天刻苦训练，希望早日出师。张思媛四年大学还是没有白上的，短短三个月时间，她的钢管技巧水平几乎和老师不相上下了。正当她准备去酒吧面试的时候，主播这个职业一夜之间就冒出来了。

## 3

主播这一行业的出现，让张思媛产生了一个幻觉——她的命运将从此改变。

这天晚上，她捧着手机刷了一晚上直播，觉得极其无聊。直播内容无非就是吃饭、美妆，毫无技术含量。可下面的粉丝却前呼后拥，不断给主播送五块十块的"礼物"。张思媛开始好奇了，她仔细算了一下，一个小时内，主播竟收到了两千块钱的礼物。她一边刷手机，一边思索着，准备自己也试试。就这样，张思媛开启了她的主播之路。主播做了短短几个月，收入竟达到了数万元。张思媛又想，如果想要粉丝量再一次暴涨，继续直播日常内容，恐怕会很难。

接下来，张思媛的奇思妙想就是要直播钢管舞的平日训练。她再次到了帆儿的教室，办了一张只有六节课的次卡。对于现在的她来说，钱已经不是问题了，之所以办了一张次卡，是因为她不确定粉丝是否对其直播内容感兴趣。她要先试探一下。第二天，她带着运动内衣来到了教室。她占了一个角落的位置，把手机放到了一个隐蔽、只可录到她自己的位置上，开始直播。上课时，她动不动会和粉丝互动，以及跟踪浏览量。效果让她非常满意，仅仅这五十分钟的直播，让她又赚到了两万块钱。

六次课的直播，让她赚到了十万元。紧接着，她又在帆儿的教室办了一张月卡。张思媛知道，粉丝对钢管直播的热衷度也就一个月左右。一个月后，她就要另想其他新鲜事，更能吸引眼球的内容了。可就在这一个月里，发生了一件事。在一次上课时，由于她做的动作幅度过大，整个胸部从内衣里蹦跳出来。粉丝们先是惊呆了，纷纷截屏。还有一名粉丝，疯狂地送给张思媛近十万块钱的礼物。张思媛立刻从钢管上蹦下来，整理好自己的衣服，看了一下手机。接下来的十几分钟，她的心情有如坐过山车一般。先是浏览量的暴涨，粉丝数量也在持续暴涨，频频收到上万元的礼物。正当她快被礼物"砸"晕时，她的账号突然被查封了，原因是有裸露内容，涉黄。收到的礼物也就瞬间被没收了。她知道这种事在所难免，重新再申请一个账号，或是另寻其他直播平台即可。反正她有庞大的粉丝量，换去哪个平台都一样。她打开微博，准备写一个更换账户的声明。可就在这时，微博出现了她的大量不雅照片，人们纷纷在照片下面留言，内容不堪入目。

张思媛把自己关在家里，一个星期没出过门。走光事件让她想去自杀。直播生涯算是到头了，那么接下来，她在这个城市还能做些什么呢？难道继续学钢管舞，到一个酒吧里去表演吗？又或是回到村里继续表演二人转？她又想到了那天晚上，后海酒吧里站在台子上表演钢管舞的那个姑娘。她从未如此绝望过。

这个世界就是如此疯狂，而这种疯狂却淋漓尽致地体现在张思媛的身上。在她觉得人生走到尾声时，她的手机响了，是朋友给她发的视频，她在另一个直播软件上，因为那段走光视频而红了。这段视频被人剪辑过，裸露的内容已被剪去，并且拼接上了大量钢管技巧和之前当邻家小妹妹的视频。两者的反差，让她再次走红。各大网站纷纷来邀请，甚至时装周也要邀请她去。

张思媛竟然从此走出了国门，登上了国际舞台。在一次国际时装周上，她代表中国网红接受采访时，一个男人突然冒出来大喊："你是张大丫？"那男人把脸突然凑上去，使劲看了看，又低下头瞧了一眼她的大脚说："没错，你就是我们村的大丫！我认得你这双大脚。"张大丫无力反驳，在场的记者蜂拥而至。

深幽漫隧

## 深幽漫隧

"夏天又快结束了。"我说。

"是呀，晃晃悠悠的，什么事都没做。"秦梦说。

"那我们现在不如干点有趣的事吧，趁着夏天还没结束。"

"有趣的事？我们去海底蹦迪吧。"秦梦看着远处，愣神了，此刻的她应该已置身于海底了。

"海底蹦迪？听上去有点意思。"

"去帕岸岛吧，我们就可以把夏天延长了。"

"那海底蹦迪是什么？"

"就是字面上的意思。"

我们坐在鼓楼的一间带有露台的酒吧里，她喝啤酒。我们看着天边的晚霞，晚霞是粉色的，她说觉得那片天是草莓奶昔味的。

我们继续聊着"海底蹦迪"的计划，直到晚霞消失。

一

睁开眼睛，屋里还是黑的，看来又是一个阴天。我昏昏沉沉地拉开窗帘，坐在沙发上翻看手机。这是我居家隔离的最后一天，明天就能解禁了。前几天由于工作关系，我去了一趟安徽。根据北京的防疫政策，回来后需要居家隔离十四天，方可出门。需购买的任何生活用品，街道的大爷大妈们均可替我解决。

　　这天早上，秦梦突然出现在了朋友圈里。自我们失去联系后，这是她第一次出现。我一度认为她把我屏蔽了。她说：海南已解禁，谁有空和我一起去冲浪。看见"冲浪"俩字，我立马乐了出来。因为秦梦和冲浪这事真是沾不着一点边，我觉得她这信息是给我看的，当然也有可能是我自作多情。我顺手点了一个赞，一个红色小爱心出现在了她那条信息下面。由于秦梦的这条信息，即便是阴天，我心情也不错，把音乐打开，煮了一杯咖啡。隔离的日子临近尾声时，我也习惯了。都说一个人的习惯只需二十一天即可养成，看来我比别人速度更快一些。每天除了看书、看电影就是研究吃什么。十四天，菜品的灵感早已枯竭。我继续刷手机，看看别人都在吃什么。我突然有了主意，今天炸个臭豆腐吧。我列了一个需要买的食材单子，发给了郭大爷。郭大爷立即给我回了信息：哟，今儿伙食不错啊。我说是啊。郭大爷没再继续接茬儿。我又说，那麻烦郭大爷今天最后再帮我采购一趟吧。郭大爷说，你明天不就解禁了吗？回头你自个儿买去。我说，好嘞，郭大爷！

　　那么今天吃什么呢？我起身翻了翻冰箱，前天张阿姨给我买的菜还剩下一些，可以炒个烩饭。我在厨房里一边噼里啪啦地炒饭，一边想着秦梦说要去冲浪是什么意思。那条朋友圈一定是发给我看的。饭做好后，再看手机，她果然给我发来了信息。她问要不要去海南冲浪。我想都没想，回复道：走起。她又说，见个面聊聊吧。我说那就明天，她同意。我给她推荐了一个我最近常去吃的馆子，这家馆子离我们都很近。

　　我和她还是朋友的时候，我们都很喜欢夏天，我们想生活在一直都是夏天的地方。我们喜欢做有趣的事，别人也都觉得我们是一对有趣的朋友。那时候，我们觉得活得有趣是最重要的。但后来想想，可能只是秦梦喜欢做有趣的事，而我是一个很无聊的人。这么多年，都一直是在假装自己有趣。和秦梦分开后，说实话我感到了一丝丝的解脱。

约好后，我觉得有点不可思议，就在昨天我梦到她了。梦见她还在做手工玩具和首饰，她坐在一个批发市场里，埋着头在穿珠子。她后面有一麻袋的白色假珍珠。我说，你什么时候能弄好？我饿了，想去吃火锅。她说马上完事了。我等了她一会儿，我们就从那个批发市场里坐着地铁出发了，地铁绕着批发市场，绕着整个城市，上上下下地飞快穿梭，让人头晕目眩，哪怕是在梦里。醒来时，我居然在哭，特别想她。可五年过去了，在梦里，她怎么还在那个批发市场里呢？

第二天，隔离日子正式结束，我琢磨着应该穿什么去见她。失联五年，无论是误会还是当时我们谁真的犯了错，那个切断我们友谊的事件，它一直都在。我知道它并没有随着时间而淡化。但仔细想想，我们为什么会变成这样，也挺难说的。临出门，我突然打起退堂鼓，我害怕那种尴尬的场面，也不想说起以前的事，因为那些对我来说都毫无意义了。我们生活在两条完全不同的轨道上，没有交集。我特想跟她说，不然就别见了，不然你把我忘了吧……

我还是如约按时到了，在停车时秦梦又发来了信息说，咱还是换一个地方吧，今天周末，你说的那个广场都是遛孩子的，没法说话。随后她给我发了一个新地址，离得不远，我还是先到了。她真的一点都没变，什么事还是得听她的。但这样也好，她还是那个秦梦，我还是那个我。感觉又回到了十来年前那个安全感十足的友谊温室里。

她选的地方很好，小饭店周围都是花花草草，特别惬意。服务员问我坐外面还是里面，我向内望了望，说里面吧。可秦梦又抽烟，万一她又要坐外面呢？我有点拿不定主意，索性就在外面等她了。没过一会儿，她就出现在了我的视线里。她还是那么瘦，还是那么白（不爱出门，不爱晒太阳），头发还是那么蓬，那么高的个儿，还是愿意搭配迷你小挎包。她说咱们坐在外面吧，边说边把身边的椅子拉开，说，就这儿吧。

面对面坐着，我一直在笑，不知是尴尬还是喜悦，总之嘴巴一直咧着。秦梦倒是很自然，拿起菜单点菜，说："咱先点菜，待会儿再聊。"我们很默契地把对方不吃的猪肉、辣椒、芹菜和蘑菇都避开了。随后，她靠在椅子上，翻着随身小包拿出了驱蚊液说："你也喷点，这里蚊子巨多。"我接过驱蚊液，心里又一遍确认，她还是以前的她，真好。我们开始东拉西扯地聊天，但聊的都是公共话题。一开始我们都努力表现出很自然的样子，但还是难免会露出颇为尴尬的表情。

我说："橙子怎么样了？好久都没她的消息。"

我的问题似乎有些突兀，让她措手不及。秦梦突然顿了顿，把嘴里的东西使劲咽下。其实我也不确定她嘴里是否真的有食物，只是感觉她咽得很费劲。

我有点紧张，说："怎么了？是不是出事了？"

她点点头。

"她怎么了？不会在英国学坏被抓进去了吧？这是我能想到的最坏结果。"

她做了一个我难以阐释的表情，像是笑又像是哭，说："橙子不在了。"

我一下就把双手捂在了嘴上，瞪着眼睛看她，从心底感到了一阵恐惧，秦梦突然也变得令我害怕。我无法立即消化这件事，只是瞪着眼睛看着她，等着接下来要说的事。

"生病，白血病。"

我一下哭了，是那种没什么表情，但又抑制不住眼泪的那种哭。秦梦还好，看来早已得知此事，消化完了。她当时一定也很难过。

"她去世那会儿，刚在伦敦领完证没多久。"

　　橙子是我们的高中同学，我和秦梦认识也是因为她。高三时，她去了伦敦，我去了蒙特利尔。橙子的死讯化解了我和秦梦间的尴尬，让这一餐顺畅地度过去了。

## 深幽漫隧

　　我们在露台上聊得很开心，她跟我说了些最近的情况……

　　我要回家了，她说。

　　我也要回家了，我说。

　　这天，我们还是什么都没干。只是秦梦提了一个有趣的计划，但我们没有对此计划谈论更多的事，总是刚一提起，就被别的话题带跑。所以关于"海底蹦迪"，我觉得它只是一个想法，我们永远也无法迈出第一步。我是一个从不做计划的人，只要有秦梦，我就能闭着眼睛跟她走。她会把一切安排妥当。但这样也好，反正夏天就要过去，漫长的冬天，我们都可以窝在家里，不用总想着要出去干点什么了。

　　翌日一早，秦梦突然给我发来了一个行程信息，是明天从北京到帕岸岛的。我看着信息，反复确认时间。随后，秦梦又发来一条，咱们去六天。她果然没让我失望！我迅速收拾行李。

## 二

　　在高中时，橙子是我最好的朋友。刚出国时，我们经常远洋视频，分享各自的留学生活，虽在不同国度，但总归还是有些相近之处，例如租房、学会做饭、申请学校社团如何选专业等等。只要电脑里有橙子的脸出现，我就很踏实。这年暑假，橙子回国了，我留在学校继续修学分。一天，橙子早上突然打来了视频电话，而我此刻是晚上。橙子特别兴奋，说要给我介绍一个朋友，叫秦梦，也是我们高中的。橙子说她跟我特别像，等我下次回国时一定要介绍给我认识。她又说了很多关于秦梦的事，我突然对她感兴趣了。我们就读的寄宿高中，一个年级就俩班，每个班十来个同学，体育课都是混在一起上的。每个同学我都认识，但就是对她没印象。橙子和秦梦是一个宿舍的，但由于她平时回家住，跟橙子也不算是朋友。橙子说，秦梦特别神，跟机器猫似的，什么都会修，大到自行车，小到自动转笔刀，一切人工机械设备都能给弄利落了，电子产品可能就费点事。我就很好奇，为什么这么神奇的人物我没印象。橙子说，秦梦不爱上课，一天到晚神神道道的，橙子在学校的时候也不熟。就前两天，宿舍聚会，一共八个人，到了四个。秦梦比上学的时候随和多了，人也挺神的。一定要让我认识。我满脸问号说，她不上课，老师不找她家长吗？而且，不上课她怎么毕业的？学的那些她都会吗？橙子一听就乐了，说，你这些都是特别基本款的问题。他爸妈离了，不怎么管她，而且她家里人也挺神的。至于怎么毕业的，就是考试都能过，就毕业了呗。后来去北影学动画了，倒是挺适合她的。我听得云里雾里的，对于秦梦人生中几个大幅度跳跃的阶段，我没跟上……

　　见到秦梦是在一年后。


　　橙子组了一个四人饭局。橙子、叶辛（另一同学）、我和秦梦。那天饭局，秦梦说晚点到，上午约了一个中介要去看房子。橙子一边抱怨着秦梦的不靠谱，一边又说："这怎么又要搬家啊，全北京都让她给住遍了。"

　　我说："秦梦要自己搬出去住了吗？"

　　橙子说："她一上大学就自己住了。还养了只狗，叫油桶。"

　　叶辛说："我也想自己住，但我爸妈死活不让，大学毕业才让我自己住，早知道我就考到外地去了。"

橙子说："那你爸妈还不得追到外地去？"

点的菜逐渐上齐，叶辛说："咱们先吃吧，不等她了。"

搬家，再熟悉不过了。在蒙特利尔上学的两年里，我搬了三次家。橙子的亲姐姐在伦敦，她的居所也算是固定。叶辛就更不曾体会搬家的辛苦了。她们从未因住所奔波过，也从未感受过当房东突然告诉你下个月不能再续租约，即刻要找到下一所房子的焦虑和不安。搬家是种什么体会，其实当时很难形容，浮现出的画面就是打包衣物和日常用品、找搬家公司等等诸多的琐事，以及到了新家又要重新整理和购置新的用品，让人不胜其烦。但相比这些表面上的事，更让我难以接受的就是要去被迫适应一个新的环境。冬日的蒙特利尔，站在街道上呼吸时，鼻腔都是刺痛的。但奇妙的是，每换一个地方，那里寒冷的气息都会略有不同，是一种无法言喻的微妙的变化。搬家一直伴随着我七年的留学生涯，七年搬了十四次家，到最后我不再添置新的东西，行李箱和巨大的塑料打包盒也明目张胆地放在了房间较为显眼的位置。最可怕的是，我不会再对任何一个地方产生留恋，我越来越麻木。搬家的原因有很多种，交通不便利、朋友退租、房东要卖房子、和男友分手等等，当然也有几次搬家的过程已经模糊地消失在记忆中了。这些都是后话了。至于秦梦，她为什么会一直在搬家？

她们继续聊起了秦梦，听意思是她父母在她上初三时离婚。能挑在孩子中考那年离婚的父母，想必也不是一般人。我很想知道，正值青春期叛逆期的她，当时是以什么心情接受这事的，但想了想又觉得算了，毕竟刚认识人家，别弄得跟《鲁豫有约》似的。所以秦梦上高中的神出鬼没以及自我封闭是有原因的。

我们把菜吃得差不多时，她才到的。秦梦见我就像见了一个认识很久的熟人，没头没脑地跟我开着玩笑，又抱怨着拥堵的交通和不尽如人意的房子户型。

我问她："我怎么平时没见过你？体育课也没见过你。"

"我走路都左脚踩右脚，上体育课纯属自杀行为。"

过了两分钟，我突然笑得前仰后合，秦梦吓了一跳。橙子替我解释说："见谅啊，她就这样，反射弧有点长，一会儿就好了。"

我觉得秦梦说什么都特有意思，好像就连她吃饭也特逗。

这次饭局后，我们就开始了单独行动。有了秦梦，橙子和叶辛好像就都消失了。我们第二次见面，秦梦就把她的事全告诉我了。信息量过于巨大，让我有点招架不住。

她爸妈离婚了，后来她爸又找了个比她大不了多少的姑娘。她爸特别绝，问，他是要女孩好还是男孩好。秦梦告诉他，你就不该再要孩子了。后来她爸和那女的生了个男孩。挺好的，男孩扛造。秦梦跟我说了她爸好多不靠谱的事，都很精彩，但我只记住了两件。其一，秦梦奶奶活着时喜欢吃香椿，她爸就去市场买了两棵香椿树回来。买回来当天，趁夜深人静时，赶紧在小区里找了块适当的空地种上。第二天早上一看，有一棵种反了，树根朝上。过了半年后，发现另一棵树是臭椿。其二，秦梦奶奶总抱怨自己一个人寂寞，平时也没人说话，自己儿子也不回家看她。秦梦爸为了给秦梦奶奶解闷儿，买了一只猴儿。那猴儿会抽烟，总偷秦梦奶奶的烟抽，抽得直咳嗽。秦梦奶奶费了好大劲才把那猴儿的烟瘾戒了。养了三四年，最后那猴儿把秦梦奶奶治中耳炎的药给吃了，就死了。用秦梦的话说就是，我爸他们一家都挺没溜儿的。我听着不知道该不该笑，反正她跟我讲的时候，表情挺严肃的。

我跟秦梦真就像橙子说的那样，迅速成了朋友，而且几乎天天见面。这天一早，秦梦发信息说让我穿一件可以盖住膝盖的长款羽绒服。我说，我可没有那么长的。之后又问了她为什么，她说晚上要带我排队去买栗子。我说她是不是有毛病，冬至这天不在家吃饺子，非要出去排队买栗子。她说饺子可以不吃，但栗子一定要买。我同意了。

见面后，秦梦开着她的小奥拓带我逛平安大道，从三里屯一直开到鼓楼。她一路给我指，这是哪儿，那是哪儿。我虽生长在北京，但小时一直住南城，几乎从未跨出过宣武，中学到了海淀。自从搬走，就再没回去过，现在宣武没了，秦梦也没了，想回也回不去了，这又是后话了。那时候最远的地方就是和同学坐公交车去西单。再后来就到了寄宿高中，读完后，出国了。秦梦觉得我是个奇葩，怎么什么都不知道，就像个只会乐的二傻子。

秦梦在车里，指着前方说，咱们晚上跟这儿吃吧。我念着大招牌上的字说："北京外地小吃。"

"你再仔细看看。"

"哦，北京地外小吃。"

我忘了秦梦当时什么表情了，反正这事她逮谁跟谁说，让我听见就已经不下十回。

晚上，叶辛问我们在干吗，我说我们在遛大街，晚上准备吃地外小吃。叶辛没过一会儿就来了。她没开车，我们三人挤在秦梦的小奥拓里，研究晚饭前去哪儿转转。秦梦又把刚才"北京外地小吃"的事说了一遍，叶辛没什么反应，说，她就这样，嘴跟不上脑子。秦梦说，比脑子跟不上嘴强。

秦梦的伶牙俐齿，常常让我无力反驳。我时常就是在她旁边一直傻乐。她聪明、强势，那个时候我喜欢和这样的人交朋友，让我有种安全感。和她在一起，我可以什么都不用操心。

离饭点还有两个小时，叶辛说不然去三里屯逛逛。秦梦不怎么愿意，说那地方全是杀马特。叶辛非要去，说是有一个牌子的新款耳环到货了。

反正也没地方去，秦梦只好驱车到三里屯。叶辛带着我们到了那家店，直奔耳环的方向去了。秦梦说要在门口抽烟，我陪着叶辛在里面逛。耳环买完了，秦梦也没进去。

"赶紧走吃饭去吧，一会儿又晚高峰了。"秦梦催促着，一秒钟都不想在这里多待。

叶辛坐在副驾驶位置，一直摆弄着耳环，照着镜子来回看。

秦梦突然说："你一个月开销多少？"

叶辛不以为然地说不知道。

"我要是你，我就把钱攒着，换个大点的房子。"

叶辛突然笑了出来，说："攒一副耳环钱就能买房子啦？"

前方突然堵车了，秦梦没再说什么。叶辛好像不高兴了，把耳环收进了包里。我在后面坐着，颇有些尴尬。秦梦好像特别在乎房子的事，但按理说，一个北京孩子不应该为了房子愁。

晚饭时，叶辛和秦梦好像还是有点不痛快，都憋着一股气。我突然说起了去年在蒙特利尔连续租房的故事以缓和气氛。叶辛听得津津有味，一直问东问西的，但秦梦好像又陷入了深思，一言不发。

第二天，秦梦又约了我，说晚上带我去一家好吃的馆子。她家在北五环外，我家在西四环，吃饭的地方在东二环。她非要来接我，我说我自己坐车去就行，能找着，但说了半天，她还是执意要来接我。我真挺感动的。

秦梦车里挂着一个精油瓶，是她自己做的。车里永远都有一股特别好闻的味道，洋甘菊混着柠檬，又有点薄荷的清新，反正一进她车里，我就特高兴。她手也巧，感觉什么都能做出来，坐垫、靠枕、安全带保护套、钥匙链……反正每次进她车里，都有新鲜的玩意儿。

我们路过了鼓楼东大街，这是我最喜欢的一条街。每次经过，我都东张西望的，奇怪的小店布满了街道两侧。看见什么新鲜的，我都得让秦梦也看见。秦梦说我特像外地人，什么都好奇。她还说，你们那个城市是不是农村啊？她有一个亲戚也在蒙特利尔很多年了，每次回国都得去动批（动物园批发市场）买一堆破烂儿带回去。我说，没错，明天我就想去动物园，并要求秦梦开车带我去。

"叶辛的四合院就在这儿。"她指着南锣鼓巷的方向说，"她这一个月租金也不少，怎么也得十万多。"

"十万多？"我颇为诧异，"那她这辈子什么也不用干了。"

"现在是一个民宿在租用。你说，她要是把钱好好留着，过几年怎么也能换一个大点的房子了。她现在住的地方你去过吗？才五十平方米。我家八十年代时，房子就七十平方米了。她就是乱花钱。那么小的房子里，堆的全是奢侈品。她最近又吵着要换车。她挺奇怪的，住在一室一厅里，家里乱得迈不开脚，也不收拾收拾。我每次去她家，一进门就想给她收拾屋子。"

"那以后没事的时候，你也来我家串串门呗。我家也不太利索。"

"我就说叶辛，这铺张浪费的习惯真得改改。"

"那你直接跟她说去呗。"

不知道为什么，秦梦越说越生气，好像对叶辛的生活充满了极大的不满。而这不满又是那么隐晦和难以启齿。我总隐隐地感到秦梦身上有一个巨大的铅块在坠着她一直向下。

我不知道秦梦要带我去哪儿，她把车停在了交道口大街，又带着我拐进了一条胡同里。是吃海鲜烧烤的。但其实，吃什么对我来说一点都不重要。不仅对吃，我好像对所有的事都无所谓。去哪儿上学，在哪个城市生活（包括搬家），学什么专业，都那么回事。我常常觉得自己是一个情感很淡薄的人，即便看到惨烈的新闻或是极为感人的电影，都很难产生共情。但对秦梦不一样，我对她总是抱有一种怜悯之情，总想握着她的手，郑重其事地告诉她，房子会有的，一切都会好起来的。可她似乎不需要任何人的怜悯或同情。她是那么顽强，那么执着，那么坚不可摧。可就是这股劲儿，让我更加同情她。

店里人很多，我们等了将近一个小时。秦梦问起了我在蒙特利尔找房子的事，她自顾自地说能体会到我的不容易，和那种居无定所的动荡感。她说起了这些年在北京找房子的经历，又说起了她爸妈和亲戚们有多么不靠谱，老人去世后，她爸那边的几个兄弟姐妹轮番抢房子。我听着听着有点走神了。这些故事她已经和我说了很多遍，可想而知，这对她来说是多么重要。但我不太爱听。秦梦心里像有一个巨大的垃圾桶，长年累月，垃圾越堆越多，终于超出负荷，必须得拉着一个人使劲往外倒。而那个人就是我。秦梦经常重复着"这些事我从来没跟别人说过"，这天晚上，这句话说了可能不下十遍。每当我要走神的时候，我都能被这句话给拽回来。我终于渐渐明白，她为什么总是在跟房子较劲。秦梦这一生的愿望就是能住进一个属于自己的，不与人分享，谁也抢不走的家，多大都行。但现在，这座房子正压在她身上。

饭后，她送我回家。

"你毕业了回来吗？"秦梦问我。

"还有两年呢，到时候再看吧。"

"我倒是挺希望你能回来的。"

"没什么特殊情况的话，应该会回来吧。"

"明天我送你去机场吧？"

"不用了，我爸妈送。"

"你跟你爸妈关系可真好。"

红灯亮了，秦梦的脸被前方的刹车灯影映得红彤彤的，她的眼睛、鼻子和嘴周围都有一圈红晕，颇有失真感，她好像笑了一下。我们没再继续交谈关于搬家和房子的事。我们都知道搬家的烦琐和种种的焦虑，但对此又无能为力。我和秦梦坐在车里，注视着前面不再堵车的三环路……

    我又回到了蒙特利尔，回到了这个巨大，略有些空旷的雪国里，回到了我租的小房，多少有些孤单。十三个小时的飞行，让小腿有些浮肿。我躺在床上，开始联系这边的朋友，告知他们我已回来的消息。他们很高兴，号称要帮我倒时差，所以要立即约我见面、吃饭、逛街。学校还有一个星期才开学，而就在刚才，我用十分钟的时间，已经把未来一个星期安排得满满当当了。现在是下午五点，但因为时差的关系，我已经困得睁不开眼了。再醒来时，是夜里三点半，我很想念秦梦。这个时间，秦梦应该在家刷片儿呢。我打开电脑，看见她在 QQ 上，立刻给她发了信息。她过了很久才回复我，她果然在看片子，说在看一部法国新浪潮电影。我们有一搭无一搭地聊着天，她说她想去泰国旅行，想看海、吃泰国菜，又说去那里玩便宜，也不远。我俩一拍即合，相约次年夏天一起去。我们又聊到了关于房子的事情，她说她妈妈单位分的房子快下来了，六十平方米，在南五环。这套房子是留给她的。这已经是最好的结果了。我说，那你可以把那套房子租出去，租金可以弥补一些在城里的租房的费用。秦梦说她一定要住在自己的房子里，这样踏实。反正她平时也不怎么出门，出门直接上五环，不堵车的情况下，进城半小时也就到了。秦梦对房子的事，有自己的想法。

## 深幽漫隧

    "你最爱吃泰国的什么菜？"我说。

    "我最喜欢冬阴功汤。你呢？"秦梦说。

    "那个太辣了。我喜欢吃咖喱菠萝饭，还有沙茶酱烤罗非鱼。"

    "你听说过帕岸岛吗？"

"没有。那里有什么玩的？"

"那里有个满月派对，咱们去的那天正好是满月。"

我蜷在沙发里，秦梦坐在阳台的板凳上。我们吹着电风扇，喝汽水。

我们幻想着帕岸岛的阳光和海滩，电风扇噗噗的声音，像是海边的风。夕阳照在秦梦的脸上，好看极了。

## 三

这一年，秦梦上大三。由于我多上了一年的语言课程，大学就耽误了一年，现在上大二。

秦梦在暑期的时候，找了一家动画剧组做后期。秦梦起初有点犹豫，在 QQ 上问我的意见。那时候，我们都是半工半读，为赚钱而乐此不疲，都想能够早点进入社会。所以我觉得这没什么可犹豫的。秦梦支支吾吾的，半天也没说清楚到底为什么会犹豫。但最终，她还是去了。

我在蒙特利尔上大学二年级，每逢假期都毫不犹豫地选择回国。那时候，放假，只想回家。

我告诉秦梦已经订好了寒假回国的机票，她很高兴，说要来机场接我。回程飞机十二个小时，我心里一直盘算着要去哪里玩。我很想念我的父母，也很想念秦梦。到了机场，她站在了一个很显眼的位置，鹤立鸡群的，我一下就认出她了。她还那样儿，瘦不拉唧的，丧着脸，也没表示出很想念我的样子，但我知道她此刻一定是激动万分的。我有时候很想学她对情绪那种极强的克制，但每次装一下，就暴露了。我的喜怒哀乐都写在脸上。我坐在她的小车里，车里放的音乐是一首女声民谣，哼哼唧唧，懒懒散散，很是她的风格。我在机场高速路上，望着看不到远处的天空。雾霾依旧很严重，没有丝毫的改善，但也无所谓，我依旧深爱着这座城市。

　　我们在车里有一搭无一搭地聊着这段时间各自的生活。我说很久没有橙子的消息了，不知道她在伦敦怎么样。秦梦说她上次联系橙子还是一个月以前，好像有了一个男朋友。我说，有了男朋友就失联，太不仗义了。秦梦又说起去动画剧组打工的事。剧组给她的工资不算低，就是帮忙打打光，跑跑腿儿。我说那也挺好的，就当是社会实践，体验生活了。秦梦说她最想干的活儿其实是画脚本，参与创作。她又说，你这次回来两个月，想去哪儿玩，我可以抽时间陪你去。我说，我也想找一份工作去实习……

　　我再次被时差折磨得黑白颠倒，十天以后终于可以正常起居了。我在招聘网站上开始疯狂地投递简历。上了招聘网，我才发现这世上的工作种类居然有这么多，无数的公司名字扑面而来，令人应接不暇。我看着各个行业的信息，忽然觉得我大学的生活是多么闭塞。我在蒙特利尔，说着蹩脚的语言，我不属于那里，那里是苍白和冰冷的。甚至在街上都不会有人与我擦肩而过，我是一个隐形的人。我想回国，回北京，回到这个我既熟悉又陌生的城市中。我什么都想干，想去电视台，想去电影公司，想去时装杂志社，想去做珠宝设计，想去旅游公司做导游。这些有趣和陌生的工作，充满了诱惑，像是一个个奇幻的大冒险。之后的几天，我都守着电话，盼着有公司能来找我。

　　没过几天，一家时装杂志的编辑给我打了电话，说要我过去面试。我激动得立马答应了。我是个路痴，对北京的方位一点概念也没有，第二天报到的时候才发现，我家和公司是东北和西南的大对角，坐10号线地铁要坐十四站，之后再转公交车。每天在路上就要花去快三个小时，早上七点半出门，晚上八点多到家。起初，我乐此不疲地干着。穿梭在时尚大楼里，里面全是衣着好看的哥哥姐姐、叔叔阿姨们。还见到了传说中的时尚女魔头和好多模特。而我的工作就是负责帮我们头儿跑跑4S店，帮忙给大家订饭、买咖啡，帮模特们订酒店，给部门聚会订包间，接待客人等等。进到公司，看着这些以前在时尚杂志上和网上才能见到的人，起初还是很新鲜的，可没过多久，又厌烦了。

　　秦梦自从接机那天，就没再见过了。我被公司的琐事烦得晕头转向，起早贪黑地穿梭在城市中，不为赚钱，不为名利，还特有干劲儿，像只没头苍蝇一样。这段时间，要不是叶辛给我打了个电话，我还没意识到已经有快十天没跟秦梦联系了。我算了下日子，距离回蒙特利尔的日子还有四十三天。我恍惚了，突然反应过来，那秦梦忙什么呢，怎么也一样没消息？我赶紧给秦梦打了一个电话，她没接。第二天，秦梦给我发了条信息，说她在剧组呢，剧组的棚里没信号，还说下周等她忙完了找我。我回了信息，她没再搭理我。

　　时尚大楼里的日子并不好过，所有人都是我领导，我处于食物链的最底端。同期跟我一起实习的是个刚刚从时装学院毕业的姐姐。她光给部门订加班晚饭就出了三四次的错。又过了一星期，她就被开除了。在我感叹这里的残酷时，同事突然拍了一下我肩膀，说领导中午要出去，让我联系一下司机。

　　秦梦终于来了电话，听她说话像是感冒了，鼻音很重，好像还挺虚。我有点担心，立刻去了她家，一股幽幽的霉味四散出来，她也刚刚到家，没来得及开窗换气。秦梦一直靠在沙发上，说特别困，好几天没怎么睡过觉了。我本来想问问这段时间的剧组生活怎么样，怎么那么长时间没消息，也想跟她说说我上班的时尚大楼，和那些闪闪发光的时装模特平时是怎么吃饭的，可秦梦却病恹恹地萎靡不振，可见她这些日子过得并不好。

　　我们叫了麦当劳外卖，在吃过一个鸡腿堡之后，她说："剧组太可怕了，简直不是人待的地儿。起早贪黑的就不说了，反正我生活也不规律，也是能忍。让我受不了的是这男女关系，甭提多乱了，我三观都乱套了现在。你说就一动画片的剧组还能乱成这样，那拍电视剧电影的得什么样？而且我就想不明白了，就一破动画片，这些人至于吗？"

我问她："你长得也算说得过去，是如何做到自保的？"

"我在剧组里就装成神经病。看见我那件外套了吗？把帽子一扣，我就跟巫婆似的，见谁都不说话，把交代的活儿干完，我就坐在那儿闭着眼睛，谁都不搭理。这招太灵了，以为我真有病呢，都不敢招我，给我脸色看。但这病装的时间长了吧，连我自己都入戏了，我自己都觉得我有病。"

"我说你刚才怎么萎靡不振的。剧组可能不是你这种人待的地儿吧，但你又是学这专业的，以后经常得跟组，那你怎么办？也不能一直就这么装啊。"

"也没什么，这次赚了不少钱。我感觉我离房子又近了一点点。"秦梦说着，把眼睛闭上了。

"你知道现在房价飙到多少了吗？你这点钱还不够装修的呢。"

"你命好，你不懂。"很快她就睡着了，半个鸡腿堡还在手里握着，看来也是累坏了。相比之下，我的那些事好像变得特别不值一提了。我把剩下的鸡翅和薯条吃完，把所有垃圾都扔了，给她盖好毯子后，回家。回家的路上，心里一阵说不清的憋屈。不是因为担心秦梦，也不是因为好奇她为什么那么迫切地需要一所房子，更不是因为我公司的糟心事，反正怎么想都想不明白是哪里觉得堵得慌。

从秦梦的小区里往外走，步子沉甸甸的。我喜欢大海和天空，喜欢那看不到边际的空旷，所有的烦恼都会被那无穷大的世界吸收掉。此刻是傍晚，天色昏沉沉的，晚霞在楼群中若隐若现，天空被阻断得七零八落。这带着颜色的天空，除了给我添堵，什么也给不了。突然间，我很想念蒙特利尔，想念大学的生活，想念那个戴着眼镜，总是绷着脸的波兰数学教授，想念那边的一切，我想立刻飞回去。这是我第一次如此强烈地想念那边的生活。

秦梦说我命好，这真是一件让人欣慰的事。但这怎么都不像是一句称赞的话。

第二天，我坐在办公室里，对着窗外发呆。突然间，一阵香辣味飘来，是坐在对面的同事在吃小龙虾味的薯片。我透过电脑与电脑，以及众多文件夹之间的层层缝隙，盯着她，盯着她不停蠕动的嘴。我立刻给秦梦发了信息：我下班咱们去簋街吃火锅吧？给你点个番茄锅。随后，我继续盯着对面的同事，直到她吃完，秦梦也没回复我。终于耗到了六点，那股薯片的香辣味也随之散去了，我心灰意冷，气愤地收拾东西回家了。又过了半个小时，她终于回复了：晚上有点事，回头约。我没再回她的信息。

我隐约觉得她有事在瞒着我，再过一个星期，我就要回去了，还有什么事比跟我在一起更重要的吗？但第二天，秦梦就向我坦白了，说她和一个叫穆多的人在一起了。这是我始料未及的事，我一时不知该说什么，特别失落、沮丧，像是失恋了，一点也不为她感到高兴。自从他们在一起后，我就开始对穆多产生了敌意。这种敌意是突如其来的。我和秦梦联系的频率就大幅度减少了，尤其是他们刚在一起时。她总是说自己在赶活儿，或是要开会。

秦梦，我就要飞到地球的另一边去了。

## 深幽漫隧

登机前，秦梦接过了空乘递给她的泰国报纸，翻阅着。突然，她拍了拍我，说："你看这则新闻，你说能是真的吗？"

她指着报纸上的一对在雪地里相拥在一起，试图接吻的泰国情侣。他们戴着滑雪头盔，舌头微微地向外吐出，僵死在了雪地里。由于头盔挡着彼此的脸，所以谁都没亲着谁，就这么吐着舌头冻僵了。

"我觉得有可能是真的。"我说。

"那这俩人得多相爱啊！我要是这女的，肯定都吓疯了，哪还有心情跟他亲亲。"

"首先，你肯定不会是这女的，你那么怕冷，一定不会去滑雪的。其次，你先找着男人再议。"

"那你说，这俩人为什么不摘了头盔亲呢？"

"冻得没劲了，或许知道马上就要死了，想来个最后的吻别呗。"

"别说了，太惨了，我宁愿相信这是假新闻。"

飞机起飞了，那对情侣的样子犹在眼前晃悠着。他们舌头和睫毛上的雪像是侵进了我的脑袋里。我的心脏一紧，用力抓着秦梦的胳膊，说："咱们一定要好好地活着。"

四

穆多是个艺术家，比我们大十二岁，也属兔。那时候我们把所有会演奏、会画画、会写诗、会拍照的人都统称为艺术家，就连头发长一点的男性，也能算在艺术家范围之内。当然，秦梦也会画画，但她画的是漫画，所以我一直也不觉得她是艺术家。穆多看起来很沧桑，头发稀稀疏疏地搭到肩膀，有点卷。他很高也很瘦，也有点驼背，山西人，不爱说话。

他们是在剧组认识的，就是秦梦一直装成神经病的那个剧组。很显然，秦梦没跟我说实话，她说她在剧组的时候谁都不理，跟谁都不说话。但我也没仔细追问她为什么骗我。穆多是剧本顾问，同时也负责配乐这一块。在剧组里，穆多也不怎么说话，总是一直半低着脑袋，不管制片方说什么，他都使劲点头，一副特别诚恳的样子。杀青的时候，秦梦到公司门口的小卖部买冰棍，穆多来买烟。

秦梦买完冰棍磨叽半天没走，等着穆多买烟。正想着怎么跟穆多搭上话之际，没想到他先开了口。

"你是那个动画设计师吧。"穆多发现自己的火打不着了，又跟老板买了个打火机。

"嗯。"秦梦有点不好意思，咬了一大口冰棍。

"这大冬天的吃冰棍，你不冷啊？"

"还行，就是想吃。"

"原来你会说话。"

"你才是哑巴呢。"秦梦瞪了他一眼。

"开玩笑。你神出鬼没的，没见你说过话。你好像特不喜欢这儿似的。你抽吗？"穆多问秦梦。

秦梦摇了摇头。"你觉得他们靠谱吗？"秦梦问。

"你说这个项目吗？我也不确定。"穆多声音有点沙哑。

"那我看制片方跟你说什么，你都一直跟那儿点头，而且好像特别诚恳，跟真的似的。"

"他们确实也想把事做成。"

秦梦冷笑了一下："这种事见多了，一看就没戏。"

"那你怎么还来剧组？"

"反正也没别的事。你呢？"

"我觉得没准是个机会。我看你挺正常的，怎么平时跟个……"

"神经病？悄悄地告诉你——我装的。而且我看你也挺健谈的呀。"

"悄悄地告诉你——我也是装的。"

俩人对着傻乐半天。穆多看着秦梦，觉得这姑娘真逗。秦梦也看着穆多，觉得这人真傻。这一年，秦梦二十三，穆多三十五。

又过了几天，剧组的人又找到了他们，这次是签收据的。上面写的薪酬，和之前谈的一样。他们都没想到，事情竟然如此顺利。秦梦目瞪口呆。签完合同，穆多问秦梦要不要一起去吃个饭，庆祝一下。秦梦脑袋还是木的，一遍遍问着穆多这事是不是真的。她稀里糊涂地就跟着穆多到了一个饭馆。秦梦还是不敢相信自己即将会有一笔十万元的收入。

穆多见秦梦无心点菜，就叫了服务员点了京酱肉丝、西红柿炒鸡蛋和宫保鸡丁。

"以后对事情要乐观一点。你看，这次不就很顺利吗？"

"我觉得我挺乐观的呀，只是咱们对乐观的看法不一样。"

"那你说说，你觉得什么是乐观。"

"就比如说跟公司谈项目的事。我是电影学院的，自然会有很多公司来找我们这些没毕业的学生干活。起初，我对这些公司的项目还是抱有很大希望的。但每次都落空，落空后我就痛恨他们，觉得都是骗子。可是逐渐地，我对他们不再抱有希望，我也就不再痛恨他们了，随之也就不再觉得有什么可被骗的了。你看，我现在还愿意去跟组，就证明我真的已经不在乎了。如果能拍成一个，我就当捡着一个大便宜。你看，我现在是不是很乐观？"

穆多看着秦梦，一边笑，一边使劲地点头："你说得还真对！"项目进行得很顺利，前所未有地顺利，以至于秦梦总有种半梦半醒的感觉。她总是问穆多这个项目是不是靠谱。其实穆多也不确定，但定金已经收到，又不能回头，况且也没有回头的理由。他就劝秦梦，踏实地画吧。这段时间，他们总耗在一起。而那个时候的我，正在蒙特利尔忙着写毕业论文。这是我大学的最后一年了，按照原计划，我毕业的第二天就要回国。我一直都是这样跟家里人交代的。可是，毕业后我该去哪儿呢？回国实习的这几个星期，把我吓得屁滚尿流地回了蒙特利尔。或许我应该继续读书，继续留在学校里。我像是把自己封锁在了一个有序无缝的建筑里，正处于二十出头的年纪，总觉得生活是有无数种可能性的。而此刻，我眼前一片漆黑，毫无希望。而秦梦就是那个建筑外面的云，飘忽不定，自由任性地组合着自己的生活。我很羡慕她。

　　一年后我顺利毕业，蒙特利尔遭遇经济危机，我回国了。秦梦的房子还没解决，她和穆多还在一起。

　　那天秦梦和穆多找我来吃饭。穆多是山西人，喜欢吃面，我们就约到了我公司附近一家叫黄河水的山西面馆里。

　　秦梦突然说："烦死了，下星期我得搬家了。"

　　"怎么又搬？不跟你妈住了？"

　　"不住了，现在的房子马上要卖了，我妈单位分的房子马上要下来了。"

　　"那卖了干吗？"

　　"现在的房子和我妈分的房子一起，能换一个东三环大点的房子。"

　　秦梦分析着各种从房屋中介得来的数据，看来已经做好了充分的调查。穆多低着头吃饭，刷着手机里的动漫，像是被隔绝开了一样，完全听不到我们谈话，也好像整件事和他毫无关系。我点点头，想要说点什么，可又什么都说不出。我已经记不清秦梦搬过多少次家了，可能连她也懒得数了。每次搬家，她都有无数的依据证明她是对的，让人无法辩驳。但说到底，这都是她自己的选择，别人也不好说什么。

　　"那你想好搬去哪儿了吗？"我问。

　　"没有，反正四环以里，别太贵，搬到哪儿都行。中介现在帮我找着呢。"

　　我看了一眼穆多说："不然你搬到离他近一点的地方住呗。"

　　秦梦见穆多没什么反应，筷子一摔，站起来就往门外走。我吓了一跳，穆多这才意识到秦梦生气了。穆多连忙问我："她怎么了？"我说："我哪知道，还不快去追！"穆多个子高，慌慌张张的样子显得格外笨拙。他抓起包，临追出去前，又急忙把单买了。那时候还没有手机支付功能，他从裤兜里掏出钱包，零钱有些多，半天才凑出准确的钱数。我看着他，忽然明白了秦梦生气的原因。

　　秦梦和穆多在面馆外争执了几分钟，穆多无奈地走了。秦梦回来找我，坐下，又点了一碗凉皮，埋头吃起来。面馆里的顾客只剩下我和秦梦了，吊顶风扇噗噗地响，服务员和厨师们百无聊赖地趴在邻座上睡觉、玩手机。吃饱了，我也挺困的，可又张不开嘴说我想回家。

　　"可怜的老穆，你别总欺负人家。他是老实人。"我说。

　　"我就烦老实人。"

　　"那你找他干吗？"

　　"之前觉得他踏实，能给我一个家。但……穆多就是那种，你喜欢香蕉，就会一直给你买香蕉的人。"

　　"那不挺好的吗？"

　　"那我偶尔也想吃点橙子葡萄什么的，也不能总吃香蕉啊。"

　　"想吃你就自己买去呗。"

　　"穆多太木了，好多事都没法跟他沟通，总在跟我讲道理，谁爱听他那些道理。"

　　"那你觉得他那些道理有道理吗？"

　　"还行吧。"

　　"你还是放过穆多吧，你配不上人家。"我看秦梦有点生气，就没再说下去。

　　没过多久，他们分手了，我就再也没有穆多的消息了。我问秦梦，你后悔当年跟穆多分手吗？秦梦说不后悔，但现在如果要是出现一个像穆多那样的人的话，她会牢牢抓住。穆多出现时，秦梦还太年轻。很多年后，我有了孩子，在陪孩子看动画片的时候，看到他的名字用一种卡通的字体出现在了电视上。

## 深幽漫隧

　　飞机是下午四点的，到苏梅岛已经是晚上八点了。热带温暖潮湿和充满植物香味的空气让我们感到无比兴奋。苏梅岛机场很小，我们坐上了一辆小"突突"，便前往了附近的酒店。秦梦随手一指说，就前面那间亮着很多小灯泡的怎么样？我说，就它了。

　　老板娘听见外面"突突"的声音，热情地迎了出来。我问，还有房间吗？她说，二楼还有一间。这是一家民宿，老板很用心地布置过，每个角落都摆着各式花草，并有一股浓郁的芒果清香。

　　老板娘说，沿着这条街一直往前走，就是一个夜市，很热闹的，也有酒吧和卖首饰的小摊。我们沿着湿漉漉的街道向前走，遇到了一个码头，那是我们明天坐船出发去往帕岸岛的码头。我们顺便查阅了明早的发船时间。秦梦说，就坐早上九点这个吧。我说，好。

　　我们伴着远处大海的声音，继续向前走。

## 五

　　秦梦和穆多分手后，她就独自去了苏州，说是想散散心。而那时我到了一个影视公司工作，主要是写宣传文案。对于影视，我一窍不通。工作了一段时间，我发现，一切都可从零开始。社会对我还是充满善意的。秦梦去苏州待了一个星期后回来了，回来的不止她自己，还有一个男的，他们是在苏州租车的时候认识的。

　　灯灯看着像三十多岁的男人，可后来才知道，他才比我们大两岁。灯灯高中没毕业就混社会了，从倒腾手机开始，慢慢地，一步步地就倒腾上了二手车。他说这个来钱快，卖出一辆就能挣个好几万，有时候能挣个十来万。有了钱自己开了个租车行，算是副业。我不喜欢这个男的，油嘴滑舌，浑身都是像 A 货的牌子。秦梦还挺满意的，灯灯对她花钱大方，会说好听的，和穆多相比，是两个极端。这两个极端，全让秦梦遇着了。如果秦梦没遇见穆多，她可能也看不上灯灯吧。

他们整天腻歪在一起，也不干什么正经事。灯灯的租车行不用他亲自盯着，店里的伙计帮他打点一切。他自己二手车的业务正在铺往北京的路上，秦梦也不知道从哪儿认识这么多想买车的人，给灯灯介绍了好几个北京的单子。灯灯说二手车市场大，利润高，上手快，他让秦梦跟着一起干。秦梦动心了。

我在影视公司的事情逐渐变多，经常会往返于北京广州两地去开剧本会，我和秦梦的见面时间逐渐缩短，都在忙于各自的生活，谁也没有发现其中的变化。直到有一天，灯灯给我打了一个电话，特别神秘，感觉他好像做了什么对不起秦梦的事一样。我也小心翼翼地问他，到底出什么事了？他说，秦梦下个月过生日，我想给她一个惊喜。我在电话这头翻了一个巨大的白眼，说，还有一个月呢，着什么急？而且，这事就别带上我了。上次我给她惊喜的时候，差点没给我一个大嘴巴。灯灯啊了一声。我又说，她不喜欢惊喜，一切的惊喜对她来说都是惊吓。灯灯又问，那怎么办啊？这是我给她过的第一个生日，不能就这么平平地过去了吧。我有点不耐烦了，想着，都多大岁数了，还整这些没用的，真够逗的。我说，以我对她的了解，你给她送套房子吧。结果，下个月秦梦生日的时候，她失联了……

灯灯像疯了一样拼命给秦梦打电话，可秦梦的手机一直处于关机状态。他又一遍遍地打给我，我说没事，她就这样，整天神出鬼没的。

秦梦告诉我灯灯身边有一个女人叫欢姐，我问她姓什么，她就是不说，大家都叫欢姐，让我也这么叫就行。但我就是叫不出口，总觉得特别俗。欢姐是一个看不出年龄的女人，我对这类女人一般都会保持较高的警惕。秦梦挺喜欢她的，说她这人特仗义。欢姐烟瘾大，一天两包烟。我跟欢姐还有秦梦参加过她两次饭局，每次都是十来个人，男男女女的，喝得酩酊大醉才散去。两次都是欢姐买的单。欢姐长得难看，就是气质差点意思，浓妆艳抹，穿金戴银。用秦梦的话说，就是感觉她往自己身上花了不少钱，就是都没花对地方。对于欢姐的身份我一直都很好奇，我问过灯灯，他也不知道。

　　关于欢姐的身份我们有过很多种猜测，二奶、富二代、拆迁户……反正都是跟不劳而获有关。之后灯灯和秦梦再叫我去欢姐的局，我就没去。我不喜欢灯灯，也不喜欢欢姐，他们都是一路人。我劝过秦梦，让她离这些人远点，可秦梦说她自己有谱儿。也不知道这有谱儿是什么意思。她好像是有意接近这一群人，好像在密谋着一件大事情。总之，我觉得我们离得越来越远，她像是坐在桨板上，误入了海洋傍晚的回流，在暮色降临之前，缓缓地卷入大海深处。我们遥遥相望，我用一种悲痛、惋惜的眼神望着她，而她却一副充满希望的笃定样子。


　　公司的电视剧项目剧本阶段算是告一段落，他们对我没有打卡要求。我时常睡到十点多才起床，早饭一般就是一杯咖啡，之后开始一天的工作。桌上堆满了零食和饮料，它们给了我极大的灵感和安全感。在写新的剧本期间，大脑高速运转，不停地在消耗着体内的碳水。连续一个月中午和晚上，我只想吃炸酱面、炒饭和包子。体重和工作产量成了正比，但我一直也不觉得是个事。曾经，只要两天不吃晚饭，体重也就降下来了，我一直这么安慰自己。

　　秦梦在两个月里约过我两次，一次是夜里的酒局，另一次是上午十点的美式早午茶。这两种局跟我的时间都对不上，但在电话里我们还是匆匆聊了两句。我说，你最近变化可真大，都学会早午茶这么中产的事了。秦梦说，你变化也挺大，整得跟文豪似的。秦梦还是不放弃，又问我近期什么时候有空，她可以随着我的时间见我。又过了一个星期，我们约着去逛街。两个月没见，她又变瘦了，但整个人确实神采奕奕的。她一见着我就说："你怎么胖成这样了？"

我没接她的话，说："现在工作特别忙，整天都在弄新剧本，下个月就要交。据说这次公司要投入大制作。"

秦梦显然不想听，又说自己瘦了五斤。但皮肤还是光亮，是因为最近在敷一种胶原蛋白面膜，只要坚持一个月，立马重返十八岁。起初，我对这种面膜毫无兴趣。她一边说，我一边在商场里挑选着衣服。但说着说着，我突然来了兴致。我们边逛边聊，根本无心逛街，索性找了个奶茶店坐了下来。我刚要点奶茶，就又被秦梦制止了。

"你现在怎么神经兮兮的。"我没管秦梦，自己点了杯奶茶。

"少吃糖，对皮肤不好。"秦梦还是把我面前的奶茶挪到了一边，"你都不知道，现在这个面膜特别火，好多人都在做。"

"你不会是加入什么不良组织，被洗脑了吧？"

"怎么会呢，有效果不就得了。你看看我皮肤的前后对比。"她翻着照片，给我看了她一个月以前的一张素颜照。我其实看不出什么区别来，照片有很大的欺骗性，但看她兴致如此之高，就没打击她。

秦梦见我对面膜没兴趣，终于直奔了主题。

"我现在在做这个面膜生意，你想不想跟我一起？"

我大惊失色，一时不知该说些什么。

"你不是跟灯灯一直卖车呢吗，怎么又做上面膜了？"

"灯灯那生意不靠谱。这是欢姐给我介绍的，据说一个月能挣好几十万呢。"

"又是欢姐……你怎么也没跟我商量一下？她靠谱吗？"

"我也是昨天刚刚决定的。我才知道，欢姐就是做这面膜起家的。后来赚着钱了，才做的外贸生意。她说，别小看这面膜，赚得可多了，一个月进账好几十万呢，但前期投入也多，得投个三十万。我现在没这么多钱，欢姐就让我投三万，以后挣着钱再说。你说按这么算的话，我这房子也是指日可待啊。在三环买个二百多平方米的都不是梦。"

"就这面膜……能卖出一套房子的钱来？"

起初秦梦每天早上十点、中午十二点和晚上八点，定时发送推销面膜的朋友圈广告，逐渐地，关于面膜的消息减少了，取而代之的是各种客户给她的转账记录，几百到几千块钱不等。再后来，就是她参加各种时尚派对和出入高档会所的照片。她已经变成了她曾经最憎恨的那一类人。

我终于把秦梦的朋友圈屏蔽了。剧本、影视公司等一系列工作上的事把我的生活搞得一团糟。正当我的焦虑无处排解时，叶辛约我去吃饭。我丝毫提不起兴趣。她最近又瘦了，是坚持练瑜伽的结果。在吃饭时，叶辛问我秦梦最近在干什么，朋友圈里怎么突然出现那么多关于面膜的广告，是不是微信被盗号了？我说，她现在卖面膜呢。叶辛很惊讶地说，面膜？她一个脸都不怎么洗的人，还弄面膜？弄得明白吗？是不是被人忽悠了？我说，不知道，聊点别的。叶辛挺担心秦梦的，不知道这是不是违法生意？当说到"违法"二字时，她突然将声音压得很低。我和叶辛突然也毛骨悚然起来。叶辛又说，秦梦干这个买卖也是可以理解的，现在好多人都在网上做直销的生意，似乎挺赚钱的，她不是一直都想挣钱买房子吗？关于秦梦的事，我不想再与她讨论，随便找个辙便走了。

回家的路上，我不断在想叶辛的话。秦梦真能挣到钱，挣到能买房子那么多的钱吗？我感到自己的焦虑来自秦梦可以挣到钱这件事。秦梦挣得越多，我就越感到焦虑。秋日枯叶干巴巴地浮在街边，踩在上面，全是破碎的声音。

　　当秦梦的面膜生意做得风生水起时，我逐渐不自知地陷入了一种焦虑的情绪中。随着秦梦生意的逐渐稳定，我焦虑的情绪就越发严重。我一面对她的这种庸俗不堪的生活感到厌恶，一面又为自己毫无希望的剧本而感到烦躁和迷茫。我时常对着电脑发呆，或是心不在焉地读着一本书，每天都在自我怀疑和否定中度过。我觉得读和写对我来说毫无意义，那我又该做些什么？我被卷入无法逃脱的困境中，我把自己埋在剧情里，幻想成为一个不存在的人，在故事中自由穿梭。一连数个星期，剧本完成，我松了口气。我托人将剧本投给几个影视公司。又过了数个星期，终于等来希望。

　　联系我的影视公司没拍过什么电影，只是和其他公司合作过一些影视剧。公司老板亲自打来的电话，很有诚意，迅速与我签了合同。事情进行得如此顺利，让我产生了幻觉。我看着账户中的定金，愣了一阵，才确定这是真的。我兴奋地第一时间告诉了家人，其次想到的是秦梦，我立刻给她打了电话，说有重要的事需见面。我要当面告诉她只要坚持，梦想一定会实现的。可挂了电话后，突然又产生了另一种想法：如今的她，还会在乎这些吗？

　　我们约在了那家陕西面馆，她说自从那次与穆多吵架后，就再没去过，还是很想念的。面还没上桌，我就迫不及待地告诉秦梦剧本卖出的事情，又和她说了前段时间的困境。这些天我终于悟出来，所有的自我否定的痛苦和不懈的执着都是值得的，我再次向她提起要坚持自己的梦想。她顾自低头吃凉皮，最终，她用一种类似慈爱的神情抬头望着我，看得我有点慌。

　　"我真挺羡慕你，可以一直坚持做自己喜欢的事。但这是需要代价的。我没条件去坚持，你命好。我知道你要说什么。我现在觉得那些动画片看起来很幼稚。天真一旦失去，就再也找不回来了。现在那些动画片再也无法打动我，我又怎么去打动孩子呢？"

　　我们又闲聊了点别的话题。分开后，我很失落。其实我有特别多的话想跟你说，我也遇到过很多糟心的事，可每次都是跟你的一比，我的事就显得特别微不足道。每次都是我听你在说，说得我也烦躁，很压抑，都是负面情绪。你说我过得比你好，我命比你好，可能确实是吧。但你总拿命说事，有劲吗？

秦梦回家后，把之前的作品全部销毁了，算是与过去告别。她痛哭流涕。她与过去正式告别后，也与灯灯告别了。灯灯的租车行出了点问题，要回苏州。回去后，就再也没联系。秦梦对他的离开表现得十分木然，她一门心思全扑在了面膜生意上。生意做得很成功，欢姐把她领进了另一个世界，一个对我来说完全陌生的、疯狂的世界，在那里我不认识秦梦，我也不想认识她。欢姐见秦梦做得不错后，就不再和她来往了。或许欢姐也意识到，秦梦是一个不好掌控的人。秦梦通过各种线下培训会又认识了很多也在做面膜生意的人。她们互相取经，秦梦发现，真正赚钱的不是卖面膜，而是拉拢更多的人一起和她卖。

## 深幽漫隧

上岛后，我们租了一辆小摩托，秦梦带着我。我们一直往岛的南部开，听说那里有最美的海湾。我们沿着略有颠簸的小路一直往南开。我双手搂住秦梦的腰，细细的，毫无安全感可言。海风使我们的头发相互交缠着，此刻的我们如此贴近，似乎住进了彼此的身体中。海边在我们不远处，无边际的海面，碧蓝得有点不太真实。一路上并没有见到什么人，我们继续朝着那未知的海湾，一路向南。远处有一片红树林，它们看上去像是漂浮在海面上。浅滩海水的清澈，更像是悬浮于空中。凑近看，它们的树根扎实地相互绞盘于沙滩深处。秦梦说她迷恋于此，觉得这片红树林像是被赋予了神性。她渐渐走近，想更进一步观察。我倚靠在小摩托旁，也望着这片红树林。突然秦梦回头对我说："今天是满月！"

六

秦梦付了房子的首付，三百万。这部分钱是由她以前卖首饰玩具、接动画片的活儿以及做面膜生意攒的钱凑成的，但还有一部分是和灯灯一起做生意时挣的。但关于灯灯的这部分钱秦梦没说，是后来灯灯告诉我的。灯灯太恨秦梦了，说秦梦身上带着一种狠劲儿，无论在哪一种关系中，她都有一种莫名的、无可置疑的主导权。她会毫不犹豫地离开任何一个人，绝不回头，绝不后悔，哪怕她痛不欲生。灯灯也一度认为秦梦与他在一起就是为了钱。他们在做卖车生意时，秦梦想方设法从中赚了不少钱。我也挺恨秦梦的，说不上来为什么。

秦梦付完首付，不知道未来的贷款她拿什么去还，不知道她这关于房子的心结是不是了了，也不知道她是不是过上了自己想要的生活，但她起码住进想要的房子里了，也算是人生赢家。自从她和灯灯分手，我很久没见过她。直到她搬进新房后，突然又有了联系。她给我发了一个地址，是新房的地址，东北四环外，位置已经很不错了。

这一个新楼盘，共四栋楼，小区内部还在施工，一股混凝土和油漆味。秦梦家是一号楼，放眼望去，好像只有一号楼基本完工了。剩下的三栋楼还被脚手架包围着，施工的声音很刺耳，很难想象白天被噪音包围着的生活。

秦梦家在五楼，大门四敞，里面的吵闹声不亚于外面电钻和钢筋水泥的敲打声。我有点意外、失落、气愤，本以为秦梦只叫了我一个人。我进门半天，也没见到秦梦，目测有六七个人，有男有女，各握着啤酒或是饮料，他们互相都很熟络，聊天、嬉笑着，对于我的到来，他们丝毫没有察觉。此刻的尴尬已经胜过我对秦梦新家的好奇，我想掉头走人，可这时候秦梦突然叫住了我。秦梦一边把我往卧室里领，一边对我说：
"你看看，怎么样？"

我环顾了下，有一整面柜子全是她的面膜，柜子下面还有一个小箱子，我一下就认出来了，那是她以前装玩具和她做的那些动画玩偶的固定箱子。

"你这箱子可有年头了，还留着呢。"

"最后想了想，还是没舍得扔。你随便坐，别站着。喝点什么？我去给你拿。"

"你这里怎么来了这么多人？"

"嗨，他们都是我的代理，一听说我搬新家了，都说要来。你不用理他们，他们一会儿就走。"

我像个隐形人一般跟着秦梦走过客厅，绕过人群，去了厨房。我这才认真参观起她的室内装修。屋里没什么贵重的家具，但每一处都精心设计过。房子大约六十平方米，但看着似乎要比实际面积大。秦梦说她找了一个设计师朋友（也是一起做面膜生意的），帮她规划了一下，尽最大可能节约空间。秦梦从冰箱里拿出来一听冰的可乐，递给我，之后她靠在墙上指着客厅中间那副巨大的布艺挂饰，一脸骄傲地说："那个怎么样？我自己做的。"

"你自己做的？工程不小啊，现在还有时间做这个呢？"

秦梦一直看着那个挂饰，得意地笑着。

"还记得吗？咱们那年去帕岸岛，路过一个小店，橱窗里就挂着一个用麻绳做的挂饰。我说我特喜欢，想买回去，你不让，说太大了，拿不回去。"

我记起来了，确实有这么一件事。但那个原件的样子，我已经记不清了。

"做得可真好。"我一直看着那个挂饰，心情一下变得很沉重。有些话现在说已经太晚，甚至没用了。我看着秦梦的新房，怎么也高兴不起来，好像有什么东西堵在了胸口，阵阵发闷。又过了一会儿，这帮代理朋友都纷纷离去。他们带了很多礼物给秦梦，沙发和茶几上堆满了带包装的盒子，大大小小的。

"人缘儿真是不错。"我终于坐到了沙发上，沙发上还有上一个人的余温。

"都想让我给他们多介绍点客源而已，没一个真心的，但这也许是最真实、简单的交往吧，彼此目的都很明确。他们帮我销货，我给他们介绍客源，他们和我都能挣着钱。"

"你这房子都买了，还准备接着卖面膜？"

"我现在不做零售了，这帮人帮我卖呢。我也想干点别的，只是还没想好呢。"

这时候 Tracy 突然打来了视频电话，她是韩国人，但其实我们在蒙特利尔的时候并不熟悉，只是偶尔约出去喝酒。她还在蒙特利尔读书，暑假没回韩国，原因是机票太贵了。在那边大多数的韩国人，暑假都会选择打工。Tracy 那边是晚上十点半，她突然问我最近怎么样，回国是否还习惯。她说她年底就要毕业了，有一个来北京工作的机会，她突然想到了我，就给我打了电话。其实我们并没有什么可聊的，但我仍是努力地和 Tracy 开心地聊着。我其实挺喜欢这个姑娘的，她的穿衣打扮都很好看，而且会带我吃一些很地道的韩国菜。但我也不知道为什么，就是和她熟悉不起来，可能她总是太客气了吧。她的客气，让我觉得如果我说一些特别粗鄙的玩笑的话，会很丢脸。可当着秦梦的面就不会让我尴尬。

反正，Tracy 似乎很赶着出门，但由于我的主动和热情，让她不得不再多和我聊一会儿。我们用英文聊天，我也会发出很夸张的笑声，尽管我觉得我们的聊天内容既尴尬又无聊。秦梦显然听不懂我们在聊些什么，但我就是想让她听到我和 Tracy 的聊天。挂了电话，我惯性地用英语跟秦梦介绍着 Tracy，但显然她有些不高兴了，她说："你是不是特瞧不起我？"

"怎么会瞧不起你呢？"

"那你跟我这装什么呢？别骗你自己了，你是不是觉得你特有文化，英语特好？你读了那么多书有什么用，还不是一个月就那么点钱。你有什么可瞧不起我的？这房子都是我自己买的，没用过家里一分钱。"

突然间，我一时语塞，我们彼此愤恨地看着对方。对秦梦这种莫名的怒气，我也感到非常气愤。

"你终于把心里话说出来了。这是我最后一次来你家，也是我们最后一次见面了。"

我掉头走时，她也没追来。我出了小区，叫了一辆出租车就钻了进去，司机问我去哪儿，我半天说不出话来，只想号啕大哭，但又觉得特丢人。我使劲憋着一口气，心脏隐隐作痛。到了家，我发现脸上起了很多血斑。我妈说我小时候就有这毛病，气急了，脸上就容易有血斑。这么多年过去了，我以为这毛病没了呢。

## 深幽漫隧

傍晚，我和秦梦骑着小摩托，载着我们刚刚去集市买的芒果、山竹以及一打冰镇啤酒回到了住处，住处离海边不远。晚上八点，这片海滩会热闹起来，是为了一月一次的满月派对。我和秦梦奔波了一天，疲惫地靠在床上，各握一瓶啤酒，好一会儿才恢复体力，之后便各自换上一身衣服，准备参加夜晚的狂欢。

八点，月亮还未正式升高，悬挂于深色海面之上，与视线近乎平行。

它亮得几乎可以照遍整个海滩。音乐从各个酒吧流传出来，不同的音乐交织在一起，各色彩灯映得秦梦的脸一会儿一个颜色。我们在海滩上光着脚，与许多年轻人一起跳舞，直到月亮挂在头顶的正上方。

## 七

剧本的事情自从收到那笔定金后，就再也没有下文了。我的心情逐渐平复，不再抱有任何希望了。家里人潜移默化地让我去相亲，说这个行业还是不靠谱，赶紧找个男朋友才是正事。说得也对，我开始踏上了相亲之路。相亲对象来自父母的介绍，有母亲朋友家的孩子，有父亲同事家的孩子。接二连三的相亲，让我突然意识到，像我们这种年龄还没有对象，还是有原因的。例如，那叫王建国的人就是个奇葩。

我和王建国第一次的相亲约会，是在一家火锅店里。我点了份西蓝花，王建国说这是他第一次吃涮西蓝花。他努力尝试打破我们彼此的沉默，突然又说："你知道西蓝花为什么是绿色的吗？"

我不想知道，因为预感到这又是一次无聊的相亲约会，我只想赶紧结束它。

"为什么？"

"人类感知到一个物质的颜色的原因是：当光源（例如太阳）照射在一个物质上，物质会吸收可见光，没吸收的光就会反射出来，被人眼接受，人从而觉察出物质的颜色。当 400—780nm 的可见光照射在西蓝花上，西蓝花会吸收除了绿色的其他波长的可见光，只把绿色光波（550—570nm）反射出来。当人眼接收到了西蓝花反射的绿色光波后，就会觉察到它是绿色的。明白了吗？"

当王建国瞪着眼睛，向我科普颜色与光的原理时，我特想把面前的可乐泼到他身上。我摇摇头，突然想起刚才忘了点毛肚。

王建国继续道："也就是，西蓝花没有吸收绿色光波，反而把绿色光波反射出来，从而被人所感知。"

"所以，西蓝花本身是不喜欢绿色的。"

"嗯……你可以这么理解。"

"可它偏偏就是绿色的，这就是命运吧。可怜的西蓝花，这真是一个悲伤的故事。"我的声音很小，近似于自言自语。王建国显然是没有听到。

"你以后可以去考一考别人。"

"别人才懒得知道呢。"

这次相亲并不是一无所获，王建国也不是我众多相亲对象里最糟的一个。他起码让我明白了西蓝花为什么是绿色的。但自从这一次约会以后，就没有了以后。

王建国那种笨拙的努力，让我想起了穆多，也让我想起了秦梦。经过几轮的失败相亲，我和父母都意识到，这种方式不适合我。他们终于放弃了。

我把影视公司的工作辞掉后，生活彻底失去了秩序。有时会下午起床，发呆至晚上，有时会写点剧本小说直到夜里。生活的无序让我彻底掉入了虚无的深渊，我似乎失去了重心，毫无方向地四处飘荡。我有时候会翻看秦梦的朋友圈，她还在发关于面膜的招商信息，我突然挺羡慕她的。


秦梦的再一次出现，让我有点措手不及。

这是夏末某一天，我正坐在阳台前喝着冷饮，电话亮了一下，是她。我鼻尖一酸，很激动。她问我干吗呢。我说没什么事，在家待着呢。她说晚上一起吃饭，好久没见了。我想都没想，立刻答应了。这段时间，她的朋友圈一直处于被我屏蔽的状态，当我点开时发现，她设置了"仅一个月可见"，而最近一个月则毫无内容。

她朋友开了一间餐厅，但她一直没时间去，准备和我一起去探店。她比约定时间早到了会儿，站在饭店门口抽烟，远远地，我一下就看见了她，不禁笑了出来，一边笑一边走过去。她说，傻笑什么呢？我也不知道我在傻笑什么，就是觉得很高兴。她右手夹着烟，左手像是搂着什么。我走近一看，吓了一跳——是一只小猴子。

"餐厅能让你进吗？"我看着她怀里的那只猴子。

"必须能，老板是我朋友。对了，给你介绍一下啊，它叫'闲得'。它可厉害了，一会跟你细说。"说着，她把烟掐了，带着我往里走。

"那这老板还真挺给你面儿的。"说实话，我不太敢仔细看那猴子的脸——巴掌大小，两只漆黑圆滚滚的大眼睛无比空洞，它们几乎占据了脸的一半位置。

"人家老板是给'闲得'面儿，她是这小东西的粉丝。"

说着，老板迎了上来，跟秦梦打过招呼后，立刻把"闲得"抱了过去，一个劲儿地抚摸。但"闲得"好像不太喜欢她，龇着牙跳回了秦梦身上。我们就站在饭店的过道里，客人们纷纷聚了过来，居然引起了一阵小骚动。有一对小年轻认出了它，激动地指着它尖叫着："这不是'闲得'吗？"女孩蹦着脚，把手机递给了男友，要求合影。我这才明白，这猴子应该是个网红。秦梦和老板被众人围着，我找了个没人的位置先坐了下来。又过了会儿，大家新鲜劲儿过去后，秦梦才抱着那只猴子过来坐下。

"你不是不喜欢猴子吗？"我问他。

"现在喜欢了，这猴子不一样，能给我赚钱。我这一月好几万的贷款可就靠它了。你回头关注一下它的抖音号，马上就一百万粉丝了。"小猴穿了一件蓝色连体开裆裤，有模有样地坐在椅子上。

"面膜生意不做了吗？"

"是，感觉没什么意思了。还是这猴子有意思，挣得也不少，还贷款是绰绰有余了。"

秦梦也没正经跟我说她是怎么运作这猴子的，我也没问。我们一直交流着关于养宠物的心得。我说我想养只狗，秦梦就跟我说养狗的种种麻烦和养猴子是一样的。她还问我，记不记得她奶奶养的那只误吃治中耳炎的药而死去的猴子，我说记得。我们又聊了些过去的事。最后谁都没什么话了，又开始摆弄起猴子来。秦梦说时候不早了，"闲得"还得回家录视频呢。她叫来了服务员买单。

临走前，我说，对了，刚才餐厅里一直循环播放的歌你还记得吗？她摇摇头，说不记得了，但好像在哪儿听过似的。她又说，怎么了？我说，没什么。

我很想告诉她，那首歌叫《深幽漫隧》，一首古巴爵士乐。歌名是我起的，因为实在不知道它的名字。是那次我们一起去的帕岸岛上，一个酒吧循环播放的歌。那天是满月派对，沙滩上堆满了来自欧洲、北美洲、南美洲的年轻背包客。我们在沙滩上都喝醉了，醒来时还是夜里，漫天繁星，不知从哪里传来了这首歌。秦梦半梦半醒地问我，这是什么歌？真好听。我说，我也不知道。咱们给它起个名字吧。她说，你说叫什么？我说，就叫《深幽漫隧》吧。

这一切，秦梦都忘了。忘了就忘了吧……

## 结　尾

这是一首长达七分钟的电子爵士乐，它存放在电脑里已经很多年了，音乐人的名字像是随便起的。音乐中隐约可以听到大海和冰块破碎地撞击，和吸管吸进空气的声音。温润的低音线，较少高频率范围的细节，柔和的高级和音，具有流动性的律动之美，让音乐更加深沉，缓缓地向远方前行。这像是一首有着完整叙事的曲子，每次音乐响起，我就会被它的韵律所牵引，像是置身于一场清醒的梦境中，空气也会变得潮湿。听到这首歌，我就会想起秦梦。一想到秦梦，就会想起我们在帕岸岛的那短短几日。我们曾一起出游过很多次，但唯有那次记忆犹新。这首歌像是一个通往记忆隧道的密钥，音乐响起，我在那像发了霉一般的隧道里，漂浮、盘旋。而那里，只有我和秦梦两个人。

# 后记

在为这部作品集选作品时，我打开了过去所有作品的文档，将每一部小说都在心里过了一遍。不知不觉，写作已经八年了。对于我来说，八年很漫长。我的生活在这期间产生了巨大变化。工作和生活的变化永远让人措手不及，无法掌控，只能顺其自然，随遇而安。写作状态也会随着生活所带来的波动而变化，这变化体现在了每一篇作品中。起初我对小说并没有过多的认识，往往都是通过身边朋友讲述的故事或是在交谈过程中，因为某一个观点或是有趣的时间而获得灵感。几年后，有了一定的写作训练后，开始思考为何写小说，小说的目的是什么。

在"孙闯闯"这一系列作品中，无论他是以哪个身份出现，无论成功与否，都不是一个悲剧人物，在他的内心一直有种说不清的力量去支撑着他继续向前走。《舞者》是我在一个钢管舞培训教室中所获得的灵感。这种舞蹈乍一听上去似乎不那么正面，但真正接触起来才发现，它的难度极高，需要惊人的毅力和胆量才能完成高难度的动作。在这教室中，汇聚了形形色色的人群，他们横跨金融、医疗、文物修建、建筑、模特、餐饮、设计师等等行业。他们为什么对这种高难度的，甚至有些自我折磨的舞种感兴趣？于是我开始构思这篇小说。《猴子文身》是由一则社会新闻所带来的灵感。两个在生活中走投无路的人，以一种扭曲的方式互相温暖着彼此。尽管结局并不那么尽如人意，但在这过程中，他们的精神都得到了慰藉。我希望我所创作的作品可以给人们带来希望，即便这希望是那么微不足道。

然而自从我上一篇作品完成，已经很久没有动笔了，连创作的欲望都变得淡薄。写作的方向似乎也产生了变化，但方向在哪里，接下来该如何创作，都十分迷茫。这段时间，看了一些与小说无关的书籍，它们拓宽了我的视野，让我思考了更多问题，希望从中可以得到一些对写作的新的认识。这或许就是写作的迷人之处，它永远都在变化，永远都不知道灵感会在哪一刻出现，也许是下一秒，也许是许多年后……